NARRATORI DELLA FENICE

Questa è un'opera d'invenzione. Il mondo rappresentato
trae ispirazione da fatti realmente accaduti e si basa
su fonti storiche e documentali.

In copertina: fotografia © Paolo Ventura
Progetto grafico: *the*World*of*DOT

ISBN 978-88-235-2912-0

Gruppo editoriale Mauri Spagnol
www.guanda.it

HELENA JANECZEK

IL TEMPO DEGLI IMPREVISTI

UGO GUANDA EDITORE

LE SORELLE ZANETTA

per Laura

1

Nei giorni di Natale le sorelle Zanetta risposero agli auguri del fratello. Riunite in cucina dove c'era più luce battendoci il sole al mattino, a scrivere la lettera ci pensarono le due maestre, ospiti della sorella maggiore che, tra i figli e la casa, non aveva mai un attimo tranquillo. L'ultimo era nato in quell'anno, il primo del nuovo secolo, e ora passava nelle braccia delle zie che si contendevano il profumo di latte e borotalco perché la madre potesse aggiungere un paio di righe, con calma. Ma appena Giacinta si riprese il piccolo Ettore, volle subito metterci una frase pure Clelio, e poi Ines uno sgorbio, e così firmarono solo per ultime Erminia e Abigaille. Entrambe credevano in una pedagogia nuova, credevano che ogni crescita andasse sostenuta come la testolina di un corpo in fasce, credevano che ogni bambino fosse ricettacolo di doni ricevuti e di possibilità future. E anche se i nipoti non avrebbero mai conosciuto lo zio d'America, era giusto farli partecipare allo scambio di auguri e di novità che congiungevano la Sesia e il Rio de la Plata.

La mattina dopo, che era Santo Stefano, le sorelle si abbracciarono davanti alla porta della casa rurale, nell'aria di montagna. C'era fretta, il primo treno da non perdere e tanto da sistemare, laggiù, dove Erminia e Abigaille sarebbero andate ad abitare insieme, dopo anni.

Dalla casa di Fenera scesero a piedi alla stazione di Bettole-Valduggia, consegnando a Clelio le provviste per il viaggio. Si era vestito mentre i piccoli dormivano ancora pur di non perdersi la loro partenza. Il cognato, che non voleva sentire storie, impugnò le valigie più pesanti. Contenevano tutti gli averi di zia Ille: biancheria, abiti, libri, e qualche rimasuglio dell'infanzia. La valigia di zia Ermis la prese il ragazzo che dava una mano alla fornace, e anche un cartone con la farina gialla, la toma, la marmellata, il liquore di genziana.

Arrivate in anticipo in stazione, le sorelle ebbero il tempo di dare una spolverata alle scarpe a cui si era attaccato un po' di fango. Lo sguardo levato oltre i binari, contemplarono lo scuro corpaccione del Fenera davanti alle cime innevate del Monte Rosa, con il piacere di salutarle nella mente: Corno Rosso, Corno Bianco, Corno Nero, e in fondo, superiori ai quattromila, la Punta Dufour e la cresta del Lyskamm. Il cognato auspicò di rivederle a Pasqua. Era dispiaciuto di dover andare via subito e così incaricò il ragazzo di sistemare i bagagli nello scompartimento. Quando il treno si mise in moto, la prima montagna a uscire dal riquadro del finestrino era quella sulle cui pendici avevano dormito: Monte Fenera, montagna delle fate, gigante pietrificato perché un dio malevolo aveva trasformato in un fiume di lacrime la sua amata Sesia.

La linea ferroviaria passava a ovest delle zone dove erano nate e cresciute, però non era un male che la prima tratta tagliasse fuori il loro paese, anzi da Suno e da Borgomanero preferivano tenersi alla larga. Era ugualmente familiare il paesaggio che via via perdeva altezza e ondulature collinari, le vigne, i frutteti, i campi di granturco che cedevano alla totalizzante geometria delle risaie. Risaie da prima di Novara, dove c'era da prendere la coincidenza, fino quasi alle porte di Milano. Risaie a perdita d'occhio, sfumate nella nebbiolina dei giorni freddi che inghiottiva il profilo delle loro montagne. Nei giorni belli, assicurava Erminia, il Monte Rosa si vedeva anche da Milano: non dall'appartamento, ma da un'aula ai piani superiori o dai giardini pubblici. Lo avevano cercato a Vercelli quando, una dopo l'altra, erano state al convitto della Scuola Normale Rosa Stampa e, appena il cielo era limpido sopra la bassa, lui si ripresentava maestoso e vicino come un miraggio. Lo avevano ritrovato a Torino quando, pur lavorando in una scuola internazionale per le figlie dei notabili, ammontava a cento lire la paga di entrambe e non potevano permettersi quasi nulla, tranne delle passeggiate nei parchi o lungo il fiume e qualche volta, d'inverno, una cioccolata calda. Invece non si vedeva dal Lago di Ginevra o forse Abigaille era stata troppo impegnata per farsi indicare dove si nascondeva il versante opposto. Durante l'anno scolastico 1889 non aveva solo le allieve del pensionato *La Prinantière*, ma la sera andava anche a Montreux per alfabetizzare gli emigranti. Era un'opera di fede e carità, secondo il conte russo che aveva dato vita alla scuola popolare, come Tolstoj con i suoi contadini a Jasnaja Poljana. La Ille ne aveva scritto con entusiasmo alla sorella che aveva preso servizio nelle scuole comunali milanesi. Vivere lontano l'una dall'altra era un peso da sopportare per necessità di cose, però niente in confronto agli anni in cui una era già a Vercelli e l'altra ancora a Suno e neanche con quel starsene appiccicate come le papere sotto i ponti torinesi. Ma poi a Milano erano scoppiati i moti per il pane – i cortei, le barricate, i cannoni comandati dal generale Bava Beccaris – e all'imbarcadero di Ginevra l'anarchico Luccheni aveva ucciso l'imperatrice d'Austria con una lima estratta da un mazzo di fiori. Poteva darsi che quel disgraziato lo conoscesse qualcuno degli studenti della Ille, sicuramente disgraziati anche loro, perché il sospetto di simpatia per l'assassino era calato su tutti i lavoratori italiani. Allora le sorelle, insieme allo spavento e al raccapriccio, avevano provato ancora una volta il dispiacere di potersi dire solo per lettera quel che il lavoro di maestre significava per entrambe: dare ai figli del popolo gli strumenti per diventare italiani e cittadini, come sarebbe stato nello spirito di loro padre garibaldino e mazziniano. Ma adesso Abigaille, che nella cartella rilucidata teneva la convocazione presso la scuola elementare A. Stoppani, aveva anche lei tutta una vita da dedicare a quel compito, a partire dal 1° gennaio 1901.

Disse il capostazione al ragazzo

Allora sono già ripartite le Zanetta... il treno nell'altra direzione passa tra poco... ma accontentalo il bambino... mica ti diranno niente se lo riporti un po' più tardi... il Clelio... già alle elementari... sembra ieri quando la sua mamma si è sposata... non aveva più i genitori e neanche la dote... altrimenti... con un mezzadro... ma il Del Villani si è comprato la casa colonica a furia di lavorare come un mulo... e poi anche la fornace... dove lo trovi un padrone che porta lui la roba pesante... fortunata la Giacinta... e le altre due ad averlo come cognato... prima è morta la sorellina poi la madre... il padre due anni dopo... Bartolomeo Zanetta... garibaldino al midollo... però notaio e ricco di famiglia... stringi stringi è a questo che badano i signori... anche se sono tanto religiosi... i Neri... la famiglia materna... quassù dai tempi di

San Carlo... a sentir loro... e chi veniva a disturbarli a Varallo Sesia... quando i gesuiti venivano cacciati dal Piemonte... il notaio dicevo... non è stato un malore... però guai se girava la voce... come se una notizia del genere... noi ferrovieri ci conosciamo... dicevano che non si è più ripreso dalla morte della moglie... la Filomena Neri malata da anni... che non si era mai riavuta dalla morte della figlia... la piccola Abigaille... tu pensa hanno dato lo stesso nome all'ultima arrivata... ma sono fatti loro... c'era invece una faccenda dura da nascondere... il notaio aveva una passione... indovina... non il vizio del gioco non le donne... gli scavi archeologici... il museo patrio... giù a Suno... pagava tutto lui... filantropo e patriota... cosa è rimasto alle figlie... indovina... solo i debiti... l'Erminia è andata subito a studiare... l'Abigaille era troppo piccola... quindici anni una dodici l'altra... le avevano sotto tutela gli Zanetta... e cosa fanno... segnano altri debiti... le spese per mantenerle... viaggi vestiti poca roba... ecco il treno... tra poco arriva... i Neri pregavano... per l'anima della Filomena... per le orfane da sole a Vercelli... alla scuola pubblica... bisognava mandarle dalle suore... ma con quali soldi... se persino la fornace hanno dovuto venderla al tuo padrone... eppure sono venute fuori due donnine a modo... fior di maestre dicono... invece il signorino vuole fare il ferroviere... ecco così si fa... ma adesso ridammi la paletta... bravo Clelio... e vai a casa.

2

A Milano inaugurarono un tempo ancorato alle cattedre sognate a lungo e infine vinte con tanto studio. Il trafiletto sulla Zanetta Abigaille, quarta al concorso, lo avevano infilato nella lettera per l'Argentina dove aveva più valore il ritaglio del giornale di provincia. Alle sorelle bastava assaporare quando dovevano ripetere la « a » finale del nome di famiglia, la prova spicciola che chiamarsi Zanetta non significava niente, a Milano. Le chiacchiere di paese le conoscevano abbastanza per sapere che laddove il destino di una maestra era appeso al volere del sindaco e a tutti coloro che ci parlavano, neanche una condotta monacale e una santa pazienza con gli alunni avrebbero garantito di esserne al riparo. Libere dai pensieri che non riguardassero l'insegnamento lo erano soltanto nella città dove le chiacchiere erano tempo perso e il tempo era denaro. Milano cresceva più in fretta di quanto potesse adeguarsi al primo piano urbanistico, alla sua forma concentrica, tagliata a raggi. Nel gonfiarsi di nuovi abitanti, nel disordine transitorio che abbracciava borghi e ciminiere, baracche e palazzi, aveva bisogno di tutto: elettricità, acqua, viabilità ampia e razionale, mezzi di trasporto adatti a smistare rapidamente merci, materie prime e manodopera. Mancavano alloggi, scuole, asili per l'infanzia. Gli istituti lasciati dagli austriaci, che erano stati un modello per la scuola unitaria, non bastavano a quella produttività così vitale da generare anche un eccesso di nascite. Le maestre non mancavano, però era meglio prevenirne la carenza. Senza di loro, che costavano meno di un terzo dei maestri e ormai erano il doppio di numero, nessun comune avrebbe potuto mettere insieme una classe, tenere aperta un'aula, per adeguarsi all'osservanza della legge sull'istruzione obbligatoria. Elevata da poco a sei anni, era un traguardo che potevano permettersi solo le città maggiori. Milano era la più ricca e dunque pagava meglio, Milano faceva incetta di maestre e poi le distribuiva, a seconda dei voti al concorso, dalle scuole dove c'erano i figli della nuova borghesia alle scuole dei quartieri popolari. Dunque non era stata solo fortuna se le sorelle Zanetta erano capitate in due scuole così vicine, entrambe aperte nella fascia che i vecchi chiamavano ancora i «Corpi Santi» benché l'odore di campagna cedesse all'avanzata delle vie nuove: vie illuminate e mantenute a dovere e insignite di nomi importanti, perlopiù risorgimentali. Se ne sarebbe rallegrato loro padre, ma alle sorelle rallegrava di più che potevano permettersi una casa, la prima, da quando la casa paterna era stata venduta all'asta. Non era stato facile trovarla, con due stipendi da maestra, finché nei pressi del Pio Istituto frequentato da Erminia era saltato fuori l'appartamento che senza le referenze parrocchiali avrebbe avuto un affitto impossibile. L'indirizzo e la facciata si adattavano alla reputazione da tutelare, e quindi non aveva nessun difetto, la casa al numero 19 di via Ariberto, tranne che per andare a scuola bisognava raggiungere l'altra parte di Milano.

Non faceva niente, erano abituate ad alzarsi presto, a coprirsi di scialli e calze di lana. Nella prima luce del mattino provavano una vertigine ogni volta che sbucavano sul Duomo e, dopo poche pedalate, scivolavano lisce tra le automobili, i carri, le carrozze e i grandi palazzi di corso Venezia finché, passate tra i caselli che non battevano più dazio, erano già quasi arrivate. A quel punto, sempre in anticipo, scendevano di sella. Una volta la Ille accompagnava la Ermis in via Poerio, la volta dopo la Ermis accompagnava la Ille in via Stoppani. Mentre parlavano, avevano il tempo per far raffreddare le guance, che non si sarebbero più colorite nel breve tragitto con cui ognuna raggiungeva la propria scuola. Milano non era poi così grande se bastava un quarto d'ora per attraversare il perimetro delle Mura spagnole, quelle mura associate alla grandezza del Manzoni che stavano cadendo sotto i colpi del progresso. Infatti ai tempi del Manzoni non esistevano le biciclette che Abigaille si era procurata alla fiera di Sinigallia, dopo che Erminia aveva impiegato i suoi risparmi per non farsi scappare la casa di via Ariberto. La Ille stava meglio all'aria aperta, da piccola era stata un buon selvaggio, una bambina assorta nei giochi in giardino finché il padre non rientrava per il pranzo. La Ermis, d'altro canto, avendo presto dovuto curarsi di entrambe allenandosi nella prudenza, si era volentieri fatta convincere che quel modo campagnolo di muoversi in città fosse più pratico che sconveniente. Certo, la pioggia, la pioggia annunciata, e pure la pioggia del giorno prima che lasciava giù un pantano pieno di pozzanghere... E poi il buio che d'inverno vietava di percorrere le viuzze medievali a causa delle buche, dei rifiuti sparsi e pure dei malintenzionati o dei ciuccatoni che non lo erano mai abbastanza per non riconoscere delle gonne svolazzanti nella nebbia. Ma erano rischi che si potevano evitare costeggiando la Cerchia dei Navigli che a quell'ora era già piena di gente che lavorava. Andare in bicicletta era oltretutto più sano che passare dall'essere stipate sul tranvai a tutte quelle ore chiuse in classe. Restavano comunque troppe le giornate in cui toccava rassegnarsi alla condensa dell'alito sui vetri, all'urtarsi dei cappelli e delle borse, agli ombrelli gocciolanti sulle scarpe che poi si inzuppavano completamente nei pezzi di strada da casa alla fermata, dalla fermata alla scuola, dove arrivavano asciutte fino all'orlo della gonna ma con la testa già un po' affaticata.

Disse Erminia alla sorella

Riposiamoci una mezz'oretta visto che anche stasera faremo le ore piccole... la giornata è stata faticosa... bisogna avere più pazienza con i colleghi che con gli alunni... le maestre nuove non sanno tenere la classe... quello vecchio si lamenta dell'associazione magistrale... sul bollettino si parla di pedagogia moderna... carta sprecata dice... a me che sono nella redazione... e esigo che nella mia scuola nessuno faccia come vuole... come si è sempre fatto... lo conosci il ritornello... ma questo insiste... con l'argomento che a casa ne ha altri quattro che andrebbero scalzi se non si ammazzasse di ripetizioni... le maestre mamme lo guardano dalle loro occhiaie croniche... cosa può capirne signorina direttrice... facendo sì sì con la testa... quel signorina mi sforzo di ignorarlo... gli do ragione dove ha ragione... eppure prendo meno di lui per dedicare tutto il mio tempo alla scuola... ma gliel'ho detto... con molta calma... perché è così... perché sai quanto mi dispiace non riuscire più a seguire i bambini di Don Carlo... a cui devo così tanto... l'anno in cui sono arrivata qui da sola... l'*annus horribilis* 1898... è stato peggio di quanto lasciassi trasparire nelle mie lettere... non volevo spaventarti Ille... da noi hanno arrestato un maestro... socialista o anarchico... ma scomparivano anche le madri... andavano a prendere quelle scese in piazza... per il pane... per i loro uomini mandati in guerra... dopo la batosta di Adua... ma anche per quelli che pagavano il dazio sulle michette quando venivano in città a lavorare... almeno quel salasso lo hanno tolto... quando è tornata la calma... una calma spaventosa... e intanto aumentavano i bambini abbandonati... un genitore in galera talvolta entrambi... o magari morto in quelle terribili giornate... non sapremo mai quanti di preciso... neppure quanti bambini... esposti a tutto... senza un tetto... però Don Carlo sapeva scovarli prima che finissero nelle braccia della delinquenza... o della legge... aveva ancora la parrocchia dei Santi Apostoli e Nazaro... dove lo hanno trasferito dal riformatorio di Parabiago... mandato via perché costava troppo insegnare un mestiere onesto ai minori... vestirli e nutrirli cristianamente... a Milano ha aperto il doposcuola nella canonica... poi il circolo Manzoni... e finalmente la casa di fronte a San Vittore... in tre anni è riuscito a farsi comprare tutto il palazzo... riempirlo e battezzarlo Pio Istituto pei Figli della Provvidenza... mi suonava come un monito ti confesso... lì sotto l'ombra del carcere... le guardie le tradotte la fila dei parenti... e appena viene buio il silenzio... finché ho capito quanti bambini Don Carlo raccoglieva proprio al cancello... quelli che finivano dentro con le mamme... quelli arrestati per vagabondaggio e accattonaggio... comunque non rincasavo mai da sola... adesso ci sono le biciclette e i lampioni nuovi... pare incredibile che siano pochi gli anni da quando sono arrivata a Milano... con l'indirizzo di Don Carlo San Martino... un posto dove andare a messa e fare qualcosa di buono... prevenire il male... non conoscevo ancora il suo motto... mi aveva però colpito che fosse un rosminiano... ti ricordi la nostra ultima gita al lago... quando papà non voleva perdere tempo per salire al Sancarlone... un santo a cui nostra madre era devota... poi dal battello si è proprio sbracciato per mostrarci la villa di Cesare Correnti... che appariva bianca in mezzo al parco con il bel prato esteso fino alla riva... un ricco mangiapreti lo ha chiamato mamma... a visitare le isole Borromee si è stancata tanto... vedendola così papà ha fermato un barcaiolo per portarci al Grand Hotel di Stresa... dev'essergli costato un occhio della testa... le nostre coppe di gelato te le ricordi?... ma la cosa che ti aveva più colpita erano i fiori... volevi conoscerne i nomi per piantarli da noi in giardino... oh bella... scoprirlo oggi... la mia piccola Ille che bisbiglia al cameriere... quanti anni avevi?... sette otto... certo che non sapeva dirti niente se non del clima mite... quindi tu rigiravi i tuoi rovelli di botanica mentre tornavamo all'imbarcadero... c'era un bel po' di gente... qualcuno guardava se arrivasse il battello... altri una villa dove era cresciuta la regina Margherita... mamma ha lasciato il braccio di papà puntando la mano verso le finestre... ravvivandosi... lassù si era spento Don Rosmini... messo al bando dagli austriaci e all'indice dal Vaticano aveva detto nostro padre sorridendo... e io sono stata felice fino ad Arona... mi è rimasta impressa ogni cosa... soprattutto il don che riconciliava i nostri genitori... che se da lassù ci guardano... contenti non lo so... se fossimo sposate... però in pace... e un poco orgogliosi forse... io di sicuro... perché stravedono per te lì alla Casa del Fanciullo... le volte che riesco a passarci è tutto un zia Ille... persino i più tremendi... e non solo perché li fai montare in bicicletta... la concedi come premio... sì d'accordo... ma quel premio significa che gli dai fiducia... che è un dono della fede direbbe Don Carlo... la fede che sposta le montagne... e tu quel dono lo hai avuto... fai mille cose e non ti stanchi... pure gli articoli per il giornale dell'istituto... tanto apprezzati dai nostri benefattori... e dal professorino biondo... insegnare al Parini non è da tutti... lo sai che io non metto naso... allora dimmi... ti ha offerto la merenda da Biffi e a te veniva da guardare l'orologio... com'è possibile?... e cosa gli piace se non le scampagnate e neanche l'opera... capisco... il Pascoli il Manzoni la numismatica... magari è timido... non voleva mancarti di rispetto... ma come fai a dire che non ti stupirebbe se buttasse i soldi al casino... questa città ti ha corrotta... santa pazienza era una battuta... non è che sei diventata permalosa e diffidente... proprio tu... lascia perdere quel che la vita... grazie a Dio anche il contrario... insomma chiudiamo l'argomento... tu ti metti a scrivere per *Il Bene* io per il bollettino... mi chiedo solo se gli hai detto degli articoli... e lui?... davvero ti è cascato dalle nuvole?... pensava a un certo barone di fisica... con quella firma... invece *Atomo cosciente* non è l'illustre professore... ma la mia Ille.

3

La casa era pronta a ricevere gli ospiti profumando di biancheria fresca e del bouquet in centro al tavolo rubato alle rose sul balcone. Nel letto grande avrebbero dormito i bambini e la madre, nell'altro Clelio a cui, nel giro di un anno, era spuntata l'ombra dei baffi. La mattina dopo, zia Ermis si sarebbe alzata dal divano in attesa che zia Ille tornasse dalla casa di un'amica per svegliare tutta la baracca. L'arrangiamento era stato rigettato da Giacinta con la valigia ancora in mano, ma le sorelle non erano state a discutere, visto che i nipoti non vedevano l'ora di andare all'Esposizione Internazionale. Già delusi che l'avessero rimandata al 1906, si erano visti sfumare la gita per l'incendio di agosto, quando le zie in vacanza a Fenera avevano insistito di aspettare la riapertura dei padiglioni andati a fuoco.

Invece adesso erano arrivati in una giornata perfetta di settembre. L'anticipo delle attrazioni lo percepivano già nella marea dei viaggiatori solcata dalle piccole figure delle zie che li guidavano svelte verso l'intrico delle linee tranviarie, appena fuori dalla stazione. Rinfrescatisi nel bagno dell'appartamento, i nipoti bevvero dal rubinetto con l'avidità di ripartire. Tra il sali e scendi sui tram, altre scintille in frenata, videro la torre del Castello Sforzesco che, pur finita da appena un anno, era il faro che segnalava di essere arrivati dove tutti volevano andare. Con i biglietti scontati del Touring Club, di cui le zie erano socie, entrarono dall'ingresso principale che riproduceva il traforo del Sempione e le fatiche di strapparlo alla montagna. Ammirarono il parco aerostatico, la galleria dei trasporti elettrici, la via egizia, l'acquario e il toboga, ridendo dei buontemponi che scendevano dalle barche con i vestiti zuppi e privi di qualche cappello volato in acqua. Su un lembo di prato vicino ai padiglioni reinaugurati, tirarono fuori i panini nell'inutile speranza che all'ora di pranzo si sarebbe accorciata la fila per entrare. Valeva però la pena perché nel padiglione dell'arte decorativa – così parve alla Ines – si camminava come in un'enorme casa di bambole e infine ci si affacciava sulla nuova moda italiana che strabiliava persino i maschi. O forse erano le modelle particolarmente incantevoli in certe creazioni che non le strizzavano nei busti, ma le avvolgevano in veli e mantelle da castellana delle fiabe. Perché erano abiti ispirati ai maestri del Rinascimento, spiegò zia Ermis. Ma anche perché le donne, comprese le dive e le gran dame, dovevano essere libere di muoversi e respirare, disse zia Ille che, conoscendo la creatrice, fu lieta di raccontare la sua storia.

Rosa Genoni era arrivata a Milano che aveva nove anni e non era neanche la più piccola tra le *piscinine* mandate a bottega da una sarta. Diventata con le sue forze una donna istruita e, oltretutto, molto bella, non aveva mai nascosto le umili origini e le durezze dell'apprendistato. Appoggiava anzi le lotte dei lavoratori battendosi soprattutto per le donne e le fanciulle che erano le più sfruttate e vessate, anche se proprio le *piscinine* avevano sorpreso la città con lo sciopero vittorioso del 1902. Gli imponenti cappelli della Rosa Genoni apparivano dunque alla Camera del Lavoro e alle riunioni della Lega per la tutela degli interessi femminili, ma anche ai convegni per la pace perché la guerra la pagavano soprattutto le donne e i poveri di ogni paese. E adesso che dirigeva la Maison H. Haardt & Fils a due passi dal Duomo, si era prestata a dirigere pure le allieve che cucendo e ricamando fin nelle ore piccole avevano rifatto da capo gli abiti rovinati dall'incendio. La scuola di sartoria si teneva presso la Società Umanitaria che di corsi professionali ne aveva avviati già parecchi, essendosi formata allo scopo di aiutare i diseredati a sollevarsi da sé con il lavoro, con l'appoggio, con l'istruzione.

Citando quelle parole, la zia portava all'apice l'intonazione che a Clelio suonava di colpo inaudita proprio perché gli era tanto familiare. Nessuno dei suoi professori si trasformava così sulla cattedra, nonostante il vantaggio di un'ampia cassa toracica da cui, piena e profonda, poteva espandersi la voce maschile. Erano buone, le zie, erano pazienti e dolci di carattere, e dolci erano anche le loro vocine. Le alzavano giusto per chiamare qualcuno, o per cantare, o per fare lezione. E proprio allora a tutte e due uscivano quei toni acuti che sarebbero stati derisi come « da gallina » o « da campanella » non fossero state delle maestre considerate brave da tutti. Ma solo zia Ille parlava e ti guardava con gli occhi neri accesi come se avesse qualcuno che *ditta dentro*, o come se le dicerie sul suo nome che porta male non fossero scemenze. Poi sciocchezze lo erano comunque, perché l'avevano sì battezzata in omaggio a Verdi, però chissà cosa avevano in comune la Abigaille del Nabucco ardente di passione funesta e la zia signorina che si infuocava semmai per gli schiavi. Allora Clelio la seguì al padiglione della Società Umanitaria, e al padiglione della pace voluto dal Moneta, quel grand'uomo premiato con il Nobel, quando i fratelli, stanchi della giornata cominciata all'alba, vennero riportati a casa da zia Ermis. E la mattina dopo, mentre gli altri andavano alla messa della domenica, la seguì in via Solari, dove era già inaugurato e abitato il primo quartiere di case popolari, di cui avevano visto i modelli al padiglione dell'Umanitaria. Da grande, disse Clelio, mi piacerebbe costruire ponti, gallerie, centrali elettriche ma anche alloggi come questi: con la luce, il gas, l'acqua corrente, il gabinetto. Per via dell'Esposizione, disse zia Ille, volete fare tutti l'ingegnere. Insomma, molti, disse Clelio. E non le disse niente delle voci secondo cui la cara zietta avrebbe mandato i preti al diavolo per abbracciare il sol dell'avvenire. Credeva di aver capito abbastanza. Le disse solo che Ettore sognava di passare dal traforo del Sempione, scendere in Svizzera e tornare indietro. Dovrà pensarci la befana, disse la zia: lo accompagni tu, ma prima informati dal tuo capostazione quali dei grandi treni fermano ad Arona, così quel viaggetto riuscite a farlo su uno che viene da Parigi. Doveva aver capito anche la zia, pensava Clelio mentre si affrettavano a raggiungere gli altri in piazza Duomo. Non c'era tempo da perdere se volevano vedere la città dall'alto, la Galleria, la Scala, il Cenacolo, il museo di Storia Naturale, visto che il treno per Novara che li avrebbe riportati a casa partiva verso le cinque.

4

La città cresciuta incontro all'Esposizione Internazionale continuava a riempirsi di un'infinità di palazzine rivestite di quel poco di grazia liberty che accontentava gli acquirenti. Del resto, se i fronzoli non erano tradizione delle grandi famiglie milanesi, perché mai chi non era abituato a contarsi tra i signori avrebbe dovuto dare importanza se il ghirigoro del suo balcone somigliava al ghirigoro della casa accanto? Non erano i dettagli di facciata a distinguere l'indirizzo dove le sorelle Zanetta infine si trasferirono, ma la sostanza tanto migliore di tutti i giorni. Le elementari di via Poerio erano dietro l'angolo, in via Stoppani si arrivava con una breve camminata. C'era da ringraziare il buon nome che si era fatta Erminia come direttrice scolastica, però il trasloco in via Goldoni segnava anche la misura irreversibile di un distacco. Quando gli insegnanti cattolici uscirono dall'Unione Magistrale, le sorelle non presero in considerazione di seguirli. La ragione dello scisma era il decreto del 1906 che aboliva l'insegnamento della religione: approvarlo, anche solo per l'ideale di un'istruzione uguale per tutti i bambini, era una scelta di campo.

Nelle scelte di vita delle sorelle, per non dire della loro anima, la fede materna e paterna si erano sempre spartite lo spazio di Dio e Cesare. Ma adesso neanche Don Carlo San Martino, il patriota, l'educatore che applicava principi e metodi moderni alla salvezza dei bambini derelitti, poteva restare un punto di riferimento. Quando liberarono la casa di via Ariberto smettendo di tagliare in bicicletta il cuore vecchio di Milano, forse nessuna delle due aveva smesso del tutto di credere in Dio. Semplicemente non c'era quasi più spazio per la religione e ancora meno tempo. Milano si trasformava senza tregua per produrre nuovi beni e quei beni producevano la convinzione che i mali non fossero immutabili. Era il tempo della città che consumava l'antica fede. Erminia vi opponeva la sua costanza pedagogica, Abigaille aveva fatto proprio l'imperativo della fretta. Prese la tessera dell'Umanitaria, dell'Università Popolare, del Consorzio delle biblioteche popolari, del Circolo filologico, del Comitato pro suffragio, della Camera del Lavoro. Scrisse per *La Cooperazione Italiana*, *La Scuola popolare* e *L'Alleanza* fondata come « Rassegna settimanale politica, artistica, letteraria per l'istruzione della donna » dalla maestra suffragista Carmela Baricelli. Pubblicò un articolo che criticava « una mia buona compagna di scuola, insegnante in un villaggio lombardo » per il tema assegnato « ai suoi scolaretti di seconda elementare: *Un poverello si presentò alla casa di Carletto. Che cosa gli chiese? Che fece il buon Carletto?* Ecco la vecchia morale che sanziona l'accattonaggio prostituente la dignità individuale a collettiva, ecco l'apologia dell'imprevidenza da un lato; della dispersione infruttuosa del soccorso umano dall'altro. » La violenza di quell'attacco alla morale cattolica espressa con due spiccioli di carità e la pacifica accettazione di ogni miseria, l'orgoglio con cui l'autrice rivendicava che « a scuotermi dalla coscienza tanta caligine, furono a me di stimolo e di aiuto l'attività, l'alta temperatura intellettuale, il regime battagliero dei grandi centri di vita in cui si svolse l'opera mia professionale » scatenò il contrattacco del giornale su cui si era firmata *Atomo*. *Il Bene* fece uscire la risposta di una pedagogista che, dall'alto di un cognome nobiliare, a quella « perfida Abigaille » contestò persino di chiamarsi come la moglie biblica di un « pecoraio del Monte Carmelo ». Poi la accusò di ignoranza, di arroganza, di « non avere ancora marito » e, soprattutto, di aver negletto le virtù necessarie a istruire i figli del popolo, « quali sono la pazienza e la tolleranza », virtù esemplari nella « maestrina di campagna » che invece la « Signora Zanetta » aveva buttato « tra le correnti della modernità » dove « le gatte frettolose fanno quasi sempre i gattini ciechi ». Tra i colpi del dileggio personale, l'aristocratica collega infilò anche una frecciata eloquente contro i « collettivisti ». La pietra dello scandalo era infatti uscita su *La Cooperazione Italiana*, il giornale delle cooperative e delle società di Mutuo soccorso.

Delegata dalle medesime, Abigaille partì per Macerata nell'estate del 1909, dove al V Congresso nazionale della previdenza tenne una relazione sulle casse di maternità, esordendo come oratrice sul palco di un settecentesco teatro d'opera che nei palchi dorati ospitava vari ministri. Colpì i convenuti dichiarando che « noi crediamo che la maternità non sia un malanno femminile bensì la più alta funzione della specie umana, la più preziosa funzione sociale e come tale reclami per diritto la tutela collettiva e legale ». Ebbe un tale successo che nella lettera mandata subito alla sorella proclamò che « il mio nome ai quattro venti mi fa ridere » e di essere diventata « un personaggio ».

Sorrise anche Erminia di tanta premura nel farle sapere che non si sarebbe montata la testa, ma poi si accorse che sua sorella non avrebbe scritto in quel tono ai compagni, neanche a quelli che l'avevano mandata al congresso. Poteva capirlo solo lei quanto fosse sincero quel bisogno di prendersi in giro deponendo le armi retoriche che l'avevano portata in trionfo, solo Ermis la conosceva davvero, la conosceva da piccola. La Ille testarda nel fare e rifare le cose finché ne era soddisfatta e, certo, era contenta di un complimento o di un bel voto, delusa da quelli brutti, ferita dalle sgridate, come ogni bambina. Però ben prima di restare orfana era venuto fuori questo tratto del carattere che la portava a schermirsi dall'altrui giudizio, compreso quello di coloro a cui voleva bene, con l'eccezione del padre, e neanche sempre, per quanto lo venerasse. E allora, quando papà era via e non poteva benedire i suoi esperimenti in giardino, lei raccoglieva lo stesso molliche e lombrichi per il caso non raro di trovare un uccello cascato dal nido, sapendo che quasi mai sarebbe riuscita a salvarlo. Alla fine lo seppelliva ai piedi dell'albero da cui avrebbe dovuto librarsi e, dopo il funerale con gli « accogli in cielo » lanciati verso i rami più alti, rimetteva in ordine senza lasciare traccia di terra né in giardino né su se stessa. A volte la punizione arrivava comunque, e a lei dispiaceva moltissimo sapersi incompresa dalla madre che dalla poltrona davanti alla finestra aveva scoperto quei riti sacrileghi, e allora tutti a convincerla che la finisse di dedicarsi a quelle creaturine. Non contava infinitamente di più la salute materna? Ma niente: la povera mamma la curavano il medico di Borgomanero e pure quegli altri dottori, e lei imbeccava i piccoli implumi o steccava un'ala spezzata perché era ciò che poteva fare e, quindi, doveva farlo. Ragionava così, sua sorella. Adesso quel pensiero era diventato grande come la fede in un mondo senza padroni e forte della certezza di non essere sola a volerlo, ma parte di un movimento senza confini. Invece questo mondo qui le avrebbe riservato dei dispiaceri inconcepibili per la testa che aveva, anche se per difendersi o contrattaccare ormai di armi ne aveva parecchie. Dunque c'era solo da rallegrarsi, al momento, aspettando che raccontasse per filo e per segno dei giorni maceratesi.

La vera notizia fu la nomina nel Consiglio generale della Federazione del Mutuo soccorso, un incarico che la compagna Zanetta avrebbe svolto insieme agli altri impegni associativi, ma, soggiungendo, senza avere « ancora nessuna chiara direzione politica ». Solo parlando con la sorella si soffermò su ogni impressione raccolta durante il viaggio con la curiosità di chi, nei suoi trentaquattro anni quasi compiuti, non era mai stata così a sud del suo Paese. Allora Erminia organizzò « un viaggetto a Genova » perché la Ille aveva appena visto il mare, però dal treno, e non valeva.

Una lettera a Anna Kuliscioff, che A.Z. forse non ha mai scritto

Da giorni mi porto dietro le cose che vorrei dirti, ma non so come, cara Anna. In fondo, bastano i motivi che ho già espresso con la schiettezza sempre dovuta tra noi compagne, e a te in particolare. Chi, meglio di te, si è fatta esempio di come una serietà inflessibile, e non l'accomodante diplomazia a cui fummo educate, sia il fondamento con cui una donna si guadagna il rispetto? Eppure non mi meraviglierei se a quest'affermazione tu alzassi un poco le sopracciglia sopra quei tuoi occhi chiari che ci scrutano dalla distanza artica da cui provengono. Ci ritieni gente a cui le belle parole servono a fare bella figura, un popolo di parolai e teatranti. Fatui e noiosi per la gran parte, e solo nell'eccezione che conferma la regola – Turati e pochi altri – dotati di vero spirito e intelligenza. E se si contano sulla punta delle dita gli uomini che consideri degli interlocutori, ho in mente un'unica donna cui neanche nel disaccordo revocheresti la tua stima. Invece noi, che non ci siamo sollevate dalla condizione proletaria con il genio della tua cara Rosa Genoni, ce la portiamo cucita addosso, a punto croce o catenella, l'angustia delle nostre case piccolo-borghesi e l'aria delle nostre aulette sovraffollate, e tutto ciò che deve sembrare ristretto ai tuoi occhi che hanno visto il mondo. Ma dato che a fare la maestra di noi maestre non sei adatta, il compito di dedicarti a *La Difesa delle Lavoratrici* ti sarà pesato sin da principio. Tu sei stoica, però, e sei un politico. Dunque hai fatto quel che andava fatto. Solo tu potevi ottenere che uno strumento di propaganda come quello delle socialdemocratiche tedesche venisse emulato da noi in Italia. Chissà se ne fossero convinti, i nostri dirigenti, o non volevano apparire provincialotti dinnanzi alla Kuliscioff? Sia come sia, l'hai avuta vinta e non restava che convocare la redazione nel tuo salotto.

E questo mi riporta alla prima volta che mi invitasti a farti visita. La mattina avevo portato le mie alunne a curare il piccolo orto botanico creato nei pressi della nostra scuola. Te ne parlai raffigurandoti la loro emozione nell'osservare che la pianta seminata in prima elementare aveva buttato fuori dei rametti. Qualcuna si commosse vedendo l'albero futuro prendere forma. Ti spiegai che la mia scuola raccoglieva i bambini di varie classi sociali perché la zona le contiene quasi tutte, ben separate però dal corso Buenos Aires. I figli degli artigiani e dei bottegai vengono dai palazzotti speculativamente ammassati là dove c'era stato il Lazzaretto, quelli del ceto professionale e impiegatizio dal lato destro dello spartiacque, e i bimbi proletari partono dalle case di ringhiera, dalle corti e cascine oltre il rondò di Loreto. Ti dissi che, alzandosi presto per macinare tutta quella strada e, una volta fatta all'indietro, dovendo lavorare e badare ai fratellini, le scolare arrivate da là fuori lottavano, troppo sovente invano, con i colpi di sonno: mortificando, poverine, il mio impegno nel dare proprio a loro la stessa educazione che a quelle con la faccina fresca. Osservasti che i corpi delle mie alunne non erano soggiogati solo dalla stanchezza, ma dalle privazioni che colpiscono anzitempo la prole dei lavoratori: carenza di cibo, d'igiene e di aria buona che producono anemia, tisi e altre malattie latenti. Ai bisogni del corpo non si comanda, mi dicesti, e non si rimedia con l'educazione. E che questa verità elementare, sperimentata come medico e abbracciata come marxista, portava alla necessità di agire politicamente. Perché non venite nel nostro partito?, mi chiedesti. Capii che l'invito lassù nel tuo regno era mirato sin dall'origine ad arruolarmi. Me ne sentii onorata, lo sono ancora, e da cinque anni rinnovo la mia tessera con immutabile riconoscenza. Nella tua lettera di febbraio scrivi che « la simpatia, la benevolenza amichevole, il piacere di aver trovato in voi una giovane forza utile e preziosa alla nostra causa non cambiano così facilmente. Non vi ho tenuta un po' anch'io al battesimo socialista? » Chissà se rimpiangi di avermi fatto da madrina? O lo consideri un errore di quelli che inevitabilmente compie chi conduce una battaglia con i validi e i meno validi? La sola cosa che davvero auspico, cara Anna, è che tu sia disposta a riconoscere la natura esclusivamente politica del nostro dissidio. A febbraio potemmo metterci una pezza, in nome della comune casa socialista e magari pure della benevolenza amichevole, ma quel che è accaduto in questo 1914 mi ha reso quantomai difficile tornare sui miei passi.

La penso così e a farne fede non sono le parole con cui ho offerto le mie dimissioni, ma la decisione stessa.

La mia decisione è stata tanto meditata quanto le parole mi sono uscite irruenti. E se adesso mi rimprovero, è solo perché ti hanno reso troppo facile coglierci nient'altro che una reazione isterica, un gesto teatrale per avere il plauso dei miei compagni di corrente. La Zanetta cos'aveva da sbattere la porta strepitando, se io ho dovuto dare la mia rivista in mano a *quelli*? Che scena assurda, ti vedo commentare con Turati, quando la Balabanoff è tutta soddisfatta, invece, di aver ottenuto la direzione della *Difesa* e pure la direzione ombra dell'*Avanti!* Ecco, per quanto ti ripugni saperla infatuata di Mussolini e, peggio, al giornale e nel partito ardentemente al suo servizio, almeno la consideri un'avversaria, la Balabanoff. Chissà se nella vita vi siete mai intese? Però è a lei che affidasti la rivista, dopotutto, avendo in comune l'origine, la cultura, i contatti internazionali. Ah, le russe, le nostre russe! Queste creature dell'altro sesso a cui il freddo, la fatica, la sporcizia, la meschinità non fanno niente. Che catechizzano sul *Capitale*, che parlano tutte le lingue, che hanno avuto le vite che neanche un gatto, che resta un mistero dove e quando sono nate, ma sono sempre donne di gran fascino e dunque fanno ciò che vogliono. Vi vedono così, i compagni, e attingono a Tolstoj o Dostoevskij, a Gorkij e pure Čechov per rifinire il ritratto. Come potrei, come potremmo tutte quante, dall'austera coppia Malnati-Clerici alla raffinatissima Sarfatti, misurarci con voialtre eroine da romanzo?

Mi sono lasciata andare al gusto del bozzetto per avvolgerci un fondo serio, ma, ahimè, mi accorgo che come faccio sbaglio. Il mio piglio satirico che tanto apprezzavi, temo che ora tu voglia ricondurlo al più meschino dei sentimenti: la smania di svilire chi ci mette di fronte alla nostra piccolezza, il tarlo che scava gli animi risentiti, l'invidia che è sempre stata un peccato capitale. Ma su questo, cara Anna, sbagli tu. Perché se io dovessi collocarmi in un girone dantesco, non finirei tra gli invidiosi e neppure gli iracondi, essendo un cane che abbaia per reazione ma non morde. Invece mi appartiene la superbia. Ebbi la fortuna di nascere dalla parte giusta di un borgo medievale e selvaggio, ma rifiutavo sin dall'infanzia che bastasse un fiumiciattolo a dividere l'umanità padrona da quella serva. Non mi sono mai sentita superiore ai figli dei contadini con cui crescevo, mai inferiore a chi avesse dei privilegi di qualsiasi natura, pur comprendendo presto i limiti della mia provenienza e dei miei orizzonti. Mai.

In fondo non c'è altra spinta, se non questa mia superbia innata, perché mi ostini a parlarti con la pretesa di trovarti aperta non solo all'ascolto ma addirittura alla critica. Tant'è: che tu mi ascolti o meno, sento comunque di doverti dire ciò che penso.

Penso che tu abbia il merito di aver condotto nell'alveo del partito le donne più sensibili alla questione di classe e il demerito di esserti imborghesita quasi quanto le femministe borghesi a cui riuscisti a sottrarre tante forze. Lo penso a ragion veduta, considerata la tua reazione all'articolo di gennaio in cui scrissi « che il maschio socialista è conservatore automatico del suo privilegio di maschio al cospetto nostro. Crede profondamente ancora che ciò che è opinione sua, iniziativa sua, abbia un'importanza infinitamente superiore, per non dire esclusiva, nella politica e nella vita. Non concede, o forse non ha mai pensato, che il pensiero dell'altro sesso possa essere non una semplice eco del pensiero suo, ma un elemento modificatore, finalmente, della monca e monocola vita pubblica ». Ricordo che menzionando « il monopolio dell'uomo » volli rendere tributo alla tua celebre conferenza, ma tu commentasti brusca che, persa la battaglia per il voto femminile, non fosse il momento per irritare i compagni con dei discorsi alati senza costrutto. Zanetta, dicesti, statemi a sentire. Impegniamoci a migliorare la previdenza, le condizioni di lavoro, la busta paga e gli altri obiettivi raggiungibili con la lotta democratica. Pretendiamo che le città in mano nostra rafforzino le opere a vantaggio dei lavoratori, a partire dalle donne e dai fanciulli, dando l'esempio all'Italia più avanzata. Eccetera.

Mi spiace, Anna, ma il vostro riformismo non mi sembra ormai molto dissimile dal miglior cattolicesimo, quella chiesa dedita agli Ultimi a cui smisi di essere fedele. Con la differenza che il buon cristiano si accontenta di rendere un po' migliore questo mondo, questa vita una croce un poco più leggera da portare, poiché crede che lo attendano un'altra vita, un altro mondo. Tu che invece ti accontenti credendo di agire secondo le razionali leggi del materialismo storico, hai abbassato la tua bella testa alle strategie di una politica che è arte del possibile e poco altro. Il socialismo può attendere, neanche a parlare della rivoluzione. Chiunque pronunci la parola è un pernicioso agitatore di aria fritta. Capisco che la lotta interna sia aspra e che ti bruci la sconfitta, ma commetti un grosso errore considerandoci un'unica marmaglia. Un errore di superbia: lascia che con cognizione te lo dica. Cosa hanno in comune un giovane affidabile come Bruno Fortichiari, che svolge il ruolo di segretario con tanta bravura organizzativa, e l'incendiario direttore dell'*Avanti!*, tranne che sono delle stesse terre e, appunto, della stessa fede rivoluzionaria? La sottoscritta non ha forse dimostrato di non essere allineata con la Balabanoff? Ci si incontra, si discute, ma non sempre si è d'accordo. Non dovrei rivelarti nulla di stravagante, cara Anna, anche se i luoghi dei nostri incontri non sono paragonabili all'entrata sotto i portici della Galleria per salire al tuo quartier generale. Eppure è tutto a due passi, un paesotto, e quelle ridotte dimensioni rendono il nostro mondino rosso altrettanto chiacchierone. Dunque suppongo ti sia giunta voce che mi sono messa con un compagno di osteria proprio di Mussolini. Avrei preferito non menzionarlo, Sandro Giuliani, ma senza spazzare via l'imbarazzo non posso fare la chiarezza necessaria. Mi chiedo, infatti, se da questo pettegolezzo sulla mia vita intima tu abbia tratto che ci fosse un disegno: la Balabanoff tiene la posizione, la Zanetta lancia un segnale di belligeranza. O ti sei convinta, banalmente, che questa vecchia maestrina si sia rincitrullita per amore?

Lo so che rischio di coprirmi di ridicolo insistendo su un episodio che è acqua passata, o forse meglio, inchiostro destinato a sbiadire tra le mani delle nostre lettrici non troppo numerose. Quanto conta, alla fin fine, quale direzione prenda *La Difesa delle Lavoratrici*? Per me conta parimenti adesso, che mi sono decisa a restarvi, come quando, con grande dispiacere, mi parve l'ora di abbandonarla. Niente e nessuno mi ci hanno indotta, non l'interesse di corrente, non l'amore, neanche l'avessi acciuffato come l'ultimo tram. Vedi, ciascuna impara a venire a patti con quel che ha e non ha avuto, e un poco di superbia aiuta a passare sopra le piccole bassezze che non meritano la rabbia né la pena. Alle soglie dei quarant'anni ho fatto il callo che ogni cosa è un buon pretesto per puntare il dito contro la zitella, anzi la *spinster* – visto che apostrofarla in inglese non è villano – la quale non sarebbe solo inacidita come il latte mai sgorgato dal suo seno, ma addirittura un terzo sesso, una donna mancata, un uomo venuto male. Cosa posso replicare alle teorie del Ferrero e del Lombroso, che sono luminari di tale fama e, oltretutto, nostri compagni sempre ben accolti nel tuo salotto? Nulla, tranne che non ho mai pensato di sposarmi non avendo mai incontrato un candidato degno del mio amore e dell'amore con cui mi è stata fedelmente accanto mia sorella Erminia. Hanno ragione, i nostri insigni positivisti, a osservare che, abituate a incontrarlo sotto altre forme, amando i nostri alunni come dei figli, amando i fratelli elettivi come quelli di sangue, amando il progresso e la giustizia, l'amore che assicura la continuazione della specie finisce per non mancarci troppo. Dunque è possibilissimo che debba ringraziare la mia incallita *spinsteraggine* se oggi gioisco di aver ritrovato la passione originaria, ma per essa non baratterei un grammo delle mie facoltà di scelta e di giudizio. Però di questo non vado fiera: anzi ammiro l'intelligenza mediatrice delle donne che hanno marito e figli, e resto sovente incredula dinnanzi alla forza di cui le lavoratrici danno prova quotidiana, come al cospetto di un eroismo che mi fu risparmiato immeritatamente.

Il fatto è che, per quanto incomparabili siano le nostre storie, tu e io, e l'intera compagine che riunisti nella *Difesa*, abbiamo in comune l'istruzione, il lavoro dignitoso, l'opportunità di esprimere il nostro pensiero sulla pagina stampata e in altri spazi della vita pubblica. L'emancipazione, che ci ha rese più libere in tutto, persino nei compromessi con l'altro sesso e, chissà, addirittura di restare cieche all'infedeltà del gallo come la Balabanoff, non avrebbe dovuto distorcerci lo sguardo su coloro che sono escluse dal nostro privilegio. Invece a noi, che dovremmo avere stampato nel cuore che la lotta per gli oppressi non si fa mai dall'alto in basso, manca la giusta considerazione verso le donne ancora incatenate a un doppio giogo. Facciamo loro la morale, che pure è diversa da quella vecchia, ma con un fondo di condiscendenza fin troppo simile all'atteggiamento delle filantrope borghesi. Riteniamo nostro compito difendere le lavoratrici, come il nome della rivista dice chiaro, quasi che la loro debolezza ci apparisse un dato di natura, essendo nate donne prima di diventare classe operaia. E se non somigliamo al buon padre né al buon parroco, ci mettiamo spesso in cattedra con la benintenzionata ottusità di certe mie colleghe convinte non si possa cavare il sangue dalle rape. Persino tu, Anna, che hai scarsa simpatia per noi maestre.

Rammento, però, che quando venni a trovarti quella prima volta, eri molto interessata all'esperimento del mio orticello scolastico. Ti dissi che erano pochissime le alunne a cui non pareva un prodigio che da una delle ghiande raccolte ai giardini di Porta Venezia fosse spuntato un fusto dalle foglioline identiche a una quercia secolare. Erano due bambine che di solito si assopivano sui banchi, figlie di contadini costretti a portare in città le loro braccia. Le invitai a mostrare come si tolgono le erbacce, come si innaffia e si concima. Eseguendolo con gesti svelti, le due si misero a spiegare che il *bufèt*, il dente di leone, infesta dappertutto ma non va buttato perché è buono per farci tante cose, dall'insalata matta al decotto che serve a digerire anche i chiodi. Dissi che le avrei chiamate a lezione per esporre quello che sapevano delle piante e degli animali, di modo che un poco di biologia entrasse meglio nella zucca a tutte quante. Era un approccio già collaudato che, ribaltando la gerarchia e geografia di classe, metteva le alunne borghesi di fronte a un'inconsueta ignoranza, mentre il gruppetto che scendeva il corso Buenos Aires si sentiva spronato da un improvviso senso di rivalsa. Alla fine, conclusi, ne beneficiava l'intera classe, visto che all'infanzia cresciuta in città risulta astratto persino il nesso tra l'uovo e la gallina: a maggior danno, neanche a sottolinearlo, di chi quell'uovo se lo trova raramente tra le mani. E se lo spreca, per non dire rompe, sono botte. Ti complimentasti con quell'esempio su come si semini l'orgoglio di classe nel proletariato urbano, pur rimarcando, con un'alzata ironica del sopracciglio, che le botte non fanno meno male quando le distribuisce la sapienza contadina. Così indugiasti un poco sui tempi in cui eri « andata al popolo » delle campagne russe, sorridendo dell'ingenuo romanticismo della tua gioventù anarchica e ribelle. Parlasti invece con orgoglio degli anni in cui ti addentravi nei più infimi quartieri milanesi per curare le lavoratrici di quel mal di petto che, insieme a quello alle ossa, ora ti rendono impossibile uscire di casa. E tanto mi impressionò il tuo racconto che ti ho ancora davanti agli occhi, seduta all'angolo del tuo divanetto verde, circonfusa dalla luce spiovente delle grandi vetrate, dritta, la sigaretta nel bocchino e la mano sinistra sul bracciolo che trasfigurava la tua infermità in inflessibilità regale.

Se voglio renderti giustizia, cara Anna, e lo voglio sinceramente, allora devo riconoscere che, persino nel tuo caso, ci sono delle condizioni materiali a far sì che tu sappia tutto ciò che scrive la stampa di mezzo mondo, ma sempre meno di come si vive lontano dalla Galleria Vittorio Emanuele. Vedi dall'alto in basso, anche perché è questa la visione a cui accedi: l'umanità giù nella piazza, tutta piccina, coperta perlopiù da bei cappelli grandi, mentre tu ti ritrovi faccia a faccia solo con i santi di marmo e i piccioni in cima al Duomo.

Adesso i tuoi occhi paiono essersi indeboliti al punto che ti affatichi persino a leggere, e la cosa non può che dispiacermi. Ma esiste un difetto della vista che deriva dal rifiuto di vedere ciò che non rientra nella nostra visione collaudata, e quel deliberato offuscamento non riesco a giustificarlo in alcun modo. Non dopo la « Settimana rossa » quando, a dirla franca, voi riformisti non siete stati gli unici a mostrare una parziale cecità, però i primi a non voler proprio riconoscere ciò che avveniva nel Paese.

In quei giorni, cara Anna, io non stavo a leggere i corsivi incendiari del direttore dell'*Avanti!*, ma alla Camera del Lavoro: per appianare il dissidio nella forza sindacale, per scongiurare la guerra fratricida che giova solo al potere, per evitare che qui si ripetesse il macello del Bava Beccaris, considerati i nostri morti e feriti ad Ancona e tutto il sangue che ci costò il dover rispondere a questa nuova strage. Se avessi visto il mio moroso ci avrei sicuramente litigato, ma era partito con Mussolini per la Romagna insorta. Sentirli invocare la rivoluzione benedicendo l'ira proletaria ovunque si sfogasse a me pareva un errore politico e una mancanza di scrupolo morale sapendolo anch'essi, dopotutto, come sarebbe andata a finire. Non è dal 1898 che le nostre autorità, dal re a capo dell'esercito al buon democratico Giolitti, hanno l'abitudine di svuotare le caserme per mandarle a sparare sulla folla? E questo spreco di vite dei compagni a chi giova: al nostro socialismo o a loro che, lavandosi le mani, poi si fregiano dell'ordine ristabilito? Eppure non ho esitato un secondo a parlare in questa nostra città, come una delle voci del partito che a quel popolo accorso a riempire ogni centimetro dell'Arena gridava incontro che sollevarsi, uniti e solidali, era giusto. Dunque ho incitato e mediato, sempre convinta di agire nell'interesse del nostro partito e della nostra causa. Resto altresì convinta che revocare – dopo due soli giorni! – lo sciopero generale fosse un errore che avremmo pagato non meno caro. E che quel cedimento non avveduto bensì codardo scaturisse dal fatto che a voi « realisti » va proprio di traverso ogni moto popolare che sale dal basso senza chiedere « scusate, compagni onorevoli, compagni delegati, sono maturi i tempi? » Allora io che, da vecchia maestrina, preferisco Foscolo e Leopardi agli *zum zum* dei futuristi, io che, da brava piemontese di lingua lombarda, diffido di chiunque faccia il ganassa, mi trovo schierata con quelli che tu consideri una banda di avventurieri: perché almeno lo sanno ancora come è fatto il nostro popolo lavoratore.

Quando ero lassù all'Arena, in attesa di prendere la parola, temendo che la voce non mi reggesse davanti a quella folla inaudita, mi sono concentrata a guardare i volti, per imprimermi bene chi fossero i nostri compagni, e pure per calmarmi. Le donne erano molte, determinate e furibonde. Le nostre lavoratrici che da trent'anni tirano la carretta, con uno dei maschi di famiglia costretto a emigrare, e un altro mandato in guerra per un pezzo di pane e, se va male, tornato in una cassa da morto. Le nostre donne che si ribellano alla vergogna di questa classe politica, questi padroni abbagliati dall'avidità, questa borghesia gonfia di smanie di grandezza che, per rapinare qualche sventurato popolo del deserto, compie assieme agli altri il capolavoro di affamare anche il proprio. Da trent'anni e passa.

Devo rammentarti che il disastro scatenante quest'ultima insurrezione l'ha combinato l'ottimo Giolitti con cui voi riformisti foste così pronti a collaborare? Certo, si trattava delle riforme in patria, questi passettini avanti nel progresso della democrazia, non della sciagurata idea di partire alla conquista della Libia. Nessuna critica mi farà mai dimenticare quanto l'espulsione di Bonomi e Bissolati, i tuoi sodali folgorati dal bel suol d'amore di Tripoli, ti fosse risultata dolorosa eppure necessaria. Nemmeno ti nascondo che mai, come allora, quando la grande ubriacatura coloniale mi tirò tanti di quegli schiaffi da parte di chi era impensabile – il Pascoli e persino quel Teodoro Moneta che veneravo! –, ti fui infinitamente grata che già dall'anno prima mi avessi portata nel Partito socialista.

Ma di fronte a quelle donne all'Arena ripensai alle prediche contro il militarismo che pubblicammo sulla *Difesa*. E allora ti dico che non basta ripetere che nessuna madre vuole sacrificare la vita che ha generato e, con gli appelli all'istinto femminile, portare qualche gonna in piazza quando serve o fa comodo. La tua fermezza nell'avversare l'impresa libica anche a discapito dei tuoi legami, non dimostra forse che si può ragionare come un uomo, anzi con lucidità maggiore, essendo insensibili al richiamo primitivo della retorica virile e guerresca? Se tu ti sei formata una grande mente politica e io una molto più modesta, ti chiedo perché non ci siamo mai impegnate a spianare la strada alle nostre simili cui manca solo una chiara coscienza di quanto l'intera società padronale si regga sulla loro oppressione di donne e di lavoratrici? Ecco, io per questo intendo ancora battermi anche con la penna, l'unica arma che sia lieta di aver imparato a maneggiare.

Volevo finire di scriverti con calma, ma ora benedico che quella calma non l'abbia più trovata. Devo piuttosto trattenermi dal cestinare questa lettera che suona come il ronzio noioso di una mosca nello strepitare infernale dei cannoni. Dopo l'attentato di Sarajevo ero pronta ad aspettarmi che la messe del nazionalismo spargesse ancora i suoi semi velenosi, però non mi sarei sognata che il nostro continente ne fosse quasi interamente ricoperto nel volgere di una settimana. E se a seminare il fuoco bastò la mano di un nazionalista serbo, l'unica forza che avrebbe potuto fermare l'incendio divampante è stata soffocata dall'identica mano di un fanatico francese. Non so esprimerti l'angoscia e l'indignazione che mi ha presa appena due giorni dopo l'assassinio di Jean Jaurès, quando i socialdemocratici tedeschi non solo hanno revocato lo sciopero di tutti i lavoratori uniti nella solidarietà internazionale contro la follia bellicista ma, senza vergogna, hanno votato in maggioranza a favore dei prestiti di guerra!

Perdona se, nella turbolenza del mio animo, non ti abbia offerto subito le mie condoglianze per la perdita di quel faro del socialismo al quale tu eri tanto legata. E ti prego di scusare le altre intemperanze dovute alla mia partigianeria sincera ma non cieca, non compiaciuta. Ignorale, se puoi, anzi in questo tragico momento lascia da parte tutto ciò che ci divide. Mai come ora c'è bisogno che il nostro partito sia compatto nel mettersi alla guida del nostro popolo che la guerra non la vuole! Altrimenti che fine farà questo Paese già dissanguato, questa povera Italia in balia dei furbi, dei gradassi, dei gregari, dei voltagabbana, dei dondoloni?

5

2 agosto 1914

La Difesa delle Lavoratrici

Non vogliamo la guerra!

Non vogliamo la guerra!

19 agosto

«Leggo un'altra follia: il Circolo socialista italiano di Parigi offre incondizionatamente i suoi 150 iscritti alla Patria francese, ripetendo la devozione per il bene della Francia che è il bene del mondo intero. Ieri non c'era che ammirazione per la Germania socialista, il delirio per i seguaci più vicini di Marx, oggi s'ha bisogno di cadere in altre braccia!...»

10 settembre

«Scrivo a Mussolini sulla situazione politica.»

Dal diario di A. Zanetta

Dalla neutralità assoluta
alla neutralità attiva ed operante

«... e noi non possiamo 'imbozzolarci' in una formula, se non vogliamo condannarci all'immobilità. La realtà si muove e con ritmo accelerato. Abbiamo avuto il singolarissimo privilegio di vivere nell'ora più tragica della storia del mondo. Vogliamo essere – come uomini e come socialisti – gli spettatori inerti di questo dramma grandioso? O non vogliamo essere – in qualche modo e in qualche senso – i protagonisti?»

B. Mussolini, *Avanti!*, 18 ottobre 1914

«La nostra patria è il mondo, verissimo, ma se un'invasione di eserciti avvenisse sul nostro suolo (nostro per modo di dire) la accoglieremmo bene, fratellevolmente, se portasse dei cioccolatini, ma se come generalmente avviene un esercito arriva ubriacato di conquista lanciandosi sui nostri averi, pochi o molti che siano, sulle nostre fanciulle, sulle nostre abitudini, la reazione avviene naturalmente e l'internazionalismo diventa teoria troppo astratta per essere invocata.»

Giselda Brebbia, «Le nostre discussioni intorno alla guerra», *La Difesa delle Lavoratrici*, 19 ottobre 1914

21 ottobre

«Grandi negligenze e lacune nel lavoro del partito.»

Dal diario di A.Z.

«Mentre si attendeva l'apertura dell'Assemblea, la Ille che non aveva mai avuto per lui l'entusiasmo di tanti altri socialisti, poiché lo giudicava un insincero e squilibrato istrione, gli capita incontro.

'Zanetta, anche voi mi accusate?'

'Ascolterò la vostra difesa e deciderò a ragion veduta. Aspetterò che vi possiate giustificare con i fatti.'

Durante la discussione, l'autodifesa di Mussolini si fa sempre più disordinata... e quando una delle sue paradossali frasi (Voi mi odiate perché mi amate ancora!) che nel passato erano spesso state accolte da vivi applausi viene subissata da un immenso coro di urla e fischi egli tace...»

Bruno Fortichiari, *Abigaille Zanetta* (1875-1945)

«Non siamo noi contaminati dal virus maledetto mille volte? Non s'insinua tra noi sovversivi e socialisti un nuovo spirito di riabilitazione della guerra, di riabilitazione delle patrie? Non abbiamo noi inventata la guerra democratica e la guerra rivoluzionaria?

Non abbiamo noi condiviso il peccato d'odio, non abbiamo noi insultata l'Internazionale sognando di uccidere per vendicare, di uccidere dei non responsabili diretti per vendicare le vittime? Quando mai ci fu insegnato il socialismo di razza o il socialismo patriottico? Dove sono dunque le nostre giustizie logiche, dove i nostri programmi massimi che non davano pace e quartiere alla proprietà, al capitalismo, al regime borghese? Noi che sognammo la morte delle patrie gonfie d'odio e la vita degli uomini, la morte del privilegio che è difeso dal militarismo omicida, la vita del diritto universale, dell'operosità fraterna, pacifica, solidale dei popoli.»

A. Zanetta, «La nostra commemorazione dei morti»,
La Difesa delle Lavoratrici, 1° novembre 1914

«La Kuliscioff è stata proprio essa che sin da principio ha ritenuto erroneo il concetto della neutralità e ha continuato a combatterlo anche quando Mussolini se ne distaccava. I discorsi di Turati risentono di questo influsso del pensiero della Kuliscioff che non è riuscita però a vincere l'inerzia spirituale di chi non riesce a vedere come si possa ora accettare e persino desiderare la guerra dopo aver combattuto il militarismo.»

Lettera del 10 novembre 1914
di U.G. Mondolfo a G. Salvemini

24 novembre

« Espulsione di Mussolini. »

10 dicembre

« Conferenza Ojetti e mie dimissioni dall'Università Popolare. »

Dal diario di A.Z.

« Non posso in questo momento ritornare alla mia utopia 'nazionalistica' d'una moda italiana e classica, che avrebbe trionfato se i nazionalisti avessero dato per questa iniziativa incruenta e feconda la millesima parte di quell'appoggio che con tanto fervore tributano oggi alla guerra. I guerrafondai giornalmente insistono per imporre alla donna italiana un solo vestito: quello di gramaglie, unica moda in tempo di guerra. »

Rosa Genoni, *Avanti!*, 11 gennaio 1915

« La Zanetta – che impersona il zitellonismo socialista milanese – parlò a lungo sopra un ordine del giorno presentato a nome del Comitato direttivo sezionale eletto la scorsa settimana sostenendo la neutralità a difesa della quale bisognerà scendere in piazza e proclamare lo sciopero generale. L'assemblea riaffermando la sua irriducibile avversione alla guerra invita la direzione del Partito socialista a intensificare la propaganda indirizzandola alla preparazione dello sciopero generale. »

Rapporto della questura al Prefetto di Milano,
21 gennaio 1915

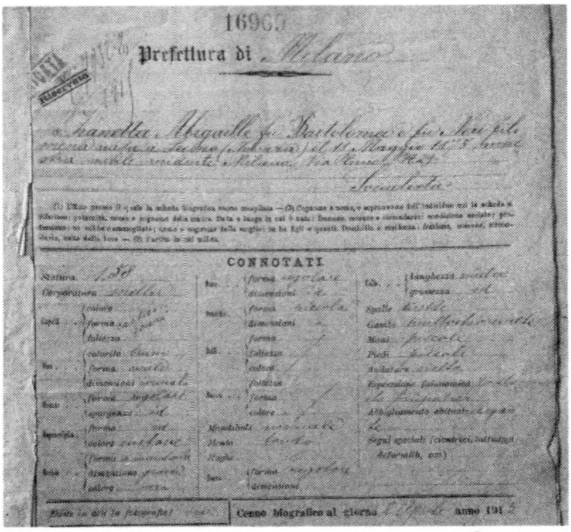
16969

Prefettura di Milano

CONNOTATI

Statura 1.58

Corporatura

Spalle

Gambe

Mani

Piedi

Andatura

Espressione fisionomica

Abbigliamento abituale

Segni speciali (cicatrici, tatuaggi, deformità, ecc.)

Cenno biografico al giorno ... anno 1915

« Riscuote fama poco buona. È di carattere piuttosto serio, di intelligenza svegliata e di buona educazione. Ha cultura superiore. Insegna nelle scuole normali e dall'insegnamento trae i mezzi di sussistenza. Ha una sorella con cui convive. È ascritta al Partito socialista italiano, frequenta abitualmente compagni di fede e gode di una discreta influenza in Milano e nei paesi circonvicini. Mantiene corrispondenza con socialisti più in vista, e con la direzione del partito. Riceve e spedisce giornali e opuscoli sovversivi. Fa propaganda delle proprie tendenze sovversive. Prende parte a tutte le manifestazioni socialiste, interviene ai comizi prendendovi sempre la parola, ha tenuto frequenti conferenze di propaganda, non solo in Milano e dintorni ma anche in altre città come Mondovì, Tortona, Reggio Emilia, nonché a Cuneo, ove il partito la incaricò di comunicare il 1° maggio 1913. Nel maggio 1914 svolse attiva opera di propaganda fra le sigaraie addette alla locale manifattura di tabacchi per mantenere viva l'agitazione avente lo scopo di conseguire la concessione da parte del governo di miglioramenti di lavoro e di salario.

È fervente neutralista e non dissente dai compagni più accesi che disconoscono sentimenti nazionali e di Patria. Nel marzo 1912 fu chiamata a far parte della Commissione esecutiva della locale Camera del Lavoro e nel maggio 1914 venne riconfermata. Nell'aprile dell'anno scorso fu eletta membro del Comitato esecutivo della Federazione provinciale socialista di Milano e nel gennaio di quest'anno fu chiamata a comporre il Comitato direttivo della Sezione socialista milanese. Fece pure parte del Consiglio direttivo dell'Università Popolare, ma nel dicembre rassegnava le dimissioni. Non risultano precedenti penali a suo carico ed è debitamente vigilata. »

Rapporto alla prefettura di Milano, preceduto dalla scheda dei connotati, 2 aprile 1915

... le altre donne ci mandano parole di amorevole conforto, le tue suffragiste ci ricoprono di calze e di salvascarponi, tanti dei nostri vorrebbero aderire ma non osano, vigliacchi, nascondendosi dietro la parola d'ordine vergognosamente pilatesca. E tu – signornò – rifiuti tutto quello che non vada nel senso del sabotare. Ti neghi persino alle famiglie che sono dovute rifugiarsi a Milano! Sostieni che non vuoi associarti all'opera assistenziale del sindaco, troppo prono al patriottismo, e al restante mondo riformista che un tempo ti offriva il tè lassù in Galleria. Credi che alla povera gente che ha perso la terra, la casa, i miseri averi, se non il più caro degli affetti, importi qualcosa delle beghe di partito o di quella che chiami fedeltà all'Ideale? Pensi che io possa trovare una logica nelle tue parole, quassù nelle retrovie dove si ode il rombo possente dei cannoni? Eppure la vita qui è *tragicamente sana*, la guerra una forza implacabile della natura, per stabilire il diritto del più forte combattono anche gli animali. Non puoi fermarla col pacifismo, coll'internazionalismo, col ditino puntato contro il capitalismo, puoi solo vincerla o perderla, *tertium non datur*. Noi combattiamo per quell'Italia che già chiamò tuo padre alle armi, combattiamo per Trento e Trieste, combattiamo perché l'Italia trovi il suo posto tra le grandi nazioni democratiche. Sarebbe stato con noi quel padre che tanto veneravi: con Mussolini, con Cesare Battisti, con i nostri poeti che lasciarono la penna per il moschetto. E tu lo tradisci, per che cosa? Per entrare in rotta con l'intera categoria cui appartieni, per dimetterti di qua e di là invocando la tua coscienza quando ciò che ti muove è piuttosto alterigia. Ti rendi conto quanto sia balordo che, alla fine, dalla *Difesa* te ne sia andata tu e non la Balabanoff che professa le tue stesse idee però da cosmopolita cui calzano a pennello? Invece tu rimani figlia di questo popolo, che ti piaccia o no sentirti in comunanza col suo destino antico. Ci siamo voluti bene, Ille, ma non so quanto fiato, quanta carta, possa ancora sprecare per cercare di farti rivedere il tuo errore. Se non desisto, è perché ricordo vivamente che sei donna generosa e passionale, donna capace di abnegazione e tenerezze. E questo più mi duole: che l'amore tuo, sottratto a tutto ciò che dovrebbe toccarti nel cuore pulsante, si sia volto interamente in cieco e settario fanatismo! Ma adesso chiama il dovere che, al momento, è solo un articolo per il *Popolo d'Italia* che però chiede di essere scritto prima del nostro magro rancio. Perciò ringrazia Erminia per i biscotti, molto graditi, unitamente ai miei saluti affettuosi. Ti penso con tutto il bene che mi resta.

Lettera di Sandro Giuliani che A.Z. ha deciso
di non conservare, agosto 1915 circa

6

Nel correre incontro alla guerra, Milano aveva primeggiato, come era sua abitudine. Lo aveva fatto a parole stampate dalle rotative del *Corriere della Sera* e rilanciate dal *Popolo d'Italia* che, a loro volta, riecheggiavano le parole anticipate dai futuristi. Esaudita, era diventata « fronte interno » e infine « zona di guerra ». Parole anche queste, però attinte a un vocabolario che le imponeva su tutti come legge marziale. Ma sta nella natura di una grande città essere al contempo centro di influenza e insieme di zone separate. Il fronte non avrebbe mai lambito Milano, per fortuna, e quindi la guerra sarebbe rimasta presente a zone, interstizi, spazi di tempo e di luogo, a volte sovrapposti, più spesso coesistenti senza sconfinare.

La prova generale era avvenuta con gli scontri tra i neutralisti e gli interventisti che li glorificarono come le « radiose giornate di maggio ». Le manifestazioni si erano prese le vie del centro, ma questo non aveva impedito di starne alla larga a chi non volesse finire in mezzo alle prevedibili violenze. C'era scappato il morto, infatti, un giovane operaio di nome Adriano Gadda, vittima accidentale per la stampa borghese, socialista per i socialisti che avevano reagito con lo sciopero. Il 15 maggio 1915 era stato sepolto come un martire al Cimitero Monumentale dove, stando agli informatori di polizia, aveva preso la parola anche la Zanetta Abigaille.

Poi era toccato ai tedeschi che comprendevano gli austriaci e probabilmente qualche svizzero perché nel prendere di mira dei nemici ci si può sempre sbagliare. Saccheggiati i negozi con i nomi germanici sulle insegne, assalite le case nella città dove si sentivano di casa, spesso da generazioni. Com'era possibile che accadesse a quei cittadini rispettati, fino al giorno prima, per la laboriosità nordica di cui amava fregiarsi la civile, avanzata Milano? Ma anche: come mai non ne avevano avuto sentore, quando la campagna a favore dello schieramento con l'Intesa dominava i giornali? Era andata avanti per nove, dieci mesi, però, e si impiega molto meno tempo a diventare sordi alle grida. E se a spingere verso le nazioni che possedevano grandi Imperi e Costituzioni antiche era la volontà di progresso di cui erano fautori, come facevano a riconoscere, i malcapitati, che celasse una violenza capace di abbattersi sui loro pacifici affari? Oltretutto i «tedeschi» vivevano lontano dalle sistemazioni di fortuna che, sin dall'agosto 1914, avevano accolto gli italiani fuggiti dal Belgio e dalla Francia. Minatori e operai, perlopiù, che avendo riportato in patria solo la pelle ancora scossa dalla ferocia dell'invasione, necessitavano urgentemente di trovare lavoro. Se ne era fatta carico la giunta socialista di Emilio Caldara creando il Comitato Centrale di Assistenza in cui si impegnò l'intera rete solidaristica e umanitaria tanto radicata nella capitale lombarda. E dato che il governo Salandra non avrebbe mai scucito i sussidi per chi fosse colpito dalla guerra, Milano fu costretta a primeggiare un'altra volta. Accade così che, a furia di soccorrere i soldati mal equipaggiati, i feriti, le vedove, gli orfani, gli anziani, i profughi che giungevano a fiumi dalle zone del fronte, a forza di dimostrarsi ben organizzata e indispensabile, la borghesia progressista finì per convertirsi quasi interamente alle ragioni della guerra. All'Unione Femminile Nazionale, fondata nel 1899 per favorire l'emancipazione della donna, le socie si ritrovavano a cucire, sferruzzare, dirigere un gran traffico di pacchi e laboratori, fiduciose che, con il tacere delle armi, il diritto di voto sarebbe stato corrisposto alla loro civica intraprendenza come una medaglia al valore. Le maestre, colonne portanti della scuola italiana già in tempo di pace, si prodigavano nell'instillare agli alunni il sacro sentimento nazionale. A un congresso dell'Unione Magistrale Nazionale, dove era andata a ribadire che « noi siamo una classe e dobbiamo preoccuparci dei nostri interessi », la maestra Zanetta venne interrotta per dirle « che adesso c'è la guerra e bisogna pensare solo a quella », pensiero onorato con la rinuncia alle ferie e a qualsiasi pretesa salariale. Cosa poteva obiettare al collega e alla gran parte dei maestri che, chiamando la disponibilità a farsi sfruttare « sacrificio per la patria », mostravano l'anima piccolo borghese ricolma dell'ideologia nazionalista, credendosi pari ai capitalisti che dalla guerra traevano profitto? E mentre replicò comunque « che se qualcuno poté per le proprie mire criminose e per le proprie idee preparare la guerra in tempo di pace, così dev'essere consentito a noi preparare la pace in tempi di guerra », l'altra Zanetta, che era pure direttrice scolastica, si esprimeva scegliendo di non fare e non incentivare certi discorsi.

Erano scelte diverse nella misura in cui le sorelle si esponevano, ma erano scelte possibili, come ogni espressione del pensiero in un ordine democratico e in luoghi di pace.

La guerra univa la borghesia sotto quell'unico privilegio immateriale che non restava tuttavia confinato alla sfera delle idee. Da Biffi in Galleria le signore potevano ristorarsi dalle fatiche dell'operato patriottico o dalle brutture viste come crocerossine, e nulla impediva alle maestre di ritrovarsi nel poco tempo libero a passeggiare lungo il corso Vittorio Emanuele lustrandosi gli occhi nelle vetrine della Maison H. Haardt & Fils. Qualche volta si poteva ancora andare chi alla Scala e chi al cinematografo, ma anche le conferenze dell'Umanitaria o del Circolo Filologico aiutavano a distrarsi dall'angoscia per le sorti del Paese e dei propri cari.

Invece non bisognava neanche passare davanti ai cancelli dell'Ansaldo per lambire la dimensione parallela dove la guerra dettava legge a chiunque vivesse del lavoro delle proprie braccia. Le fabbriche, le officine, i laboratori, i magazzini, l'infinità di stanze, cucine e scantinati dove si confezionavano le uniformi a domicilio, erano le prime linee del fronte interno. Volendola vedere, la guerra a Milano era dappertutto. E volendolo vedere non c'era nessuna « comunità nazionale » unita dallo sforzo bellico e nemmeno dal dolore e dal sacrificio che non si esauriva nelle luttuose comunicazioni dal fronte quando a riceverle era una famiglia proletaria. Fu la guerra ad approfondire la divisione dell'Italia secondo una linea di classe non meno difficile da valicare delle trincee al fronte. E se lassù erano gli uomini costretti nella divisa del fante semplice a finire fucilati per mezzo sgarro, non potevano sgarrare neanche le donne che mandavano avanti la produzione bellica e tutta l'economia che, per necessità o interesse, le era equiparata.

« Il peggio è che, nella foga di far d'ogni cosa disciplina di guerra, s'è fatto della donna lavoratrice negli stabilimenti ausiliari né più né meno di un soldato, soggetta, senza complimenti, al codice ed ai tribunali militari. Che la crisi creata dalla guerra la cacci in officina a fare il fabbro, sta benissimo, ma se le salta il ticchio di non poter frequentare regolarmente il lavoro, eccola in galera per tre, per cinque anni!

Ma chi avrebbe il coraggio di sostenere che è più soldato il giornalista imboscato in divisa, l'industriale che fa i milioni per sé, con la fascia al braccio, di codeste povere donne militarizzate a far proiettili per il pane, alla resistenza obbligata, sotto pena della galera?

Se io potessi per un istante mettermi nella coscienza degli interventisti in buona fede, sentirei la volgare brutalità che disonora ogni poesia di connazionalità italica in questa condizione della lavoratrice della guerra. Non bastano la povertà, la rudezza della fatica, talora le ansie pei famigliari combattenti o il lutto dei perduti? Se la sua miseria di proletaria, invece di lasciarla a tesser madrigali eroici a distanza e tra gli agi, come le borghesi privilegiate, la caccia a cercar lavoro dove lo trova, anche se le nuoce, la sfianca e la snatura, perché tale lavoro non dovrebbe essere considerato come un di più del suo grave contributo personale alla guerra? Risolviamo una volta, o signori d'Italia, il problema a fondo: la donna è o non è cittadina in faccia al diritto, a tutto il diritto? E, se no, quale dovere ha ella d'essere militarizzata così come un uomo, d'essere condannata così, alla stregua dei codici di guerra?»

L'articolo di Abigaille Zanetta uscì il 22 ottobre 1916 su *La Difesa delle Lavoratrici*, dove aveva ripreso a scrivere su invito di Angelica Balabanoff che, infuriata anch'essa con un particolare *giornalista imboscato in divisa*, quel Mussolini che sparava cannonate di propaganda sul *Popolo d'Italia*, si era messa d'impegno per rafforzare le voci pacifiste, ancora minoritarie sulla rivista. Entrata nel secondo anno di cruenta stagnazione e di miseria esacerbata, la guerra acuiva l'attrito delle posizioni socialiste che, dal rifiuto alla giustificazione, si dibattevano tra i poli del «né aderire né sabotare». Era più facile concordare che fosse ingiusto mettere le donne a fare i proiettili, il fabbro, il meccanico, il tranviere. Al loro stremo tanto evidente, all'esasperazione a stento trattenuta, contribuiva la natura femminile che le rendeva inadatte all'azione organizzata la cui titolarità spettava agli uomini mandati al fronte.

Eppure quelle donne si muovevano. Cominciavano a pretendere il rispetto dovuto a chi portava a casa il pane e, dato che il pane non si trovava perché andava all'esercito, protestavano sia per il pane che per la pace. Lo facevano dove non erano soggette alla sorveglianza delle divise ma, sempre più spesso, incrociavano le braccia anche dove scattavano le sanzioni militari.

Quegli sviluppi la Zanetta Abigaille li seguiva con vivissima attenzione, seguita altrettanto attentamente dagli informatori che aveva alle calcagna. Però neanche il più fine esperto di sovversivismo avrebbe saputo districare una domanda cruciale nel valutare la pericolosità della suddetta. L'unica notizia certa era che il soggetto dall'aria ingannevole di maestra educata, secca e piccolina, facesse parte della congrega che predicava il rovesciamento dell'ordine esistente. Ma chi poteva dirlo se la fede rivoluzionaria le avesse consumato gli ultimi barlumi di realismo o se a radicalizzarla fosse stata la discrepanza tra la realtà osservata e le posizioni più accomodanti dei compagni? Convinta, a ogni modo, che l'abominio della guerra potesse trovare fine e riscatto solo facendo da levatrice alla rivoluzione, proseguiva la sua indefessa opera di propaganda. Veniva segnalata a Bergamo, a Brescia, a Bologna dove « disse che gli operai che lavorano negli arsenali governativi dovrebbero essere tutti solidali e così la guerra cesserebbe ». Invocò ripetute volte lo sciopero generale che era vietato. Diffuse clandestinamente i manifesti pacifisti di Zimmerwald e di Kienthal elaborati alle conferenze in Svizzera che preparavano l'ascesa di Lenin alla guida della Terza Internazionale. Fu denunciata e condannata a sei mesi con la condizionale per la diffusione illegale del primo manifesto, denunciata e assolta per la diffusione del secondo, denunciata e condannata per « grida sediziose » essendo stata udita esclamare « Viva l'Austria, viva l'Avanti! ». Era una licenza poliziesca? Una provocazione? Come si discerne la fede che acceca dalla fede che leva dagli occhi la rassegnazione?

Ma nel secondo mese dell'anno 1917 scoppiò la rivoluzione in Russia. Le proteste popolari in Italia volevano anche quella, oltre al pane e alla pace. A maggio arrivarono da tutta la Lombardia a manifestare in diecimila, « donne in gran numero venute dalla campagna a cui si sono aggiunti operai e operaie delle diverse fabbriche che han fracassato quanto hanno potuto di porte, di cristalli delle fabbriche stesse e sono state padrone di Milano per ventiquattro ore ». In agosto l'agitazione per il pane innescò un'insurrezione a Torino che dopo una settimana di assalti ai negozi, e barricate dappertutto, e sciopero generale, fu domata con la legge marziale vigente in tutto il settentrione: cinquanta compagni caduti per strada, e i feriti che non si contavano venendo trascinati via anziché portati all'ospedale dove sarebbero finiti arrestati, come accadde a un migliaio, e poi, processati per direttissima, spediti in galera. Allarmato dalle proteste divampate nonostante una legislazione d'emergenza che superava in durezza e ampiezza persino l'odiata Germania bellicista, il governo emise un decreto contro il «disfattismo». Con l'introduzione del nuovo reato qualsiasi cittadino imputabile di aver minato lo sforzo bellico con l'azione o con la parola sarebbe stato differito ai tribunali militari. Il decreto regio entrò in vigore il 4 ottobre 1917. Mancavano venti giorni all'inizio della dodicesima battaglia dell'Isonzo che prese il nome di un paesino di confine che da lì in poi avrebbe evocato il finimondo.

Dopo Caporetto, Milano si riprese a poco a poco dalla paura di diventare veramente zona di guerra. Di quel pericolo scampato poteva forse ringraziare quel *San Giuàn né pü né men* che, dall'alto delle statue sui ponti dei Navigli, aveva però il compito di proteggere dalle alluvioni, non di mandarle. Ma le acque salvifiche del Piave non impedirono che il decreto varato poco prima della disfatta tornasse buono per reprimere il dissenso nel Paese, dove oltretutto crepitavano le micce accese dalla rivoluzione bolscevica. Nel gennaio del 1918, insieme al segretario del Partito socialista, al direttore dell'*Avanti!* e a tanti compagni massimalisti, anche la Zanetta Abigaille venne arrestata con l'accusa di disfattismo e tradotta nel carcere di San Vittore.

Disse Erminia a Turati

«Onorevole... posso parlarvi un minuto... e mi perdoni se l'ho aspettata qui sotto... sono... sì sono la sorella... ce lo dicono sempre che ci somigliamo tanto... ecco io volevo... Abigaille sta bene grazie benino... non si lamenta di certo... adesso che è a casa... neanche in carcere si lamentava... anzi in carcere... nelle lettere che mi scriveva... sempre salda e serena... quasi dovesse essere lei a confortarmi... non ne aveva bisogno... io del suo spirito della sua tempra morale... temevo solo... e perciò sono venuta a ringraziarvi... perché nonostante tutto... non fate quel gesto avvocato... onorevole Turati... l'appoggio del partito sarà pure dovuto come voi dite... e comprendo la questione di principio... l'obbrobrio giuridico... infatti la cosa peggiore per mia sorella era... la prima calunnia come la ciliegia che ne tira un'altra... ma io andai alla sua scuola... per raccogliere... la verità... invece al processo saltano fuori... altre menzogne... altre maestre... e vengono credute... mi dissi che se va così... se queste fanfaluche... e non solo che avesse letto l'*Avanti!* alle alunne... figuratevi... se queste false testimonianze... più false della falsa moneta... o della moneta di Giuda... che la ferirono a morte... perché mai nella vita la Ille avrebbe tradito la scuola... o una collega... invece costoro si sono prestate... neanche per vera fede... ma per convenienza meschinità magari invidia... perché è arrivato il signor marchese... il presidente della Difesa Patriottica... ecco arrivo al punto... dunque in quel momento pensavo... se questa schiuma infame vale una condanna a sei mesi... più gli altri sei della condizionale decaduta... pur avendo io scritto alla Ille che un anno passa in fretta... sì esattamente questo avvocato... ora me lo imprimo bene... quando diventa base del diritto ciò che è reato... e si riceve la certezza di farla franca... anzi di più si è premiati... bastava volerle prendere la cattedra... chi mi assicurava che non la rimandassero giù al confino... chi mi diceva che un anno non potesse tramutarsi in due... durare quanto questa guerra maledetta... finita grazie al cielo... la Ille mi rammentava che la sua pena non era niente in confronto a quella delle compagne semplici... le operaie con i bimbi da allattare... ci scherzava pure sopra... sono una personalità politica ricevo un trattamento di riguardo... ma non è più una giovincella... la salute... voi ne sapete tanto più di me onorevole Turati... e vi confesso pensavo anche alla signora Anna che proprio in galera si è presa la tubercolosi... se mia sorella fosse rimasta tutto l'inverno a San Vittore... se la guerra non fosse finita a novembre... se fosse stato l'inizio della sua fine... io e la Ille... noi due siamo... scusate non vi ho inteso... con il rimbombo sotto i portici e il trambusto in Galleria... abbiate la pazienza di ripetere la vostra domanda... be' un filo di imbarazzo... però capisco... no no non gliel'ho detto... ma glielo dirò appena la rivedo... non sarò io a agire di nascosto... proprio da mia sorella... una sgridata ma no state tranquillo... guardate che è diverso da come immaginate... diversa anche la Ille... che sa distinguere tra le idee e la sostanza umana... dal carcere mi scriveva quanta umanità avesse trovato nel cappellano... anche le suore le si sono affezionate... la gentilezza la trovi dappertutto... teneva a farmelo sapere ogni volta che la incontrava... i vostri sono dissidi d'altro tipo... questioni di fede... su quelle non transige... neanche davanti a un giudice... un tribunale militare... se era così sin da bambina... aveva già le sue passioni... piccole... che ha coltivato sempre... per farvi un esempio se vi aggrada... quando ero pronta a trasferirmi al confino negli Abruzzi... che cosa mi raccomanda mia sorella in aggiunta alle precauzioni serie... i libri i giornali gli opuscoli... Ermis ricordati di ricordare ai nuovi inquilini che trattino bene i miei fiori... me lo ha scritto due volte... mi ero fatta già i bagagli e pure una ragione... li avevano già trasferiti da Arezzo a Perugia e infine in capo al mondo... più confinati di così... rasserenata che ci fossero con lei il Fortichiari e la moglie... sono anche andata all'Umanitaria... dove mi hanno assicurato un posto nelle loro scuole quando sarei rientrata a Milano... da quel paesello di due anime... San Demetrio ne' Vestini... quando mi arriva quel biglietto... lo so a memoria... 'Ermis ritira alla posta il mio libretto distruggi la posta... e abbi pazienza se con la mia sorte trascino la tua'... la staffilata di quella frase... perché la sorte nostra è stata sempre... ma non è di questo che sono venuta a parlarvi... perché pur fiduciosa che avremmo trovato il modo... adattandoci a una vita povera... senza tenere conto della sanzione pecuniaria... e delle spese per la difesa... se ne sarebbero andati i nostri risparmi... dunque senza il sostegno socialista... in particolare il vostro... e dei vostri sodali che saranno sempre avversari... per la Ille... ma in quel frangente... ci saremmo indebitate... perciò ritengo giusto non solo ringraziarvi... ho qui una sciocchezza... un pensiero per sdebitarmi... certo ripariamoci nel vostro androne se lo credete opportuno... senza dubbio qui dentro si è più indisturbati... dagli occhi curiosi che magari... vedete quanta leggerezza mi è rimasta... nonostante... però con la guerra terminata e voi che siete un membro del nostro parlamento... mi sono illusa... in verità non ci ho pensato... che sprovveduta... ma quale prova migliore che mia sorella mi ha sempre tenuta fuori... nella misura possibile quando si spartisce una casa... e una vita... mi perdoni adesso passa... non sono così facile alle lacrime... ma questa penombra questo silenzio ovattato... a un passo appena dalla piazza... e anche la vostra gentilezza non del tutto inaspettata... un tempo la Ille mi diceva che siete un uomo sensibile... e spiritoso... disordinato come un poeta... a differenza della signora Anna... a cui mando i miei saluti e auguri per la salute... anni addietro appresi cosa produce la galera... sulla pelle dei fanciulli... per quanta fraterna civiltà e giustizia dobbiamo lottare ancora... le cose storte mia sorella non le ha mai potute sopportare... e l'unica che non abbia digerito... nei confronti vostri... è stata quando l'avete tacciata di 'inestetismo'... sull'*Avanti!*... dando la stura al dileggio della stampa borghese... perché è sensibile anche la Ille... alla delusione umana... come alle prove di fedeltà e correttezza... da parte delle colleghe delle famiglie delle alunne... e infine da parte vostra... se vi ho confidato qualcosa che Ille non avrebbe mai... però io trovo necessario lo sappiate... per chiarire l'acqua passata... anche se sono venuta come ambasciatrice senza mandato... mia sorella ha la medesima riconoscenza... e i modi suoi per onorarla... che sono politici... la fedeltà al partito... la convinzione che debba restare unito... ma di sicuro non volete sorbirvi un comizio per interposta persona... solo due parole ancora sul vostro merito... dopo il primo processo... perso... forse perché il suo difensore era un convinto pacifista... come la sua compagna la signora Rosa Genoni... o la difesa molto giuridica... la Ille non volle ricorrere... ma io vedevo... le conseguenze di una fedina... lorda... non poter più insegnare in via Stoppani... l'unico indirizzo che in diciott'anni non ha mai cambiato... senza le vostre insistenze... non sarebbe stata assolta in appello... e quindi monda... questo lo dobbiamo a voi e all'avvocato Gonzales vostro sodale... vi assicuro che il mio ruolo è stato secondario... anche se in qualche misura la Ille mi ascolta... che si sia decisa infine... anche per me per non trascinarmi oltre?... sì... scusate cerco il fazzoletto... onorevole Turati che figura... comunque stavo per dire che il dono che voi mi avete fatto... il vostro telegramma... seguito dalla lettera del sindaco con cui mi sono recata in prefettura... il petto pieno di apprensione le gambe molli... quando mi dissero che avrei dovuto farle da garante... finalmente compresi che non l'avrebbero rispedita a San Demetrio... per vostra intercessione... e che il giorno stesso avrei potuto aspettarla ai cancelli di San Vittore... in quel momento mi dissi che appena mia sorella si sarebbe ripresa a sufficienza... dalla debolezza dalle febbriciattole... come voi veritieramente telegrafaste al prefetto... sarei venuta qui... a ringraziarla... di avermela fatta riportare a casa... dove è andata subito a dare un occhio alle sue piante sul balcone... benché in questa stagione si veda solo... e poi ritrovando sul comodino la fotografia dell'adorato suo nipote... caduto sulle Dolomiti... nel giorno di ferragosto... ha finalmente pianto... così si è addormentata... ecco l'altr'anno trascorremmo le festività estive presso la nostra sorella maggiore... che è madre dello sventurato Clelio... andammo a fare delle passeggiate... a raccogliere le more sul Monte Fenera... spingendoci sulle pendici alpine per trovare la genziana... si usa la radice per fare un liquore... amarognolo... ma dalle grandi proprietà digestive e benefiche... molto diffuso pure negli Abruzzi... il nostro liquore valsesiano è più blando... lo preparammo negli ultimi giorni in cui eravamo ancora ignare... di quel lutto che con la stessa forza lo stesso strazio... colpisce il cuore patriottico e quello che la guerra l'ha sempre odiata... e lascia un dolore insanabile anche in chi figli suoi non ne ha avuti... vogliate accettare il mio omaggio casalingo... che porta pure la mano di mia sorella... la ringrazio del tempo dedicato a ascoltarmi... riferirò sicuramente... buona sera anche a voi onorevole Turati. »

CLELIO DELVILLANI
nato a Borgosesia (Novara) il 22 marzo 1892

dolce ed austero soldato della civiltà e del lavoro, con l'animo inteso alla radiosa conquista dei cieli, dalla sezione d'Ingegneria dell'Università di Torino, passò alla Scuola Superiore d'Aviazione del Belgio, a Liegi.

Sorpreso dal turbine della guerra, offrì il suo braccio alla nobile terra invasa, che lo accettò riconoscente il 5 agosto 1914.

Ma un morbo insidioso latente, scoppiato nel disagio e nell'ansia degli epici giorni, gli contese

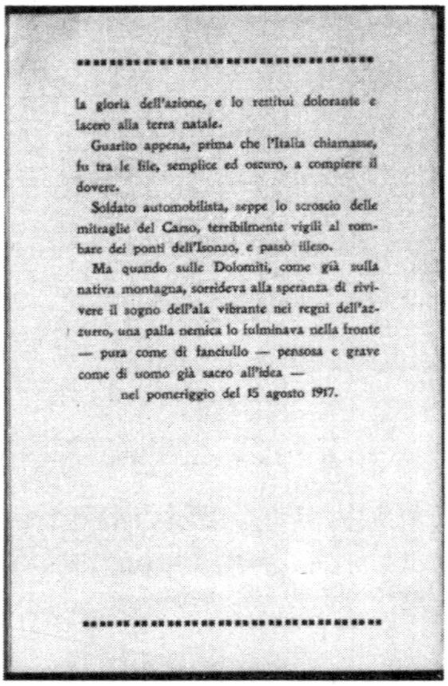

la gloria dell'azione, e lo restituì dolorante e lacero alla terra natale.

Guarito appena, prima che l'Italia chiamasse, fu tra le file, semplice ed oscuro, a compiere il dovere.

Soldato automobilista, seppe lo scroscio delle mitraglie del Carso, terribilmente vigili al bombare dei ponti dell'Isonzo, e passò illeso.

Ma quando sulle Dolomiti, come già sulla nativa montagna, sorrideva alla speranza di rivivere il sogno dell'ala vibrante nei regni dell'azzurro, una palla nemica lo fulminava nella fronte — pura come di fanciullo — pensosa e grave come di uomo già sacro all'idea —

nel pomeriggio del 15 agosto 1917.

UNA STAGIONE DI CURA

per Mariasole

Qualcuno doveva averlo denunciato perché quella mattina aveva ricevuto una lettera con tutta l'aria di essere stata manomessa. Gliela aveva consegnata la padrona della pensione dove soggiornava, la signora Stefanie, prendendo le ordinazioni del giorno e porgendo il vassoio con la posta a chi ne avesse ricevuta. La signora Stefanie era una donna grassa che, avendo riaperto in quei tempi magri, sapeva quanto contasse una buona cucina casalinga e non trascurava nessun dettaglio che riaccogliesse i suoi ospiti nelle abitudini perdute. Il vassoio era tirato a lucido come, già a quell'ora, erano lucide le guance rosse, accesa di premura la voce con cui chiedeva se avessero ben riposato e poi se gradissero il menù o la variazione proposta all'esimio dottor K., l'unico vegetariano tra i pensionanti.

Al solito, non aveva riposato bene, anzi non aveva proprio dormito, se non un paio di ore dopo l'alba. Ma rispondeva sempre di sì, con un sorriso che lo illuminava di una benevolenza grata che non ammetteva dubbi. Era possibile che, vedendo farglisi incontro il vassoio splendente sotto l'ombra del busto massiccio della signora Stefanie, quel sorriso fosse uscito più ampio e radioso, a maggior ragione era principalmente un riflesso, come sempre.

Quella mattina il dottor K. non era stato tra i primi a entrare nella sala apparecchiata, troppo presto per l'arrivo del postino, e nemmeno tra gli ultimi, come a causa del sonno volatile poteva ugualmente capitargli. Si era seduto al suo tavolino quando alla *table d'hôte* c'erano quattro ospiti a cui, nel giro di breve, se ne erano aggiunti altri due. Dopo aver risposto al suo buongiorno si erano messi ad aggredire la colazione così ricca di burro e marmellata senza aspettare se non l'arrivo della cameriera accorsa a riempire le loro tazze. Invece lui aveva aspettato, gli occhi sul bicchiere di latte né tiepido né freddo. Gli era salita al naso l'acidità del caffè che non beveva e l'anticipazione degli odori portati alla grande tavolata. Da quando si era trasferito alla Pension Ottoburg gli erano bastate le occasioni in cui doveva fare colazione in quell'orario per assimilare che il colonnello voleva il suo uovo cotto di tre minuti esatti, il generale di almeno sette, e poi le istruzioni non altrettanto tassative però utili a prevedere l'andirivieni dalla cucina alla sala. Restava l'imponderabile delle uova fritte che, al primo spiraglio con cui si apriva la porta, ridestavano la nausea dell'insonne. Quella mattina erano stati una *Eierspeis* e due occhi di bue, serviti alla vedova di un funzionario bavarese e all'amica altrettanto stagionata e robusta. Si era ridomandato se cercassero solo di addolcire la richiesta delle uova supplementari o se, con un'istintività pari a quella del portarsele alla bocca, la clientela tedesca avesse colto una giustificazione superiore nel nome austriaco che univa alimento e piatto, come se l'uovo venisse al mondo per fare quella fine. Pensandoci un'altra volta aveva riconquistato una piccola distanza dalla grande tavolata, giusto quel poco da poter ripensare, senza troppo dispiacere, ai soggiorni in Germania progettati e falliti dal primo all'ultimo, e poi aveva pensato che nel suo caso era bastata una frequentazione fatta perlopiù di inchiostro per conoscere ogni variante geografica del tedesco molto meglio del ceco, anche se *míchaná vejce* gli suonava aperto e non duro come l'identico *Rühreier*, le uova strapazzate che persino la matrona bavarese, con quelle braccia perfette al compito, aveva smesso di ordinare. E lo aveva trovato divertente. Subito dopo, però, gli si era presentata la frase « tu appartieni, con ogni tua parola, a un popolo onesto, io non ho che una lingua franca e perciò indolente e distrattamente crudele, come un gatto persiano invecchiato con i suoi vizi ».

Ma non avrebbe potuto scriverla: non con quel « tu », non a quell'indirizzo, Lerchenfelderstrasse 113, quinto piano, che richiamava uccelli sul davanzale messi in fuga dagli artigli. Tantomeno avrebbe potuto dipingersi mentre guardava quelle brave persone di cui ciascuna aveva il suo metodo per sgusciare o decapitare e poi intingere, che poi era la parte umoristica, con lui medesimo il più comico di tutti: lui che masticava spicchi di mela e prendeva finalmente un gran sorso di latte, come se con quel mandar giù deciso meritasse l'arrivo immediato della padrona, e chissà perché tardava a comparire. Invece non c'era nulla da ridere, ma solo da vergognarsi dato che lui poteva permettersi la pensione, la colazione, persino quel filo di nausea e i modi di fare puerili e, per giunta, recidivi, mentre l'unica cosa seria sarebbe stata spedire un pacco alimentare proprio là dove continuavano a dirigersi le sue parole. E quel pensiero gli era tornato indietro perché non poteva che mandare delle lettere a quell'indirizzo di Vienna, dove si faceva la fame, e la fame non poteva alleviarla, eccetto con il tradursi di un racconto tedesco in corone cecoslovacche e poi, così sperava, di un altro ancora. Quella piccola somma ricavata dalle sue parole, immaginarla scambiata in corone austriache, vederla nelle mani di chi poteva comprarsi del pane, delle uova, una bottiglia di latte, era un guizzo di felicità che luccicava come una moneta lanciata in aria. Ma subito cadeva nell'interrogativo se con le sue parole monetizzabili avesse acquistato il diritto di inviare tutte quelle che forse contavano solo per lui. Poteva avere valore qualcosa che si produce per bisogno? Un bisogno famelico può sfuggire all'intelligenza di una donna? Stai cercando di comprarla? Se anche ci provassi, sta' pure certo che lei non si vende, e convinto che mai più gli sarebbe giunta risposta alcuna, doveva aver chinato la testa sino a incontrare un alone paglierino sulla tovaglia bianca. Era lì dall'anteguerra? O anche la Ottoburg era stata piena di feriti? E quella presenza innominabile, perché non era certo colpa della padrona se mancavano i rimedi per le macchie, somigliava a un insetto oppure a un fiore?

Come se lo avesse ascoltato, gli era comparsa davanti la signora Stefanie con il suo « ben riposato? », la sua proposta di cavolfiore o di cavolo rapa, non ne aveva idea, gli era arrivata una lettera, era della grafia giusta, solo questo contava.

Abbandonati i rimasugli della colazione, era corso in camera. Aveva preso il soprabito e il cappello e aperto la porta del balcone sul quale passava la maggior parte delle ore di luce. Non si era adagiato sulla sdraio, ma solo seduto in punta, visto che l'attesa della signora gli aveva portato via un po' del tempo calcolato per prepararsi alla visita che lo forzava a modificare le sue abitudini. Era stato in bilico, curvo in avanti, con la lettera tra le mani. Non poteva leggerla con calma, dunque l'avrebbe riletta dopo, e pure nei giorni a venire. Non voleva arrivare con qualche minuto di ritardo, anche nel caso dovesse essere l'unica volta che il dottor Kohn, sempre disposto a dare corda ai pazienti, non lo lasciasse ad aspettare. Non voleva rimanere lì, chino, a capo coperto, come su un santo alfabeto. Quindi la fretta lo agitava, e nella fretta aveva scordato di prendere il coltello che si era portato in camera, e la busta doveva aprirla con le dita. Se non fosse stato così, se fosse stato sufficiente un taglio, non avrebbe sentito che lo spazio per infilarci l'indice era troppo largo, troppo cedevole. Tutto il triangolo del bordo era leggermente gonfio, come se qualcuno lo avesse inumidito per violarlo. Ritraendo il dito dalla lettera, l'aveva cacciata in tasca e si era precipitato fuori con un passo dettato dal battito del cuore. Aveva impiegato meno del solito per raggiungere il ponte, ma quei pochi minuti di cammino senza respirare il silenzio campagnolo di Maia Bassa, senza gettare uno sguardo nelle acque del Passirio, senza macinare altro che il suo sospetto, erano bastati perché quel sospetto prendesse forma. Qualcuno doveva averlo denunciato ed era stato creduto al punto da ordinare di spiare la sua posta. L'intera corrispondenza? Tornato in camera avrebbe controllato, ma se c'era una ragione, per quanto insensata, occorreva ragionare a mente fredda. Non era possibile che venissero aperte solo *quelle lettere*: se non altro perché erano poche, l'ultima delle quali, scritta per compiacerlo, quasi interamente in ceco. Come facevano a decifrarla, qui, dove nessun boemo o moravo era più di stanza? La lettera che gli batteva in tasca era impenetrabile agli spioni, e quell'illuminazione gli strappò un ghigno che, notato da qualcuno, sarebbe apparso da malato di nervi. Ma credendo lui per primo che i nervi fossero la causa dei suoi mali, era anche il primo a riprendere il filo del ragionamento. Era in cura a Merano e, malgrado le finestrelle dei vecchi *Erker* architettati per catturare la luce breve e chi si aggirava giù per strada, Merano era stata assegnata all'Italia. Quale motivo avevano le autorità italiane per spiare la sua posta? Nessuno. A meno che... A meno che la cosa non fosse orchestrata nei corridoi dell'Istituto Assicurativo contro gli Infortuni, a Praga. Se così fosse, il responsabile doveva stare così in alto da condurre una lotta sotterranea contro il nuovo direttore, una lotta disperata. Il direttore Odstrčil era intimo del presidente Masaryk in persona e, dopo il benservito della vecchia guardia asburgica per promuovere i funzionari cechi, i nazionalisti insoddisfatti della nazionalizzazione dell'Istituto Assicurativo non avevano altro da contestargli se non di aver lasciato a capo dell'ufficio legale un ebreo tedesco e, per giunta, malato. In cambio, il direttore esigeva una lealtà specchiata dal dottor K., sicché gli era sembrato di tradirlo mostrandogli il referto con la richiesta del periodo di cura. Per questo stava andando dal medico tenuto a inviare delle relazioni settimanali all'Istituto. Erano intestate in ceco, giacché anche il dottor Kohn era di Praga, e non erano buone. Chiunque le avesse lette, non avrebbe potuto rivoltarle contro di lui né contro il suo direttore. Alle relazioni mediche, nel fondato sospetto di frode, si sarebbe potuto semmai aggiungere un rapporto investigativo, ma camminando lungo lo specchio parlante del fiume non aveva mai notato che qualcuno lo seguisse. Farlo non era vietato, però spiare la posta era contrario alla legge, inammissibile a titolo di prova. Ci sarebbe voluto un mandato ufficiale, e non solo cecoslovacco, con un'accusa molto più grave di una malattia simulata. Un investigatore sarebbe magari riuscito a ungere il factotum della pensione o un contadino salutato passeggiando per le campagne o addirittura un funzionario di basso grado, perché quelli se la passavano peggio di chi aveva una vacca e un pollaio: ma chi avrebbe firmato un capo d'imputazione di reato cospirativo o criminale?... A meno che pure a

Merano... « Che cosa vuole, neanche questa cittadina è fuori dal mondo. » Non gli aveva risposto così, il suo dottore? Merano era famosa, un luogo di cura dove arrivavano persone e giornali da tutto il mondo, però che un foglio smilzo, locale, e proprio il Venerdì Santo, tuonasse contro i sionisti bolscevichi e massoni, vederlo con un colpo d'occhio, a colazione, ecco, lo aveva colto di sprovvista: aveva detto qualcosa di simile al suo medico, e ne aveva pure scritto agli amici, i veri sionisti. E allora non avrebbe potuto sottoporgli la questione della lettera?

Appena seduto nella sala d'attesa l'idea gli parve indicibile, salvo che poi la visita si intrecciò al dialogo e, conversando, si rivide al primo appuntamento quando, avendo esposto francamente le proprie convinzioni secondo cui la migliore medicina non viene mai dal medico, si era aspettato che, come tanti predecessori, anche costui si irrigidisse sotto il camice e subito facesse leva sull'autorità insistendo sui trattamenti ortodossi, e invece il dottor Kohn si era annotato « nevrotico », staccato e leggibile, sul blocco degli appunti. E al riparo di quella diagnosi, finì per confidargli tutto.

Era la seconda settimana che il paziente non prendeva un etto, era l'ennesima che dichiarava un'insonnia troppo severa per dipendere solo dall'aria di montagna e, soprattutto, era la prima volta che non si poteva ignorare l'effetto debilitante dell'affanno. Nulla di tutto questo però appariva a chi non lo avesse visitato, anzi l'aspetto del dottor K. era invidiabile, come chi risulti non magro ma snello, slanciato e non spilungone e, grazie all'esercizio di un corpo ora esposto ai lunghi bagni di sole, magnificamente sportivo e giovanile. Un bell'uomo, ripeteva l'infermiera che, abituata a tenere da conto anche la lamentosità e l'invadenza portate dalla malattia non manifesta, di solito non dispensava predilezioni in base alla bellezza dei malati. Quel complimento implicava la convinzione che l'apparenza rispecchiasse una sostanza se non addirittura un merito, quasi che negli anni avesse elaborato da sé le massime antiche per le quali sono tutt'uno il bello e il buono, la mente e il corpo tesi verso la salute. Golda maneggiava infermi da quando lui era al ginnasio, il suo giudizio implacabile era quasi sempre azzeccato. Non appena il dottor K. se ne era andato, si era affacciata vaticinando « un paio di settimane e lo mandiamo a casa », e quanto il dottor Kohn avrebbe voluto darle fiducia anche stavolta. Ma l'ambulatorio era pieno, le chiacchiere andavano rimandate, poteva concedersi giusto la pausa di un ricambio d'aria.

Lo studio si trovava al primo piano di una villa in Goethestrasse, un indirizzo scelto da chi voleva offrire il beneficio della tranquillità e della riservatezza, i notai, gli avvocati, le piccole banche e, soprattutto, i medici. Così, sporgendosi dalla finestra, il dottor Kohn sentì venirgli incontro le voci degli uccelli accasati tra gli alberi del viale e nessuna dei passanti, tra i quali riconobbe il dottor K. che si allontanava leggero come niente fosse.

In realtà, lo aveva auscultato trovando puliti i polmoni, lo aveva ascoltato ritrovando l'acume che a Praga ne accompagnava la fama nei circoli frequentati da entrambi, finché il paziente gli aveva chiesto di liberarlo da un tarlo. Non mi prenda per matto, pronunciato con un sorriso di scuse, ma aveva bisogno di aiuto per riaversi dal suo smarrimento. Poi, trattenuto dall'imbarazzo, l'aveva presa alla larga. Dopo la guerra era andato a Schelesen, o Želízy, ma non era mai stato all'estero per motivi di salute. Quando però era stato in cura sul Lago di Garda, rientrando dalle lunghe nuotate, riavvicinandosi al molo, sentiva le grida dei ragazzi nelle gare di tuffo, gioiose, incomprensibili, e sentiva che gli faceva bene nuotare fin dove il respiro lo portava quanto rimettere i piedi su una terra straniera. O meglio gli faceva bene che, nonostante la pensione dove ogni cosa era ordinata e tedesca, fosse straniero in terra straniera, pacificamente straniero, a Riva del Garda. Chissà se riesco a spiegarmi dottore, quel senso di pace mi diceva che bastavano un asciugamano e un po' di sabbia perché il non sentirsi a casa cessasse: non era un pensiero, una promessa. A quei tempi aveva anche insistito su una gita oltre frontiera sollecitato dall'annuncio di una manifestazione vicino a Brescia dove si esibivano degli aeroplani: e non avevo altro che un brivido di ammirazione per quelle macchine e quegli uomini volanti, e anche nel 1910, quando con Brod tornammo in Italia, non avevo paura di niente, neppure del colera. Al mio compagno di viaggio bastavano invece delle vaghe notizie per cancellare una tappa dopo l'altra, pure a Venezia fummo costretti a rinunciare. Da Milano fuggimmo sul Lago Maggiore perché Max temeva che i contagi presunti ci inseguissero fino al tetto del Duomo, e comunque era già morto di caldo. Come vivresti sotto il sole della Palestina?, scherzavo crudele, però resta merito suo, senza alcun dubbio, se tornammo a Praga sani e salvi.

Merano, aveva proseguito il dottor K., era stata una scelta di ripiego. Si era incaponito su un albergo bavarese, modesto, ma con una bella piscina dalla quale, a ogni bracciata, avrebbe visto il profilo delle Alpi. A nulla erano valsi gli avvisi di Max Brod che durante una conferenza a Monaco aveva incontrato un'ostilità non lontana dal cadere nei fatti, nel sangue, come l'anno prima, quando gli ebrei del governo rivoluzionario erano stati trucidati tutti quanti. Il dottor K. aveva però tratto dal viaggio in Italia che l'amico ricavasse il coraggio dalle proprie idee senz'altro grandi che gli imponevano di mostrarsene all'altezza dovendole esprimere su un palco, mentre evitava come la peste le piccole scelte compiute da chi, persa la salute, passa sopra ai pericoli che si corrono ovunque e sempre, rischi come quello di un contagio, ma, appunto, sconfinati e perenni. Ecco perché lui, abituato alla convivenza con un corpo inaffidabile, aveva seguito i sani consigli per forza maggiore: in Baviera mancavano i viveri, dunque ai forestieri si negava il visto d'ingresso, e addio alla piscina di Garmisch. Con queste premesse, era arrivato nella località che in altri tempi sarebbe stata troppo mondana per le sue tasche e i suoi gusti, scendendo all'indirizzo raccomandato, l'unico dei grandi alberghi che avesse riaperto. Al Grand Hotel Emma si stava bene, naturalmente, però si stava pure come alla Gran Sinagoga nei giorni di festa. Alla Pension Ottoburg, tanto più economica e tranquilla, lo avevano smascherato come un intruso. Da quel momento risultava una cosa iscritta nell'ordine del mondo che stesse a un tavolino a parte. Qui e là gli era stato assegnato un posto ben definito, sembrandogli Merano meno confusa di Praga, finché una scoperta inesplicabile lo aveva disorientato oltremisura.

Proprio quando sarebbe dovuto arrivare al dunque, il racconto insolitamente concitato del dottor K. aveva perso il filo, lasciando cogliere solo un cumulo di squarci.

Nel foyer dell'Hotel Emma le nobildonne italiane sequestravano anche la stampa francese, fingendosi sorde alle recriminazioni di un mercante di tappeti preziosi, ebreo orientale poliglotta, mentre il resto della nostra gente spiegazzava i giornali in lingua tedesca. Alla Ottoburg i quotidiani locali ricevevano, al contrario, un tale riguardo da consegnargli come vergini le infamie di quel sabato di Pesach. Le conversazioni antisemite rimbombanti dal basso soffitto a travoni della sala da pranzo. Il vecchio generale asburgico che, avendo colto l'ebreo dall'inflessione, guidava le voci soliste dell'oratorio cristiano, seguito dal colonnello tedesco, i commensali non decorati nella parte del coro. Poco dopo i militari emeriti lo avevano portato a uscire con loro, paterni come professori in pensione, senza la confidenzialità del mercante amico del Gran Rabbino di Istanbul che, nella sua favolosa eloquenza e statura restava la migliore compagnia trovata all'Hotel Emma. La pensione familiare, il giardino fiorito, il paesaggio impassibile favorivano, infatti, che ci si annusasse come cani di razza e di taglia diverse, lasciando prevalere la simpatia istintiva sull'addestramento ad accucciarsi o a mostrare i denti.

A quel paragone il dottor Kohn si era inquietato. Sapeva di avere in cura un uomo di lettere, non un funambolo. Avrebbe dovuto intendersi meglio di psicoanalisi per venire a capo dell'impressione che il paziente lo stesse circuendo nel tentativo di scagionarsi da quelle frequentazioni, sembrando però servo e non padrone della sua arte. In ogni caso quelle teorie servivano a poco nel sanatorio per ebrei indigenti, dove nessuno gli aveva mai dato un pensiero del genere. Certi malati non finivano di ringraziare di essere accolti in quel giardino dell'Eden, altri protestavano di aver ricevuto una mela più piccola e brutta, tutti però erano colpiti dal bacillo di Koch e quel batterio prosperava sulla loro deprivazione, venissero dalle grandi città o da uno *shtetl* sperduto nei boschi. Un recente studio tedesco sosteneva che gli ortodossi si ammalassero di meno. Potevano essere anemici o rachitici, soffrire di malattie della pelle, tutte marchiate come scabbia, gridando al miracolo se la *Juden-*

krätze regrediva, ma l'osservanza delle leggi alimentari e igieniche, secondo gli autori dell'articolo, aveva un potere preventivo sulla tubercolosi. Molto ridotto, a parere del dottor Kohn, dato che i letti del sanatorio non bastavano neanche prima della guerra, che era stata un banchetto di nozze per il bacillo di Koch, e adesso, che si accingevano a riaprire almeno un'ala, dovevano respingere un'infinità di pazienti. Solo il ritorno alla terra poteva guarire il suo popolo.

Nell'attesa, riceveva in studio una clientela borghese. Che l'assimilazione, votata com'era al fallimento, conducesse alla patologia collettiva – questo il pensiero di tanti sionisti – lo aveva riscontrato proprio dove la malattia da lui curata si combinava alle afflizioni sulle quali Freud aveva fondato la sua scienza. Il dottor Kohn aveva trattato ipocondriaci e finti spavaldi, donne che vivevano la consunzione come un precipitato dell'infelicità, uomini per cui il denaro curava ogni cosa, arrampicatori pieni di sé, anime sensibili e lacerate: ma un paziente arrivato a diagnosticarsi che il proprio rifiuto della carne *kosher* e pure di quella *treife* ne attestasse l'essenza di ebreo moderno né caldo né freddo, qualcuno di così consapevole e proprio per questo così consumato, non gli era mai capitato davanti.

Non aveva idea di come far rientrare in sé il dottor K., che aveva preso a sragionare di una lettera all'apparenza violata, spiata, manomessa, e che d'un tratto, accorgendosi che la sua denuncia era stata raccolta con distrazione, si era taciuto scrutandolo da dietro la scrivania, in penombra. I grandi occhi felini lo trafiggevano di un'attesa tremenda. Doveva rispondere qualcosa, ma che cosa?

Al dottor Kohn era venuta in soccorso una rivista praghese ricevuta in prestito proprio dal suo paziente, forse perché, chiamandosi « autodifesa », l'aveva associata alla sua situazione. Aveva passato i numeri già letti a un'amica interessata al sionismo, invitandola a lasciarli nella Habsburgerstrasse dove l'anziana signora comprava le dolci specialità viennesi di cui era golosa, e poi si era scordato completamente che fossero ancora là, a due passi da casa.

Così si era scusato con il dottor K. della dimenticanza, promettendo che la settimana ventura, quando tutto si sarebbe senz'altro appianato, gli avrebbe restituito il prestito intero. Il dottor K. aveva annuito, senza accusare il cambio di discorso, anzi incantato da un trillo proveniente dal fogliame che gli adombrava il volto, riprendendo a parlare con un'espressione da cui la luce sprezzante era scomparsa. In effetti, aveva detto con un risolino fresco, si era sorpreso di trovare la *Selbstwehr* nella Habsburgerstrasse, prima di rendersi conto fosse la sua, però nello spavento di quella mattina si era chiesto se, a dare avvio ai sospetti, non fosse stata proprio quella rivista straniera dalla faccia così militante sul banco di una panetteria così centrale.

Finalmente, il dottor Kohn aveva capito la logica dietro a quella confidenza sconnessa, una logica che altrove non sarebbe stata magari infondata, però non a Merano. È vero, si pubblicavano pamphlet antisemiti, gli stessi che uscivano a Vienna e a Praga, ma non si importunavano gli ospiti in soggiorno di cura e neanche i residenti stranieri che si curavano di loro. Dunque, aveva concluso, non c'era da preoccuparsi della *Selbstwehr* in mostra dal fornaio Holzgethan, e meno che mai in un frangente dove, appena varcato l'Adige, le agitazioni, gli scioperi, i proclami rivoluzionari non smettevano di dare filo da torcere al governo italiano.

« Stia tranquillo che i carabinieri non stanno dietro a due o tre sionisti. »

«E la lettera?»

«Dovrei vederla.»

Dopo un silenzio, il dottor K. l'aveva estratta a sorpresa dalla tasca, come deciso a svellere la pietra basale del suo castello in aria così ben architettato, ma al contempo troppo insicuro per consegnarla in altre mani. Del resto, il gonfiore dei bordi era evidente.

«Pioggia, umidità: si sarà un po' scollata prendendo acqua nel trasporto.»

«Un buon medico sa fare tutte le diagnosi» aveva commentato il dottor K., prima di ribadire che donava la sua rivista a quei due o tre sionisti di Merano, ringraziarlo con calore e congedarsi.

Si sarebbero incrociati sul ponte della Posta, se trattenendo la premura di raggiungere il balcone, togliersi i vestiti, immergersi nel verde rifiorito e nella lettera bagnata dalle piogge, il dottor K. non si fosse fermato per aspettare la signora Stefanie. Fermarsi era stata la reazione del momento in cui aveva creduto di riconoscerla, una figura vedovile o comunque meno opulenta, ma era lei, impossibile schivarla: e allora perché non levarsi ciò che doveva dirle, tanto più che non sembrava aver tempo da perdere, con quell'aspetto di chi viene in città per delle commissioni importanti. Scambiati i saluti quando la signora non era ancora giunta all'imbocco della Passer-Promenade, si scostarono quel poco da non creare intralcio a chi sfilava alle loro spalle passeggiando con il piacere ritrovato di guardare e di farsi guardare, e poi quell'aria buona, quella brezza leggera, quella mattina soleggiata riflessa nell'acqua. Merano si era riempita oltre l'immaginabile venendo dalla quiete di una villa a pochi minuti, ne convennero, ma la signora deplorava che ai forestieri sfuggisse quanto prossima al centro si trovasse la sua pensione, mentre il dottor K. lo riteneva uno dei molti pregi della casa, infilando tra gli elogi la preghiera di una tisana di valeriana raccomandata dal suo medico. L'aria di montagna fa di questi scherzi, non è nulla, un piccolo scotto da pagare per questo insieme di vegetazione quasi tropicale e di cime innevate lassù in alto, da noi sono ancora ghiacciate le pozzanghere, qui si scaldano pure le ossa, e la signora Stefanie era tanto appagata che lo lasciò andare per la sua strada. Era vero, cominciava a fare caldo, e così, appena messo piede sul ponte, il dottor K. si slacciò il cappotto. Riprendendo il passo, lo colpì la limpidezza del fiume gonfio di disgelo, forse perché attraversandolo si portava via tutto e, malgrado il vento privo di ostacoli gli sollevasse il soprabito, accelerò verso la sua meta.

Nell'opposta direzione, la padrona della Ottoburg incedeva meno decisa di quanto le avrebbe giovato per scansare altri incontri, ma intendeva arrivare alla sua banca senza che il rosso confinato alle guance la coprisse fino al collo. La rispettabilità era tutto per una donna nelle sue condizioni. Quel bene primario guadagnato nell'epoca d'oro, salvaguardato nei tempi di guerra quando ospitava un viavai di ufficiali convalescenti, passato indenne dall'orribile interregno di truppe in ritirata e in arrivo, e finalmente rimesso a frutto nella sua attività alberghiera, doveva presentarsi intatto allo sguardo del funzionario di turno. Il direttore della banca era impegnato, non mancò di lasciare i suoi saluti e andò dritto alla cassa per ritrovarsi sulla Habsburgerstrasse con la borsetta e lo spirito risollevati dal saldo di conto tornato a crescere. Dopo una puntata dal droghiere, cui diede un acconto sulla spesa che cominciava dalla soda per le macchie e finiva con la valeriana per il dottor K., si sistemò il cappello all'ombra dei portici medievali e salì verso la piazza del Grano. La signora Stefanie, con il suo viso paffuto, la sua cordialità naturale, era un'ingenua né finta né vera poiché sapeva quanto quei doni le giovassero non solo con i clienti ma con chiunque avesse un rango o una divisa. Le buone relazioni, legge del suo mestiere, lo diventavano di più per una donna sulle cui spalle gravavano i conti, il personale, la vecchiaia di una madre rimasta vedova. Così si recava dalle nuove autorità anche quando non era convocata, perché le cose fatte di persona, la persona in carne e ossa, ottenevano molto più di una lettera destinata agli incartamenti.

Sulla piazza del mercato dell'antico capoluogo, sulla facciata del palazzo più alto, una macchia ancora viva di intonaco segnava lo scempio dell'aquila a due teste abbattuta da uno scalpello italiano e all'occhio creava maggiore scandalo del Tricolore sopra l'insegna COMMISSARIATO CIVILE. Non era bello doverci entrare, dando le spalle al tribunale dove il padre aveva indossato la toga del giudice. Nell'attesa del suo turno le saliva una strana tensione che, dinnanzi al soggetto giusto, ossia a un volto da cui traspariva nudo lo stupore di sentirsi rispondere nella propria lingua e per giunta senza accento, si scioglieva in un qualcosa di innominabile. Ma la signora Stefanie quasi non se ne accorgeva, protetta dalla sua parte innocente, sicuramente attenta a tutt'altro. L'umore di un ufficio e, in particolare, della burocrazia di Stato sfugge alle interpretazioni di chi vi transita. Senonché lo percepì peggiore della volta precedente e, se c'erano dei motivi incombenti cui era facile attribuirlo, conveniva non trarre nessuna conclusione affrettata. Imboccò allora la via Mainardo per scambiare due parole con il suo uomo di fiducia, e quanto fosse profonda quella fiducia si capiva dal fatto che smise di curarsi del sole in faccia ben prima di raggiungere la piazza della stazione, dove chiese di Pepi a uno dei tanti sfaccendati.

Il dottor K. si era buttato sulla lettera senza tirare la sdraio nell'ultima striscia ombreggiata, ma accorgendosi subito del suo errore era rientrato in camera a togliersi gli abiti, lavarsi le mani, sciacquarsi la faccia, sudato com'era dopo la lieve salita della via Maja presa di slancio. Si limitò a sbottonare la camicia, forse anche perché non scoprirsi troppo si accordava al compito di esaminare le vecchie buste, nessuna delle quali mostrava segni di infrazione alla vista e nemmeno al tatto. Riposta la corrispondenza nello scrittoio, si alzò convinto di aver eseguito ciò che era in suo potere. Solo allora si spogliò e, piegato sul lavabo, deterse il corpo intero frizionandolo con l'impazienza di tornare fuori, l'asciugamano stretto attorno ai lombi. La lettera lo aspettava, poteva leggerla mentre le goccioline evaporavano sul petto e l'acqua usata per domare i capelli rinfrescava la testa. La lettera era in ceco dall'inizio al commiato e questo ne accresceva la franchezza al punto da rendere naturale che fosse rivolta a un Frank, non a uno degli infiniti sudditi chiamati come l'imperatore. Assieme al caldo lo invadeva una voce udita una o due volte, una voce dimenticata. Che resuscitasse grazie alla parola scritta non lo meravigliò, finché una merla non ebbe l'idea affatto insolita di atterrare sulla sua balaustra. Avrebbe potuto offrirle un pezzetto di mela se non si fosse portato dietro solo il coltello. Non ho niente, disse, lo sguardo ricambiato dagli occhietti neri e, immergendosi di nuovo nella lettura, sentì che era stata oltrepassata una soglia: al principio dei tempi, nel giardino, non esistevano vergogna colpa e separazione. Toccato in un punto immemore dove non era ancora venuto al mondo o, chissà, c'era una balia boema non scacciata dal padre assieme alle altre domestiche, chiuse gli occhi per trattenere ancora un poco quel miraggio. Il buio sotto le palpebre era irrorato di rosso e poi di arancio, il sangue andava nella punta delle dita a contatto con la carta da lettere, e nient'altro che i suoni, gli odori, un refolo di vento, un passaggio d'ombra, troppo veloci per dargli un brivido. Lo riscosse la vicinanza di un canto, poi il fruscio d'ali della sua visitatrice, a quanto pare non canta solo il maschio nella stagione dell'amore, ma come si distinguono i richiami? Divagando dietro a quella domanda, respirando quel silenzio imperfetto, si appisolò, la lettera in grembo, la bocca semiaperta, nell'aria il profumo di rose e di rosmarino che saliva dagli arbusti inselvatichiti che lambivano il balcone in basso a sinistra della sua camera.

Sull'altra sponda del Passirio, il dottor Kohn si era da poco liberato dell'imprevisto per cui, scusandosi con la paziente, aveva dovuto rimandare l'ultima visita al pomeriggio. Un ospite dell'Hotel Bellaria era caduto e non riusciva a rialzarsi, ma la cosa si era risolta senza le complicazioni fatte temere dal fattorino dei Bermann arrivato di corsa. Lo spavento accresciuto dalle grida della moglie, l'umiliazione di ritrovarsi prono in fondo alle scale, il cappello volato via, la kippah di traverso, la stazza robusta che, ritta, donava all'infortunato l'imponenza del grosso industriale mentre in quella condizione lo aveva reso simile a una balena arenata:

era successo questo e, *Baruch Hashem*, niente di peggio di una caviglia storta nell'inciampo e qualche livido sul fondoschiena, *Baruch Hashem*, ben imbottito.

Mentre risalivano la Goethestrasse, ormai con calma, dato che ci voleva poco per tornare all'ambulatorio, il dottor Kohn si domandò se Golda fosse conscia di quanto le lodi al Signore rafforzassero la comicità dell'incidente. Aveva la pellaccia dell'infermiera di lungo corso, ma trattava l'umorismo come una cura per sé e per gli altri, bravissima a raccontare le scenette degli attori americani, quelli grassi, quelli lunghi, quelli tristi, ai degenti del sanatorio. Il suo talento era naturale, come lo erano le modulazioni autorevoli con cui si appellava al Nome altissimo, senza fare distinzioni tra i malati poveri e la clientela pagante del Bellaria. Il dottor Kohn era vicepresidente della locale associazione sionista presieduta dal figlio del vecchio Bermann e tanto era bastato a preferirlo ai colleghi insediati nelle immediate vicinanze. Ma la felicità di quell'accordo premiava pure la decisione di non sostituire la sua caposala con un'assistente più civile, come certuni gli avevano consigliato in quei precisi termini. Braccia magre e muscolose, naso adunco, fianchi eccessivamente larghi per la bassa statura, sembrava in effetti *eine kleine Hexe*, la piccola strega della filastrocca, eppure non aveva soggezione della cultura tedesca, né popolare né elevata, anzi parlava *Hochdeutsch* come fosse un dialetto dello yiddish. Invece al Bellaria, osteggiato tanto dal Comune quanto da molti correligionari perché un albergo kosher con un tempio ortodosso attirava tutto quell'Est nocivo alla reputazione di Merano, Golda si era rivelata preziosa come l'oro del suo nome. Gli ospiti, sentendo il suono ora caldo ora gracchiante della lingua materna, le obbedivano anche con la mente stordita dai malanni e quel rispetto ancestrale era ricaduto sul medico praghese che, in tutta evidenza, non teneva solo in astratto al bene del suo popolo. In verità, il dottor Kohn avrebbe curato volentieri anche la mentalità dei suoi pazienti ortodossi, benché senza quell'arretratezza Golda non sarebbe diventata l'infermiera di cui non poteva fare a meno. Al principio era stata una delle tante figlie di uno *shammes* che aveva consultato il suo rabbino ma anche il cerusico, preoccupato che Goldele non si reggesse in piedi dal mal di pancia, e non era l'arrivo dei dolori impuri, come gli avevano assicurato, era un'appendicite che, rendendola sterile, l'aveva spinta a lasciare il villaggio cominciando la gavetta a Arad, e da lì negli ospedali di Vienna, e infine al sanatorio, a Merano. Adesso aveva trentacinque anni, poco meno della sua età e, incredibilmente, pure quella del dottor K., però scrutando il paziente prediletto dal basso in alto sembrava una vecchia cornacchia. Il dottor Kohn aveva deciso di non dirle che, in ceco, il suo favorito era parente stretto di quell'uccello, non le venisse in mente di sputare contro il malaugurio, tre volte. D'altra parte, l'infausto nome di famiglia, senz'altro acquisito pur di disfarsi di uno da ebrei, sarebbe stata la carta più sfavorevole al dottor K., il quale riservava delle attenzioni insolite all'infermiera chiedendole persino del suo spettacolo del cuore nel teatro yiddish, e il cuore chissà...

«Non si preoccupi, il *reb* di Leopoli ha una moglie che non lo farà scendere dal letto neanche per pregare.»

«In realtà, stavo pensando al dottor K.»

«Il dottor K. deve rimettere su i chili persi e non mangia neanche un semplice brodo di gallina, però lo ha detto lei che sopravvivere a una polmonite così brutta, da tisico, è segno di una tempra più robusta di quanto si direbbe.»

«È la testa che mi preoccupa.»

«La testa come *kop* o come *sechel*?»

Come ragionevolezza ma pure, così temeva, come ragione.

«Non si faccia stregare anche lei da queste teorie moderne.»

Secondo Golda i troppi libri rischiavano di rendere sottile come la carta il legno solamente un po' storto, mentre il proprietario di quattro segherie in Galizia doveva proprio finire sotto un fulmine per abbattersi ma, *Baruch Hashem*, aveva la consorte a sorvegliarlo stretto.

In questo caso, ammise il dottor Kohn, la carta stregata era una lettera: o meglio, lo era nella testa del dottor K., una mente provata anche dall'astenia e dall'affanno, in definitiva, dalla tubercolosi. Era stato un errore non intimargli il ricovero in un albergo-sanatorio, solo perché di focolai contagiosi non ne aveva e, per di più, credeva di aggravarsi a contatto con persone affette dal suo stesso male. Ma neanche dopo averle riferito il colloquio di quella mattina lo sguardo obliquo di Golda si era placato.

«La lettera, ha visto chi gliel'ha mandata?»

«Non posso rispondere, mi spiace.»

«*Oy, er hot sikh farlibt in eyne shikse!*»

Avvampò dando conferma di quanto fosse plausibile la diagnosi dell'infermiera. Il dottor K. si era innamorato di una *shikse*, per certi versi un guaio peggiore di queste fantasie persecutorie, salvo che, come medico, non poteva farci nulla.

«Già quasi mezzogiorno, vada pure a casa, Golda, chiudo io le finestre.»

Si vedeva tremare a ogni sobbalzo della carrozza diretta alla Ottoburg e, per cortesia, al più presto. Il vetturino faceva del suo meglio con le strade disastrate dai transiti di guerra, ma ormai la signora Stefanie sperava solo di arrivare quando gli ospiti scendevano nella sala da pranzo. E, intanto, si aggrappava, il cappello e la borsetta tenuti stretti, il respiro compresso dal busto e, sopra, il seno sballottato. Impossibile mettersi in ordine, e il tremore era pure colpa dell'aria che la investiva dopo essersi tanto accaldata, ma i pensieri, i pensieri poteva cominciare a riordinarli.

La prima anomalia era stata di non trovare Pepi sotto la pensilina della stazione, in mezzo ai facchini fattorini vetturini tutti ammassati. Solo l'annuncio di un treno restaurava l'antico decoro, anche se le file si rompevano nell'istante in cui sparivano l'ultimo passeggero e i suoi bagagli. Chi ritornava nel mucchio non apparteneva agli eletti con la divisa dell'Hotel Emma, e nemmeno Pepi. Dov'era a quell'ora senza arrivi e partenze? Dentro, le era stato detto in un tirolese contratto a grugnito e, passando sopra alla villania attribuita al degrado generale, era dunque entrata.

Il rumore di un tempo, schiamazzi, annunci, tonfi di valigie, si era spento in un silenzio dove i passi mandavano un'eco solitaria verso il soffitto rischiarato dalle ampie vetrate. Qualcuno davanti alla biglietteria, qualcuno a comprare i giornali, e il suo uomo non si scorgeva, finché non era uscita sul binario. Pepi non l'aveva vista subito poiché parlava con il capostazione, ma poi, esclamando Frau Stefanie, le era venuto incontro a braccia allargate. Quello che aveva creduto un gesto festoso si era confuso con un gesto di ammenda: il suo facchino mostrava di non avere con sé il cartello della Ottoburg. Rigirandosi verso il capostazione si era invece scusato di doversi assentare per qualche minuto, a voce alta, nel suo italiano migliore. Nonostante quelle stranezze, la signora Stefanie aveva colto che Pepi stesse pure venendo incontro al suo bisogno di due parole confidenziali. *Trient* e *Triest* non c'entravano nulla l'una con l'altra, si era sempre sfogato, insofferente che della gente di mondo e di mare venisse scambiata con dei montanari bigotti, ancora più risentito adesso che comandavano i trentini e capivano fin troppo della loro parlata triestina.

Tanto più grande era stata la sorpresa di ciò che le aveva annunciato: assunto nelle ferrovie italiane, era tornato un *bubez* in attesa di prendere servizio, ma aveva già provveduto a farsi sostituire dal figlio per quanto concerneva le necessità della pensione. La signora era a malapena riuscita a complimentarsi quando, in nome della sua gratitudine, Pepi le aveva confidato che un'incresciosa faccenda riguardante uno dei suoi clienti stava per sistemarsi nel migliore dei modi.

Chi e perché e com'era possibile?, aveva chiesto, interdetta, però non c'era stato verso di ricavare nient'altro. «Al commissariato civile me pareva de sentir na bruta aria» si era ricordata, cercando forse di aggirare il riserbo di quella bocca cucita. L'aria brutta, secondo Pepi, dipendeva dal fatto che *quei de quassù* si preparavano a radunarsi reclamando di venir via da Trento, ma non era una cosa per cui dovesse *cruziarse*.

«O Gott, o Gott» si era sentita proferire. Pepi, vedendola così rossa, lì sul binario esposto al sole, temendo magari un mancamento, le aveva stretto la mano per promettere, solenne, in tedesco, che per sdebitarsi avrebbe fatto ogni cosa, e ora, riconosciuto *talian*, poteva fare molto per lei, bastava si fidasse, e l'aveva accompagnata verso l'uscita.

La signora riuscì finalmente a ricomporsi, ferma dietro al tram elettrico che aveva ripreso a collegare Merano e Maia

Bassa: il bustino, le forcine, il fazzoletto, niente specchio, la vanità non era sopravvissuta a lungo al trasloco da Trieste. Del suo uomo, però, poteva fidarsi di più adesso, che si era appesantito, rispetto a quando suo padre lo aveva licenziato finendo per spianargli l'ascesa a portiere dello *Habsburgerhof*. E se anche la nuova proprietà italiana lo avesse ripreso dopo la riapertura dell'albergo fallito, non c'era confronto con l'assunzione nelle ferrovie, ottenuta chissà come. Quella domanda, e quale dei suoi ospiti fosse implicato in una vicenda trattata come un affare di Stato, sarebbe stato meglio smettere di porsela: Pepi si era rivelato più prezioso e più protetto di quanto lo avesse creduto stamane. La signora Stefanie piegò il fazzoletto bagnato, lo sistemò lontano dalla valeriana per il dottor K. e, estraendo il portafoglio, concluse che la fortuna d'un tratto girava meglio delle ruote della vecchia carrozza da cui si fece lasciare all'entrata di servizio, dicendo di tenere il resto come mancia.

Sulla via di casa nella Habsburgerstrasse il dottor Kohn lanciò un'occhiata al banco del fornaio Holzgethan, Golda si scaldò qualcosa nel silenzio del sanatorio per ebrei indigenti, alla Ottoburg la tavola grande era al completo, mancava solamente il dottor K.

Un colpo di frusta, probabilmente uno solo, e senza risposta da parte del cavallo, l'aveva strappato all'incoscienza, e poi il gemere della carrozza che si allontanava. Era sudato, gli bruciavano la fronte e le membra, forse non era febbre ma solo il caldo. Due o tre lucertole si inseguivano, ombre animate dal calore del lastrico grigio, la più grossa era rimasta immobile, non lontano dai suoi piedi. Constatò che l'immobilità gli aveva arrossato il torace, lo sentì debole, rattrappito, concavo, e fece per alzarsi, lentamente. La lucertola schizzò via, l'asciugamano si era allentato, la lettera finì sul comodino accanto all'orologio che segnava qualche minuto dopo mezzogiorno. Avrebbe voluto infilarsi nel bianco delle lenzuola aspettando che il suo corpo si stancasse un poco di essergli ostile, ma doveva rinfrescarsi e rivestirsi alla svelta.

La signora Stefanie accettò le sue scuse con una cortesia sbrigativa e dedicò la sua attenzione agli altri ospiti, in modo particolare al generale e al colonnello in pensione. La gola stretta dai bocconi che occorreva far scendere mentre salivano l'angoscia e l'affanno, inseparabili come gemelli siamesi, il dottor K. non avrebbe potuto chiedere di meglio. Cercava di distrarsi seguendo il teatro di quelle ciarle e moine, quasi l'ostessa si sentisse in debito di riverenze ossequiose e i vecchi comandanti vi fossero così abituati da non avvertire la forzatura. Ma nessun altro pareva notarlo, e chissà che non fosse il suo stato a deformargli l'osservazione. Senonché il contegno della signora continuò a sembrargli al limite dell'invadenza, come se avesse un motivo recondito e preciso per ingraziarsi quei clienti indubbiamente di riguardo. Non ne sarebbe venuto a capo e poco gli importava, voleva solo alzarsi da lì senza pensare alla lettera, al vuoto per risponderle, pur sapendo che da quel vuoto sarebbe uscito non appena avesse toccato carta e penna, era solo questione di tempo – il tempo di un'apnea, il tempo di spingersi via e prendere ritmo – non di volontà o di forza.

Pepi invece faceva una gran fatica a scrivere. Però, finito di mangiare pane e formaggio, coprì il tavolo con dei fogli di giornale e, prevedendo schizzi a gittata ampia, si annodò uno straccio al collo. Avrebbe fatto sparire ogni macchia prima che rientrassero le donne di casa, ma la visione della sua pancia coperta da quel bavaglio di fortuna lo avvilì, non devi cavarti una bella lettera, si disse, non come quella consegnata alla tua Stefka quando eri giovane ma non più ragazzo. Il pensiero lo sollevò perché da allora aveva imparato a stare al mondo. Era fatto a scompartimenti, il mondo, di classi e non solo. Ci aveva sbattuto il muso per spregio delle leggi non scritte, mentre grazie all'ottusità di rango del signor giudice la figlia non tirolese e neanche pura tedesca era rimasta signorina. Chiamarla « signora », come tutti, gli pareva riparazione sufficiente, specie da quando in famiglia abbondavano le vedove e le *babe* che si erano viste tornare un rottame dai confini estremi della Galizia. C'era da tirare a testa o croce su come sarebbe andata a finire se anche lui fosse stato spedito in pasto ai cosacchi anziché dal medico della signora Stefanie e infine alla Ottoburg: da imboscato raccomandato, però al diavolo. Dopotutto se lo era sudato sia in guerra che in pace il calo contenuto della sua pancia, e al diavolo pure i consuoceri tirolesi, lassù alla malga, dove il formaggio lo avrebbero portato a casa pagandolo come gli occupanti italiani, una volta giunta voce del suo tradimento ferroviario. In quella splendida vallata, sospirò agitando la boccetta dell'inchiostro, non esisteva nessuno con motivi maggiori per rimpiangere lo *Habsburgerhof*, gli anni con i baffi inzuccherati del rispetto, persino le osterie della sua Trieste dove, recuperando suo padre, aveva imparato gli stornelli su quel Cecco Beppe cui era pur sempre consacrato dal battesimo. Però i tempi erano questi, di pance da sfamare ne aveva quattro e, dunque, non portava nessun tormento quello che doveva mettere nero su bianco.

All'attenzione del Commissario Generale per la Venezia tridentina, Sua Eccellenza Luigi Credaro

Come segnalavo da tempo ma senza prova dei fatti, c'è gente che vede dappertutto lo zampino austriaco. Trattasi di sfaccendati alla stazione che fanno gli informatori in attesa di essere assunti dall'Italia. Questi trentini, ignoranti dei nostri accordi, si presentavano con una lettera da Vienna e un carabiniere. Sapendomi slavo da parte di madre, mi credevano capace di leggere lo slavo, ma non ne capivo quasi nulla. La busta non so se l'abbiano aperta, chiusa e riaperta, e neanche nome e grado del carabiniere. Il nomignolo somiglia al mio, non sarei sicuro che di battessimo faccia Giuseppe. Come già dichiarato, erano poche le parole comprensibili dato che io parlo lo sloveno, però se c'era scritto Tirolo, patria o simili le avrei colte, come Praga, ebreo, marito, cura e le altre riconosciute senza minaccia per l'Italia. Può darsi vi sia qualcosa tra quei due, affari loro, ma un pericolo a mio modesto avviso ci sarebbe: scrivono entrambi sui giornali, l'una in boemo, l'altro in tedesco. L'uomo soggiorna per motivi di salute presso la Pension Ottoburg della signorina Roy, a Maia Bassa. La conosco bene per via dei comuni natali triestini, ma è un puro caso che alloggi colà questo signor K.

Il Commissario Generale, preso atto dell'ostilità crescente nell'intera provincia e pure nei palazzi dove si dava retta al Tolomei, suo nemico giurato, era corso ai ripari cercando delle fonti tenute a riferire a nessun altro. Dovendo escludere i trentini cui era inviso per il suo laicismo o il suo neutralismo o anche perché le sue montagne valtellinesi non erano le loro, la scelta era stata davvero scarsa, però facendogli trovare quel facchino triestino mezzo slavo la fortuna si era rivelata dalla sua parte. Aveva finalmente una pista di ciò che si ordiva alle sue spalle, seppure così incredibile da indurlo a investigare nell'ombra delle sue attività normali. Dal Commissario Civile di Merano si era fatto consegnare il fascicolo sulle misure disposte nell'occasione della sua ultima visita, misure eccedenti i consueti protocolli poiché, a pochi passi dal suo albergo, l'Hotel Emma, era stato inaugurato il monumento all'eroe del Tirolo. La statua di Andreas Hofer, voluta quando la città era austriaca, andava scoperta dalle assi inchiodate in tempo di guerra, ma ormai stava lì, cementata, un colosso di bronzo sulla piazza della stazione. Per questo non aveva autorizzato nessuna cerimonia, dando però istruzioni che la popolazione potesse recare omaggio all'eroe, senza violare troppo il divieto di assembrarsi. Tali direttive erano in linea con la gradualità benevola nel governare le nuove terre, ma consentivano anche di individuare gli irredentisti più infervorati ai piedi del loro condottiero. In pratica, la vigilanza l'aveva ordinata lui, l'imbelle, germanofilo Credaro, stando alle calunnie del suo nemico. Guardare la lista dei soggetti identificati era suo buon diritto: che questa fosse lunga come la quaresima o era un eccesso di zelo imbecille oppure cominciava a puzzare di sabotaggio. Come se non lo sapesse che persino le bambine mandate a deporre un mazzolino legato da un nastro bianco e rosso erano di sangue ostile all'Italia, come se la necessità di distinguere l'ostilità per gradi fosse stata ignorata a bella posta! Magari perché il Tolomei avrebbe preferito rifondere la statua in un Alpino, un Ardito, un Cesare Battisti, senza avere, per una volta, la faccia di bronzo di esprimere la provocazione per iscritto spedendola a chi lo appoggiava. L'Andreas Hofer, oste lui stesso ancora prima che insorto, risultava commissionato dagli osti e dagli albergatori, categoria indispensabile affinché il prestigio dell'Italia risfolgorasse nel prestigio di Merano, quindi contravveniva all'interesse nazionale inimicarseli, non importa se per insipienza o per altro. Puntava verso il dolo proprio l'apparizione, nell'elenco dei nuovi arrivati, dell'ospite giunto da Praga e registrato, anche lui, al Grand Hotel Emma. Non le due righe in cui si riportava che, sceso dal treno quel 3 di aprile verso le cinque, il dottor K. si fosse intrattenuto attorno al monumento prima di dirigersi sul lato della piazza dove condivideva l'albergo con Sua Eccellenza, ma che qualcuno avesse deciso di sorvegliarlo senza metterlo agli atti, tantomeno chiedere la dovuta autorizzazione al Commissario Generale. Se facendosi scudo delle sue direttive, i suoi nemici aizzati dal Tolomei brigavano in questa maniera, non c'era tempo da perdere. Dopo un traccheggiare smentire e scaricare, era saltato fuori il carabiniere, chiamato *obtorto collo* a rapporto. Non lo stupiva che il forsennato nazionalismo del suo rivale trovasse sponda tra i militari, ma purtroppo non ne traeva nulla su quanto fossero radicate le posizioni del Tolomei nella caserma di Merano e nelle altre. Così era altrettanto prevedibile che, ricoprendo il ruolo della mela marcia, il brigadiere ora negasse ogni conoscenza superiore, insistendo sul semplice errore di valutazione di chi aveva messo in pratica la vigilanza.

Per prima cosa, si giustificò, ci insospettì che il viaggiatore avesse mandato avanti i bagagli e fosse andato dritto al monumento parlando con grande colloquialità a dei noti capipopolo. Non ci piacque poi l'aspetto di quell'uomo, alto, ben vestito, inappuntabile, fin troppo, come se cercasse di non farsi notare. Con quella faccia scavata, quegli occhi febbrili, ne ha motivo, pensavamo.

Il brigadiere, abbozzando alla critica che si viene a Merano per rimettersi in salute, riprese a esporre il sospetto, a suo dire rafforzato dalla registrazione come semplice funzionario, quando di regola la clientela di un Grand Hotel non ometteva nessun titolo, vero o fasullo.

Il Commissario Generale, avendo appreso tramite qualche telefonata che il funzionario semplice non era un giornalista ma purtroppo un nome conosciuto dalle penne più temute e dai letterati più pettegoli tra Vienna e Berlino, strinse le labbra. L'irritazione gli annerì lo sguardo inquisitorio sul brigadiere. Riga dritta, baffi d'ordinanza, espressione vuota e deferente, era tanto se aveva finito la scuola, con la guerra di mezzo. Ma l'ignoranza dei carabinieri poteva servire da maschera, si disse, e continuò a fissarlo dagli occhi piccoli, stretti a fessura, sino al cedimento.

« È stato omissivo, risulta un Dr. Jur., lavora per Vienna. »

« Non mi dica. A noi risulta funzionario cecoslovacco benché appartenente al gruppo tedesco di religione mosaica. Vi è sfuggito o quale bizzarra interpretazione ne avete tratto? »

« Nessuna. »

« Ah no? Non insulti la mia intelligenza, brigadiere. Gli avete aperto la posta. »

« Ma non subito » si difese a voce strozzata. « I primi giorni, soprattutto dopo che Sua Eccellenza non alloggiava più all'Hotel Emma » proseguì ritrovando un coraggio rasente l'impudenza, « abbiamo abbassato la guardia. »

Dapprincipio il dottor K. si comportava come i suoi correligionari. Andava in sinagoga per celebrare la Pasqua ebraica, consumava i pasti all'Hotel Bellaria, si recava dal dottor Kohn, un membro stimato della comunità locale. Ma poi fu riconosciuto, e con un tempo freddo e piovoso, un tempo da evitare per un vero malato, mentre si aggirava per Merano fino a raggiungere la Pension Ottoburg, dove si trasferì l'indomani. I casi erano due: o costui era veramente tirchio o era perfidamente astuto. Perché alla pensione di Maia Bassa non risiedeva nessun membro della sua parrocchia, mentre vi soggiornavano tuttora un generale austriaco e un colonnello tedesco, in compagnia dei quali venne puntualmente visto a passeggio. Solo allora, e proprio a cagione di quanto fosse delicato stare alle calcagna di un villeggiante, si decise di controllargli la corrispondenza.

«E ci avete trovato qualcosa che giustificasse...?»

«No, Sua Eccellenza.»

«Eppure avete proseguito. Chi ve lo ha permesso? Chi ve lo ha ordinato?»

«Nessuno.»

«Per una risposta del genere due anni fa l'avrebbero fucilata, lo sa, vero?»

Lo sapeva. Divenne terreo, come al ricordo delle esecuzioni a cui aveva assistito o, più probabilmente, partecipato. La sicurezza dell'Italia era in mano a dei militari che, a volte, si erano guadagnati i loro piccoli avanzamenti uccidendo dei commilitoni come cani.

«Non accadrà più.»

«Vada a dirlo a quelli che sta coprendo.»

Rimesso alla porta il brigadiere, si chiese quanto terreno avesse guadagnato con quella piccola vittoria. Era un geografo, il suo avversario, e un possidente terriero: nella sua vita non aveva fatto che ammazzare mosche scavando le origini latine del Tirolo, e forse qualche austriaco, da volontario di guerra, s'intende, e ora voleva battersi per la definitiva conquista delle terre conquistate ribattezzando ogni rilievo alpeggio e insediamento tedesco e deportando gli elementi più insubordinati. Meritava il rigetto di un accademico formato al Collegio Ghislieri e alla grande università di Lipsia e la freddezza di chi, ministro della Pubblica Istruzione, nel 1911 aveva introdotto la legge con cui la scuola unitaria era stata strappata ai piccoli comuni, per formarli veramente, gli italiani, anche i più poveri, anche quelli sparsi nei luoghi più isolati, come nella sua Valtellina e, adesso, in questa nuova provincia. Ma figurandosi la faccia boriosa del rivale si imporporò la sua, larga e triste, unico lascito di contadini analfabeti, che lo faceva sembrare un montanaro avvinazzato mentre lo era quell'altro, il conte Ettore Tolomei, ubriaco di guerra, una guerra a cui attaccarsi a tutti costi con il seguito di un Paese incanaglito.

Deciso a sconfiggere l'alterazione stampata in volto, si accese un sigaro toscano. Il fumo si espandeva dal suo scranno alle sedie vuote davanti, annebbiando l'ufficio di rappresentanza, mentre sul lato opposto del Palazzo del Governo il brigadiere aspettava un treno che lo portasse via da Trento e una punizione sulla quale, da autorità civile, il Commissario Generale aveva potere limitato. Ma doveva premere sul Comando e, date le poche speranze di far uscire i complici diretti, esigere che sacrificando il brigadiere venisse statuito un esempio. Bastava la confessione verbalizzata, sebbene rileggendola cominciò a domandarsi se fosse poi del tutto infedele. Possibile che quei disgraziati, accampando ragioni di Stato, avessero tenuto il naso nella posta del dottor K. per il gusto lurido di spiare la relazione con una donna e le fantasticherie conseguenti? Non lo avrebbe mai scoperto e, senz'altro, lo preferiva.

Dunque erano arrivati a controllare la sua posta, come a una malvivente, una sovversiva. E doveva scoprirlo adesso, riposandosi dalle ore in fila, e con la gente che le passava davanti perché non sapeva ribattere in viennese o si distraeva vedendo una signora elegante che non si reggeva più in piedi trascinata per il braccio nella vettura fermata per strada, non sia mai si sciupasse l'abito da sera costato vari stipendi impiegatizi, incidente più temuto di un'amante uscita alla luce del sole risorto tra gli ossequi di qualche nuvola bassa. I nottambuli andavano a dormire mentre, esaurita ogni merce scambiabile, finiva pure la prosecuzione quotidiana della guerra, la guerra combattuta dalle donne e dai bambini, i quali, disertando la scuola e portandosi dietro i più piccoli, calavano nel parco sotto casa.

Era stata così contenta della giornata così bella che si era bloccata in fondo alle scale della Lerchenfelderstrasse, e ancora più contenta trovando questa panchina libera dove togliersi le scarpe, stendere le gambe, poggiare la testa sulla cesta della spesa. Finché si credeva solo stanca e debole era sempre salita al quinto piano infischiandosene del fiato spezzato e degli spasmi, non mi fa respirare questa soffitta, si era ripetuta, ma ora lo sapeva che erano i polmoni e per guarire doveva risparmiarsi, e lo voleva con una forza pari alla dilapidazione precedente, e questo la rendeva ancora più prigioniera della mansarda. Una volta tornata lassù conveniva rimanerci, non era una *Lerche*, un'allodola, di cui non aveva mai udito il canto al Neubauer Kinderpark, dove i piccioni regnano di prepotenza, i passeri grazie al numero e alla furbizia, le cornacchie e persino i merli sembrano diminuire, forse perché non sono onnivori o forse perché, intelligenti, hanno capito come si è fatta pericolosamente adulta la specie dotata di manine, sassi e rami.

Lanciando nella siepe dietro sé il torsolo di una mela appena accaparrata, aveva pensato a tutto questo in una forma così chiara, così scritta, che l'aveva vivificata quanto il sentirsi entrare gli zuccheri nel sangue, il tepore sul viso e sui piedi scalzi, il respiro calmo, finalmente. Non avendo un fazzoletto, si era leccata le dita con una voluttà allegra, meticolosamente, prima di toccare la lettera trovata nella cassetta che l'aveva indotta a trattenersi ancora un poco all'aria aperta.

Però grazie alla luce limpida, o a causa della limpidezza che, piegata sulle carte, appannava con qualsiasi cielo, lassù nella mansarda, si era accorta che quella lettera era stata spiata. Se ne intendeva di queste cose, dopo i nove mesi in un luogo dove la posta veniva aperta per riferire ogni riga scambiata con l'uomo detestato da suo padre al punto di farla rinchiudere, salvo che, compiuti ventun anni, era uscita dalla clinica per malati di nervi e si era sposata il suo Ernst Polak. Nessun potere le avrebbe mai più inflitto un male simile, di certo non le autorità austriache cui riconosceva molte ragioni per tenerla sotto vigilanza: era una ladra recidiva e condannata, la moglie di un esperto in cocaina, la corrispondente di moda e società dall'antica capitale dove i valzer suonati dappertutto ribadivano come girasse su se stessa, misera e rassegnata, indifferente e dissoluta, e quei ritratti, uniti al suo patriottismo ceco, non potevano essere graditi alla censura.

Ripassata la sua situazione, buttò fuori un *do prdele*, lo

ripeté tradotto, a voce alta, ma non era l'ingiuria volata tra le inservienti di ogni provenienza, queste giovani quasi tenere nel restituire un'offesa che sapevano a stento pronunciare. La mollezza viennese rendeva un suono ridicolmente sporco il posto dove la sua lingua soleva mandare tutti quanti e, non volendo replicarlo, d'un tratto si sentì sperduta. Paura di ciò che poteva capitarle non ne aveva, ma i polmoni che si erano aperti si rattrappirono all'istante. Dove vai a Praga se ti espellono dall'Austria, e se vi cacciano entrambi, il tuo Ernst si sposta in una città ancora più tedesca, ti trascina a Berlino con il riguardo di una vecchia valigia che ha tutto il diritto di strapazzare. Non poteva tornare indietro, si era ammalata proprio per questo, per una delusione che, quando ancora sgobbava come facchina, l'aveva quasi portata a vendere non solo le sue braccia dietro la stazione, e poi in riva al Danubio, da dove era scappata in uno scatto di pietoso orrore per il suo corpo, e poi, nel secondo inverno del suo scontento, a tentare di spegnerlo con i medicinali. La letteratura è così piena di splendide eroine suicide, per cui, leggendolo come l'ultimo dei suoi atti d'amore, suo marito non aveva cambiato abitudini: andava dritto dalla sua banca al suo caffè e dal caffè alle sue donne, passando la mattina a darle qualche bacio e a cambiarsi. Era stata la portinaia a trovarla, a riprova che contano più dei sentimenti le cose fatte per qualcuno, incluso cacciarle la manona in gola e farla vomitare, ma quando si credeva fuori pericolo, capace di resistere a tutto, il suo corpo aveva capitolato. Forse il cervello aveva chiesto aiuto agli altri organi nel farsi carico dei dispiaceri e dei dolori, come scriveva di sé quell'uomo che aveva impiegato oltre un mese a venire al motivo per cui si era avviata la corrispondenza. In quella lettera, la quarta, tacendo ancora della traduzione uscita a fine aprile, le aveva raccontato di un'emottisi così violenta da aver fatto gridare la sua domestica « *Pane Doktore*, voi non tirate più a lungo ». Perché mi affida tutto questo, si era domandata, perché sembra tenere tanto a me e alla mia salute, perché allora, pur ponderando ogni virgola, non gli viene in mente di potermi spaventare? Crede basti rassicurarmi di avere soltanto bisogno di riposo, di latte fresco e di qualcuno che si prenda cura di me? Crede che io sia come lui mi immagina – sana per natura, salva per destino – ma non arriva a immaginare quella che sono e sono stata: laggiù, in quella Karlovy Vary senza le terme, nella sua pensioncina con il giardino, gli uccellini, le lucertole e l'aria secca che gli prosciuga il sonno. Non sa nulla di me, si ripeteva, e lettera dopo lettera l'evidenza si rafforzava.

C'era stato un equivoco, all'inizio, perché cosa poteva mai aver traversato la mente di un uomo che iniziava un carteggio scrivendo cara signora, non rammento la sua faccia, solamente la sua figura, il suo vestito, mentre si allontana tra i tavoli dopo il nostro unico, fugace incontro. La frase della lettera era molto più cesellata e, al contempo, troppo goffa per essere un ammiccamento volontario, però le aveva acceso una certa cautela, ricordandolo lei, invece, da ben prima di quel colloquio in autunno. Anni addietro lo aveva notato a passeggio fermandosi con le amiche a salutare Max Brod e un altro della compagnia del Caffè Arco: svettante, timido, sgraziato e aggraziato, sembrava uno studente che si sforza di apparire adulto, per cui lo avevano ammesso nella conta dei belli discutendo se fosse pure attraente. Erano famose in tutta Praga, tre alunne del primo liceo femminile, vanto dei cechi, in sandali senza le calze, in abiti da ninfe danzanti, sconfinando sul corso dei tedeschi, accampandosi fino alla chiusura nel Caffè Arco dove si riuniva la bohème ebraica. Si erano divertite a dare scandalo, troppo giovani per capire che, ricoperte di pettegolezzi in due lingue, dilapidavano la reputazione insieme all'appartenenza. Ma la gioia incosciente è un bene inestimabile, non rimpiangeva nulla. Restava però incredibile che non risuonasse la nomea del loro trio nella frase dedicata alla sua persona, o al suo didietro, sinché le lettere seguenti avevano chiarito che, ricambiando la stima di un brillante letterato come Ernst Polak, la credeva impegnata a tradurlo per devozione coniugale. Allora gli aveva descritto la sua vita, la durezza, la solitudine, uno scambio destinato a raffreddarsi appena avesse ricevuto la versione ceca del suo *Fuochista*, e intanto gli confidava tutto, tranne i particolari che rischiavano di allontanarlo, e a poco a poco anche quelli, saggiando fin dove potesse arrivare. Le faceva bene che avesse cura di lei, la sollevava l'inondazione di consigli, ammonimenti, offerte d'aiuto provenienti da una sedia a sdraio su un balcone tanto lontano dal suo mondo, dal mondo in generale, tranne per la forma delle nuvolette, là sopra le loro teste, così pigre a diradarsi, così lente a dare una carezza d'ombra, a Vienna come a Praga come a Merano. L'impero si era dissolto, le nuvole batuffolo restavano fedeli a se stesse, e questa immortalità del semplice vapore acqueo la rallegrava.

Invece il cielo praghese era coperto quando si erano incontrati sul lato tedesco della piazza San Venceslao, dove era andata troppo leggera per mancanza di un cappotto invernale ancora decente e avendo letto i suoi racconti con accanto il dizionario. La conversazione l'aveva tenuta in vita suo marito, ne era maestro, dopotutto, pur colpito anche lui nel rivederlo dopo anni: il corpo e il viso da ragazzo puntuti e scoloriti alla maniera di un cubista, le orecchie da giraffa, le nocche sul bicchiere quelle di chi porta una croce benché avesse ordinato una birra, le nostre sono le migliori, io prendo solo questa ma siete miei ospiti, vi prego.

« Quelle viennesi annacquate tocca sorbirle come champagne, capisce che disdetta, ma pure lei ha avuto le sue tribolazioni, caro dottor K. »

Ah, per fortuna solo l'influenza, qualche giorno di delirio in fondo benevolo, salvo che, tornato in sé, aveva ritrovato il suo letto al centro di un nuovo Stato: rieccola, la febbre, invece sul tetto di fronte sventolava la bandiera cecoslovacca. Ne avevano riso ciascuno in modo differente: Ernst come ad alludere, che ti avevo detto, lei come cercando di espellere dalla vista gli gnocchi di susine comparsi al tavolo vicino quasi per punizione di averli sognati per anni, e lui con un timbro basso ma dolce, un po' femminile nella morbidezza, rivelandole che non erano solo le ombre del dimagrimento a rendere i suoi occhi come bistrati. Non ricordava niente di quanto si erano detti, solo le accuse di suo marito, mi hai fatto sfigurare, sembravi una donnina, e inoltre non era vero che volesse cominciare dal *Fuochista* ritenendolo più facile, non hai il coraggio di turbare i lettori cechi, ammettilo. Sarebbe scoppiata anche fossero stati a Vienna, ma non così: proprio in piazza Venceslao, gremita di tedeschi a passeggio da una parte e di cechi dall'altra, a due passi dal palazzo dove era cresciuta, figlia del professor Jesenský, barone di medicina, colonna dei nazionalisti, povero vedovo svergognato da lei che si era unita a questo Polak. Non sentendolo più, era esplosa: la polmonite del nuovo ceppo rovina anche i sani e forti se non li ammazza, ma cosa ne capisci tu, ebreuccio depravato, e quando uno schiaffo le aveva cacciato la voce paterna fuori dal petto, aveva gridato che avrebbe tradotto ogni racconto del suo amico però neanche morta avrebbe finto di non vedergli la morte scritta in faccia perché un giorno sarebbero stati immortali.

« Vive per scriverli, il mio amico. »

« Non mi consoli. »

« Smettila di recitare l'eroina russa. » E poi l'aveva stretta, senza badare alla gente accorsa a seguire lo spettacolo, e baciata così a lungo da zittirla.

Ora anche lei, non curandosi di niente, chiudendo le palpebre solo perché la distraevano le grida dei bambini, piangeva rivedendo sua madre, il mondo sembrava ancora immutabile, suo padre stava dietro ai pazienti e agli studenti e alla libertà dei cechi, nulla da fare secondo i colleghi medici, solo questione di tempo, il tempo si dilatava in anni, sua madre l'aveva cresciuta senza aiuti e senza aiuti doveva starle accanto: quel verdetto paterno lo aveva accettato, la sentenza capitale neanche quando portava dei fiori rubati dalle altre tombe a sua madre, per spregio, per rifiuto.

Come faceva a temere gli sbirri e i giudici di Vienna, persino quei sabotatori dilettanti dei suoi polmoni, come poteva avere paura di altro che di un discorrere troppo familiare: certe riunioni clandestine di suo padre erano donne, sua madre fingeva di non capirlo, fingeva male, in una lettera da Merano c'era scritto, lei è molto strana, ha parecchio da patire lassù e trova ancora il tempo per stupirsi che io non stia proprio bene e qualche notte dorma un po' peggio, tra sé lo chiamava Frank perché, incapace di mentirle, cercava di tranquillizzarla ribaltando la preoccupazione.

Negli anni in cui aveva accudito sua madre, era scappata una sola volta dal letto intriso di varechina e dolori incurabili, sta nelle cose fatte l'amore che non esala, e lui, dopo aver letto la traduzione spedita in quella sua pensioncina-sanatorio, incredulo, commosso, le aveva scritto, così fedele ha reso la mia storiella, così vicini il ceco e il tedesco?

Così vicini quelli che vedono il male nel passo sopra le formiche e nello sbadiglio, nella disposizione a subirlo e infliggerlo quando è troppo piccolo per i nostri grandi venerati russi, le venne da replicare adesso, troppo tardi. Aveva caldo, un rivolo colava dal collo all'imbocco dei seni, seguiva la traccia delle lacrime, aderiva a ciò che era vero. Era vero che si riconosceva nei suoi racconti, ma certe fantasie crudeli non gliele avrebbe confessate.

Le urla si erano fatte selvagge, squillanti le vocette delle aguzzine, l'uccello ammazzato un piccione, un tripudio. Subito era nato un litigio, per osservarlo si sedette, il peso della cesta in grembo, i piedi ricacciati nelle scarpe. Non era chiaro a chi spettasse la preda, a chi l'aveva centrata o tenuta ferma o inferto il colpo finale, ma poi un biondo ossuto ordinò di raccogliere dei rametti per tirare a sorte. I bambini qui non sono deliziosi come le sue piccole amiche impegnate per scherzo a buttarla nel fiume di Merano, qui si abbatte di preferenza quel che fa brodo, e chissà se i coleotteri, i ragni e le farfalle se la passano un po' meglio finché dura.

Questo glielo avrebbe raccontato sapendo di cavargli un risolino: anche se in luoghi differenti, tempi sfasati, si placava un poco la ferocia ridendo insieme, anche se ridere piangere e scrivere per lei erano uguali, modi per stare nella vita, buona o cattiva, non per Frank, aveva ragione suo marito. Ernst capiva gli scrittori, li amava senza invidia, e anche per questo lei lo amava, ma c'era un legame tra l'incapacità di scrivere lui stesso e il rifarsi con le donne dell'impotenza letteraria: afferrarlo era stato peggio della scoperta che, diventata una Frau Polak, non era più la *shikse* più contesa di Praga, il frutto proibito. Le amanti di Ernst ardevano dell'unico fuoco che poteva essere attizzato senza legna o carbone, lei non aveva scampo. Allacciata a un circuito di fili, somigliava all'ascensore spolverato dalla portinaia in attesa che finisse il razionamento dell'elettricità a uso domestico.

Spariti i bambini, tornati su a Neubau o avviati a raggiungere i grandi alla mensa comunale, c'era una quiete in cui si sentivano i clacson, gli zoccoli, là dietro, sulla Lerchenfelderstrasse e, più distinti, i fogli della *Kronenzeitung* girati dal vecchio sulla panchina accanto. Aumentava il prezzo del gas, c'era un tram disegnato come un bruco ferito, zampe all'aria, ma se la sciagura in periferia occupava ancora la prima pagina, non era successo niente dai primi di maggio per cui valeva la pena di cavarsi gli occhi sui caratteri gotici. Era quasi mezzogiorno, nessuno la aspettava, tranne la lettera arrivata da Merano.

... il tedesco è la mia lingua madre... ma il ceco mi sta più nel cuore... perciò la sua lettera fa a brandelli certe mie insicurezze... la vedo più distinta, i movimenti del corpo, delle mani, così svelti, così decisi, è quasi un incontro, però quando voglio levare gli occhi fino al suo viso, allora nel procedere della lettera – ecco, che storia! – scoppia un fuoco e non vedo altro che fuoco.

Si potrebbe essere tentati di credere nella legge della sua vita, come lei se l'è dettata. Che non voglia essere compatita per la legge cui sostiene di sottostare, si capisce, poiché la dettatura della legge non è che pura superbia e presunzione (já jsem ten který platí), le prove fornite per quella legge sono però indiscutibili, non si può che baciarle la mano, muti. Per quanto mi riguarda, io credo alla sua legge, e tuttavia non credo che, così netta crudele e determinante, sovrasti per sempre la sua vita, lei l'ha tratta dalla conoscenza, certo, ma conosciuta solo in cammino e il cammino è infinito...

Ripescato il foglio caduto sulle mele, si era alzata di scatto e messa a percorrere il perimetro del giardino per bambini, a quest'ora per anziani e solitari: una, due volte, finché alcuni brecciolini pungendola sotto le suole la avevano sincerata del luogo in cui si trovava, al Neubauer Kinderpark, e non nell'aria o, contemporaneamente, sulla terra e per aria. L'uomo che ricordava a stento di averla vista, la conosceva, la giudicava, la colpiva con le sue stesse parole. E le chiedeva di tenersi dentro la parola cui era sempre corsa dietro con la fede dei credenti e delle donne, non bisognava disperderla né perdersi. Ora poteva tagliare sui sentieri minori e sull'erba tornando a casa. Gli ascensori vanno, non camminano.

Si era comportata come fosse costretta a fare su e giù in una gabbia di ferro unta di grasso lurido e sul suo piano si aprisse una sola porta, e quella porta era la corrispondenza mostrata a suo marito per riconquistarlo o almeno pareggiare – l'umiliazione, non il tradimento. Levata la segretezza dalle sue lettere, Frank aveva meno paura di macchiarsene, Ernst nessun motivo per ingelosirsi della letteratura, della carta.

L'incrocio all'altezza dell'ingresso del parco, dove mancava il vigile, era talmente trafficato che prima di riuscire a traversarlo l'ansia risaliva e precipitò nel dubbio.

«Per caso, ha visto se mio marito ha fatto in tempo a ritirare la posta?»

La portinaia la guardava, gli occhi sbiaditi appena contratti nel viso tondo sformato, il signor Polak aveva preso tutto, come sempre, e poi era salito a cambiarsi.

«Grazie, signora Kohler.»

«Non succede mai, però può capitare che non sono qui quando consegnano. Il fermoposta è più sicuro, sono due passi, sempre dritto finché incontra la Josefstädterstrasse.»

Sorridendo come non faceva da tempo, complice, speranzosa, lasciò la cesta nella guardiola sapendo che al suo ritorno sarebbe mancata una mela, giustamente, e non sapendo più se la busta l'avessero aperta le autorità o suo marito. Quando mezz'ora dopo salì a casa, era tanto spossata da finire di leggere la lettera stesa sul divano, le gambe gonfie sui braccioli, e i piedi, il cuore, i polmoni pulsanti ciascuno alla sua maniera, sempre più lenti. Avrebbe voluto leggere da capo e invece si assopì al pensiero di come avrebbe chiuso la sua risposta: p.s. D'ora in avanti scriva a M.K. Vienna VIII, Ufficio Postale 65, Bennogasse, e lui, pur atterrito, lo avrebbe fatto.

Dopo che erano stati portati via i bagagli ispezionò la sua camera. Guardò sopra e sotto la sedia a sdraio congedandosi dal balcone e dal giardino, dentro l'armadio, in tutti i cassetti e pure nel cestino, dove riconobbe solo quello che ci andava: volantini, réclame, biglietti da visita, tre flaconcini vuoti, un tubetto arrotolato, un pennino. Sfilò le banconote di piccolo taglio, le aggiunse alla moneta nella tasca del cappotto, nell'altra c'era solo quella infima. Le ultime mance gli sembravano adeguate.

La prima era andata all'infermiera che gli aveva augurato centovent'anni, imbarazzandolo con l'adesione impetuosa ai riti e non ai referti, mentre il dottor Kohn si era dispiaciuto di dover fare a meno dei loro colloqui. Le cameriere avevano ringraziato soddisfatte, quella graziosa era un po' arrossita ritirando la sua mano. Ne aveva strette tante, a colazione, tra i buon viaggio e gli arrivederci senza significato, benché il soggiorno fosse stato più lungo del previsto e, con certuni, più piacevole. D'altronde, il generale e il colonnello dovevano averlo dimenticato subito dopo essere partiti.

Non restava che prendere le chiavi e il cappello. Calzandolo si apparve nello specchio dell'armadio, davvero meno magro che negli anni passati, pur tollerando male i cibi troppo conditi e, grazie al sole preso in faccia, non tanto segnato dall'insonnia. Solo gli occhi riflettevano uno sguardo teso e calmo, da criminale patentato, non avesse avuto sbavature luminose di agitazione.

La signora Stefanie, più rubiconda a ogni profferta di quanto fosse grande il piacere di averlo avuto ospite, lo accompagnò alla carrozza raccomandandosi con il giovane facchino cui affidò le provviste per il viaggio.

Arrivato alla stazione con buon anticipo, comprò dei quotidiani e sbirciò nella sala d'aspetto, scrostata sul soffitto e avvolta di fumo. C'era da invidiare i fumatori che sapevano ingannare le attese, d'altra parte non si sarebbe sentito a posto abbandonando i suoi bagagli sul binario con il ragazzo. Erano queste presenze a tenerlo fermo, altrimenti, con le gambe da sonnambulo, avrebbe cominciato a camminare avanti e indietro.

« Quanti anni hai? »

Ne aveva sedici, era del posto, e il treno l'aveva preso solo una volta, prima della guerra, per andare a trovare dei parenti.

« Dove? »

«Trieste.»

Nel silenzio seguito a quella domanda innocua, disse che un tempo lavorava per le Assicurazioni Generali, ma non era mai stato a Trieste.

La conversazione fu interrotta dall'entrata del treno, il cui sbuffo nero di carbone tolse il respiro al dottor K., sicché, per non lasciarsi sopraffare, avvisò subito il facchino che tutto andava caricato nel vagone per Vienna.

Lo sentì tossire, però che fosse impallidito era specchio della sua ansia o, anch'esso, effetto dei fumi che appestavano l'aria di montagna. Era straordinaria anche la rapidità con cui i bagagli sparirono nella carrozza, forse il ragazzo pensava che così avrebbe meritato una mancia migliore e, in effetti, gli guadagnò un posto al finestrino, da cui gli allungò anche il pugno di monetine sincerandosi che non si offendesse.

Il treno partì puntuale alle dodici, del resto nasceva a Merano.

Portava invece una decina di minuti di ritardo l'accelerato sul quale Pepi aveva preso servizio come controllore. Non era inusuale che il figlio lo aspettasse dopo aver accompagnato i clienti della Ottoburg, ma l'espressione con cui gli venne incontro non gli piacque.

«Sempre in ritardo e alle due si riprende» proclamò accelerando il passo, perché la stazione abbondava di spie e di gente piena di malanimo. Appena ne furono lontani, il figlio si fermò per vuotare il sacco. Era ripartito il dottor K., finalmente, però andava a Vienna, lo aveva scaricato velocissimo sperando che nessuno se ne accorgesse.

Elogiato il suo *mulo*, Pepi si grattò sotto il berretto delle ferrovie italiane e proferì un detto tedesco: ciò che scompare dagli occhi esce dalla mente. L'importante, insomma, era che il dottor K. fosse partito. Lo avessero pure visto salire sul vagone per Vienna, non potevano che continuare a mormorare e bistrattare ancora un po' colui che ci era andato di mezzo. Bisognava ricordarselo questo memorabile lunedì 28 giugno brindando alla fine dei suoi guai.

«È stato il Commissario Generale a proteggervi?»

Il suo unico erede maschio lo superava già in statura, era sveglio, prestante, laborioso. A colloquio al vecchio Habsburgerhof, che avrebbe riaperto come Hotel Bellevue, avevano promesso di assumerlo in prova, ma il ragazzo non poteva capirle, le macchinazioni che gli avevano rubato il sonno, malgrado ne sapesse persino troppo.

Le cose si erano messe male in seguito al presidio di inizio maggio, dove erano arrivati persino dalle valli lontane invadendo la piazza della stazione con costumi tirolesi e abiti scuri della domenica, una folla mai vista attorno al condottiero di bronzo. Pepi se ne era tenuto alla larga grazie ai turni festivi inflitti ai novellini, convinto che non sarebbe potuta andargli meglio.

La settimana dopo lo avevano convocato in caserma. Era trapelato che lui, Kannasin Josef di Kannasin Antonio e di Garjup Jana, nato a Trieste il 12/6/1878, residente in St. Leonhard-Strasse, Merano, avesse infangato l'onore dell'Arma nella persona di un membro di quella caserma denunciandolo presso l'Autorità Civile al fine di scagionare un soggetto sul quale era caduta una suspicione pesante, secondo il Maresciallo Ispettore. Le prove, schiaccianti a dir poco, comprendevano una fotografia, schiaffata sul piano della scrivania sotto il suo naso. Pepi l'aveva vista sui giornali, non nel ritaglio su cui era stato puntato il dito, indicandogli la sagoma sfocata di un uomo alto nel vestito chiaro dei villeggianti: il dottor K. al raduno degli irredentisti germanici di domenica 9 maggio.

Quando aveva dichiarato che non lo conosceva, non lo aveva mai incrociato e, dunque, non aveva nessuna idea su come mai si fosse infilato lì in mezzo, il maresciallo, fissandolo negli occhi, aveva ribattuto che però conosceva bene la signora dove stava a pensione. Pepi aveva raccolto la lucidità rimasta confermando di conoscere la signora Stefanie e di ritenersene persino debitore, ma di non c'entrare nulla con il fatto che questo signore avesse scelto di soggiornare alla Ottoburg.

A quella risposta veritiera, come tutto quanto aveva detto, l'ispettore si era incarognito. Gli aveva promesso di adoperarsi perché uno come lui non seguitasse a rubare il pane a ricompensa di servizi equivalenti a quelli di Giuda, miserabile approfittatore, imboscato senza vergogna. Soddisfatto delle minacce ingiuriose, lo aveva lasciato andare.

L'indomani Pepi si era ripreso al punto da mettere insieme un paio di righe e spedirle al Commissario Generale, ma non aveva sentito niente e nessuno, per settimane. Non aveva potuto che preparare la famiglia all'eventualità peggiore, il licenziamento con infamia. In quel caso sarebbe andato a Trieste, dove però cresceva l'ostilità tra italiani e slavi e lui era mezzo e mezzo, sennò ovunque trovasse lavoro, persino in America.

Recava la data del 1° giugno la missiva con cui venne informato che l'Autorità seguiva l'incresciosa congiuntura chiedendogli pazienza e fiducia nell'azione svolta in nome del governo italiano. Sua moglie si era messa a singhiozzare, macchiando la firma del segretario di Sua Eccellenza Luigi

Credaro e strappandogli una bestemmia, lì per lì, liberatoria, ma poi si era morso le labbra.

La vicenda del ferroviere assunto per i servizi resi al Commissario Generale, in verità, era la nota che, come la punta d'aceto nel piatto troppo forte, faceva percepire a quest'ultimo quanto i fatti recenti minacciassero il suo incarico. Quindicimila a gridare «via da Trento» e a Trento non si era fatto nulla per impedirlo: strillavano i nazionalisti, latrava la canaglia fascista, si agitava gongolante il Tolomei, voce di spicco tra quelli che chiedevano la testa di Credaro. Mancava solo di lasciargli spargere altro veleno. Il Commissario Generale come difendeva l'Italia? Favoreggiando elementi slavi, ebraici, allogeni. Simili dicerie andavano tacitate sul nascere e, al tempo stesso, non poteva affrettarsi a insabbiare, un cedimento su una questione così assurda sarebbe stato un pericoloso precedente.

I motivi per i quali il dottor K. si era aggregato al presidio potevano essere puramente occasionali o sgorgati da una curiosità generica o persino da una simpatia verso le rivendicazioni della piazza, probabilmente ispirata al principio di autodeterminazione dei popoli, essendo lui, secondo le notizie raccolte durante il suo soggiorno, frequentatore di persone e di letture di orientamento sionista.

Tutto questo, il Commissario Generale lo aveva apparecchiato al Comandante di Merano, conscio di erigere una cortina di fumo prima di sferrare il colpo decisivo.

«Magari è davvero mosso da sentimenti filoaustriaci, non è vietato, però che sia coinvolto in qualche trama occulta, ma per favore...» Un agente segreto non si presenta abbigliato come un gitante al centro di una manifestazione piena di giornalisti, fotografi e informatori.

Chissà non fosse venuto proprio per fomentare quegli

eventi, i sovversivi sono sfacciati, specie quando raggiungono le loro mire, gli era stato obiettato, per convinzione o puntiglio non importava, visto che era ormai evidente che l'Arma volesse fargliela pagare.

Dopo aver ribadito il suo no alla vigilanza *in primis* postale, era partito da Merano senza aver ottenuto nulla. Nauseato dalle curve prese di slancio dall'autista cui aveva chiesto di riportarlo velocemente nei suoi uffici, si era reso conto che quel braccio di ferro doveva per forza governarlo. Poteva piuttosto chiudere un occhio sull'ospite di cura, il dottor K. se ne sarebbe tornato al suo Paese, meglio presto che tardi, anziché cedere sul suo protetto, e non solo perché era ignobile, ma anche perché dovevano sudarsela, quei militari vendicativi, la concessione più agognata. Se volevano che lui lasciasse cadere le accuse e le indagini sui carabinieri, a cominciare dal brigadiere reo confesso, occorreva avere la garanzia che smettessero di chiedergli la testa del Kannasin Giuseppe.

Pepi di tutto questo era all'oscuro, e delle voci in città non si fidava, non fidandosi di chi gliele riportava e guardandosi bene dal lasciar trapelare i suoi crucci. Però tra i ferrovieri italiani erano in molti a non amare le divise, sicché quando uno e poi un altro gli aveva raccontato che i carabinieri si erano dati alle grandi feste, birra, grappa, visita al casino, e quello più ciucco di tutti, un *mona* di brigadiere, aveva rotto la sciabola colpendo il monumento davanti alla stazione al grido di «morte all'Austriaco, viva l'Italia», non aveva creduto alla sciabola spaccata, ma si era addormentato più leggero.

E ora voleva rispondere a suo figlio, spiegargli le cose senza dire troppo, ma gli venne in mente un solo modo, complicato come una partita a scacchi, quel gioco da signori con molto tempo da perdere, dove non farsi mangiare una pedina spesso non serviva a vincere ma giusto a finire pari e patta. Provò lo stesso a dire che lui era stato quella pedina, per il Commissario Generale.

«Da cosa si capisce che è finita veramente?»

Quella domanda gli chiarì quanto suo figlio, non bevendosi le sue rassicurazioni, fosse diventato grande.

«Quando si chiude la scacchiera perché c'è da fare altro... e qui ci sono grane ben più grosse di un *foresto* che sarà andato a trovare la sua bella.»

«Ma come!...»

«Te lo racconto un'altra volta.»

Il ragazzo sogghignò con una faccia curiosa da morire, segno che certe questioni non gli erano più segrete, o non più di tanto.

Così si avviarono verso casa, mentre il dottor K. guardava fuori dal finestrino, vedendosi riflesso tra i filari di uva, e le mucche sui pascoli, e la neve sui ghiacciai, e le piccole nuvole nel cielo limpido, com'era la sua paura, limpida e immensa, grande esattamente quanto la certezza di amare la donna che avrebbe incontrato alla fine del viaggio.

L'ULTIMO AUTUNNO A VENEZIA

per Gabriella

Sai, non ti avevo riconosciuta. Perché era un giorno di nebbia e perché tu, vestita come le bambine in posa con i piccioni, eri comparsa troppo lontano da piazza San Marco. E non ti avevo riconosciuta, sai, perché per me eri rimasta quella cosina chiarissima senza capelli che parevi né maschio né femmina, e così magra che poppavi a fatica, ma i tuoi versi salivano appena e già ti era riattaccata. Una bellezza, a guardarti, e anche un poco di invidia. Lo so, lo sapeva chiunque che per portarti a casa dall'ospedale c'era stata la corsa su un'automobile mai vista in paese, e nemmeno nelle valli più grandi, e nessuno che, pur di fermare quella meraviglia straniera, non le avesse indicato la strada. Nostra mamma la conosceva, la strada, ma non diceva niente con te in braccio sul sedile di dietro e il motore fortissimo nelle orecchie. Poi era rimasta solo la carrozzina nuovissima, nostra sorella Margherita l'aveva portata in rimessa, nostra madre ci aveva detto il tuo nome, Maria, e nient'altro sul tuo arrivo. Lo capivamo da noi che la tua bocca in più da sfamare non somigliava alle nostre, era piccolissima, ma era una grande benedizione. Chissà se nei mesi freddi avremmo ritrovato quel tetto, senza di te, e una mamma che non è la tua e nemmeno la mia, ma anch'io ho avuto soltanto quella lì, temporanea. E quindi l'ho riconosciuta non appena l'ho vista proprio qui, a Venezia. Mi sembrava un inganno, però, uno degli attimi di stanchezza quando un odore di stalla risale di colpo tra la pietra umida e l'acqua marcia, perché ci ero finito per caso, quaggiù, a fare il pitocco, e non davo ancora per perse le nostre montagne.

Sì, era per forza lo scherzo di una di quelle giornate dove non capisci se è la nebbia a venire su dal Canale o la pioggia a cadere sottile, comunque quel tempo che si porta via il sole, e le cose più in là del tuo naso, e le ore che passano, salvo appiccartele sotto i vestiti. Quando sei fuori sin dalla mattina e venendo ombra viene ancora più freddo, non vorresti nient'altro che infilarti da qualche parte per riscaldarti un paio di minuti. Persino dentro la chiesa dove molto più caldo non fa e poi ti cacciano appena ci entri. Ma pur non sentendo più niente, non pensando più a niente, sai benissimo che quando si riempie manca poco all'ultima messa e non resisti. Anche perché in una giornata così chi vuoi mai che venga in chiesa a quest'ora. Viene soltanto chi ti passa vicino scansando un mucchietto di non importa che – piccioni, gabbiani, gatti, cristiani, roba dell'altro ieri buttata lì dal maltempo. Però a me toccava aspettare la fine dell'ultima messa. Mi toccava aspettare la fortuna. Che è cieca a prescindere, figuriamoci quando c'è nebbia. Quaggiù, con un tempo del genere arriva in pratica solo chi avendo pagato una guida turistica le va dietro con i piedi umidi e indolenziti, ci vuole veramente una grazia della Madonna se avanza un gesto caritatevole a uno solo del gregge. Molto meglio una coppia in viaggio di nozze a cui sembra tutto romantico, persino perdersi, e quando ha perso completamente l'orientamento, quando lei pensa che lui non sia buono neppure a leggere la cartina floscia di umidità, e si bisticcia o addirittura si piange, ecco, appare lo sbocco dalle calli, il riflesso del Canale, la Salute. L'ombra tettona della cupola grande. A quelli, ormai vigili come le bestie smarrite, ben poco sfugge, di sicuro non un bambino che tende la mano. Qualcosa gli offrono perché nulla possa succedere a quelli che avranno, o ripagano almeno per sentirsi indicare dove ferma il vaporetto e, attaccati l'uno all'altra, scompaiono dopo i primi gradini. Porta bene sposarsi in autunno, per nostra grande fortuna. Però non avessero i giorni contati, un giorno così lo spenderebbero in vasi di vetro soffiato e in scatolette con il carillon, oppure in camera a comprarsi l'erede che nemmeno gli costa. E povero anche tu che porti via giusto due spiccioli e il muco del naso. I ricchi rimangono al chiuso, quelli stranieri magari escono a passeggiare, come fossero loro le fondamenta inghiottite, e la gente di qui cammina spedita anche senza vederci per niente, però, come i gatti e i gabbiani, distingue lo stesso quello che le interessa. A qualsiasi ora, con qualunque tempo il cielo ci mandi.

Io non ci riesco come dovrei neanche adesso, e sono passati cinque anni, figurati prima: vedevo la mamma e non te, diversa come mi eri apparsa quel giorno. Solo la gente che qui è davvero di casa ti distingue benissimo, quando vai per botteghe con quel signore straniero, e tutti gli fanno, ma è vostra ma che bea ma che bea putea. Ti faceva impressione sentirli belare, ti faceva pensare alle tue pecore rimaste da sole, ti faceva una pena infinita dire un semplice grazie, e quello ti usciva con i suoni duri, di gola, del nostro dialetto. Ti veniva da piangere, io ti ho vista, sai, non una volta ma tante. Ora andate nei caffè della piazza, andate nelle migliori pasticcerie, andate al Lido non appena c'è il sole, andate ospiti al palazzo tal dei tali, e al cinema e al teatro, e non schifi nemmeno più se degli estranei ti allungano le mani in testa. Ga i cavei d'un angioleto, che bea putea, complimenti. Da noi i bambini voluti bene e i puttini si dicono uguale, e i putti li abbiamo fin sopra ai capelli, guardando in su, guardando in giù a ritrovarli nell'acqua, da noi i complimenti non si sprecano, lo teniamo a mente, noialtri, quali forestieri sono benvoluti, e quanto. Non puoi capirlo, tu, che vieni e vai via, risali nella nostra valle. Dimentichi com'eri negli anni passati, io da sempre dimentico, apposta non tengo in testa nient'altro tranne ciò che mi serve. Però se mi sforzo ricordo. E tu eri talmente bionda e tonda che, prima, lassù, sembravi davvero un angioletto con i riccioli sporchi. Perché non hai mai visto un solo giorno senza poterti riempire di latte, perché la mamma, dandoti il suo e poi quello delle sue mucche e poi quello nella polenta col burro, era contenta che le crescevi sana e robusta, era grata al Signore che ti aveva mandata, e pure al signore che pagando per te non faceva mancare il necessario a nessuno. E allora si doveva ripagare in preghiere. Tu ogni sera, noi ogni tanto, quando c'era da invocare la protezione per una disgrazia capitata a uno dei nostri familiari, cominciando dai tuoi che non erano dei disgraziati. Ma lei pregava per ogni evenienza e ogni anima in bilico, pregava senza scordare i patroni del giorno dell'almanacco, e il diavolo che si annida negli angoli, e i defunti dell'anno della parrocchia, e le bestie gravide e le compaesane, senza badare a chi stesse parlando, alle volte, e di sicuro anche senza aprire la bocca. Non ho avuto il suo latte che ti rendeva rossa e beata, ma quell'aria l'ho ingerita anch'io e me la sono fatta bastare. Nostra mamma l'avrei distinta dall'odore non fossi stato così piccolo ai suoi piedi, e così raffreddato. Dunque erano state le scarpe. E poi l'orlo delle gonne alzate per non spazzare i gradini bagnati, le sue calze di lana che spuntavano di sotto. Impossibile, ho visto un fantasma. Sarà la fame, il freddo, la febbre salita di colpo, se non la morte. Cosa ridacchi, noi pitocchi ce ne andiamo in un attimo, congelati consunti cadendo nell'acqua, o per le botte di troppo, o di crepacuore. Sarà il crepacuore, pensavo alzandomi a rincorrere le sottane rigide, le scarpe cucite dal calzolaio ambulante. Bisognerebbe stare più attenti a infilarsi in chiesa, i preti non vogliono e, dopo un giorno così buio l'illuminazione acceca, fa lacrimare. Con gli occhi bagnati vedevo nostra mamma accendere un cero a Nostra Signora della Salute, una candela da poco, e stare lì, davanti all'edicola vicina all'ingresso, pescando i centesimi dalle sue tasche. Solo per questo mi era venuto d'istinto schiacciarmi contro un confessionale. Benedette abitudini, lo facevo da molto, e poi volavo in avanti, sempre cercando riparo. Confessionale, colonna, confessionale, colonna colonna colonna. Se non stai attentissimo, ti avvistano da tutte le parti, in questa basilica enorme e ottagonale. Ma era vuota deserta. In un altro momento mi sarei intascato un paio di candele, tanto si sa che siamo ladruncoli, e sarei filato via come una pantegana. Però quella volta avevo fatto una cosa da scavezzacollo. Colonna, fila di panche, un'altra, un'altra ancora, e ancora, e poi fermo, in ginocchio, a testa incassata. Ero più basso dei miei cinque anni, sparivo tra gli schienali. Nella fila davanti nostra madre pregava Nostra Signora perché la signora e il signore non ti tenessero in questa città di vizi e di puzze e di cibi malsani, non è mia, la bambina, ma porta il tuo nome, Maria, nella tua misericordia concedile ancora un anno con noi e con le sue pecore, ti supplico in nome di tuo Figlio, l'Agnello di Dio, Gesù Cristo. Era rimasta in silenzio e io, incollato alla sua nuca, sbirciandola sotto quella strisciolina di pelle bianca sopra la panca marrone, non sai quanto avrei voluto gettarle al collo le braccia. Non sai quanta pena a stare fermo ma poi si era mossa lei, grazie al cielo, e l'attimo dopo aveva cominciato a recitare il rosario. GegrüßetseistDuMariavollderGnadederHerristmitdirDubistgebenedeitunterdenFrauenundgebenedeitdieFruchtdeinesLeibesJesus. E imbambolato, tremante, benedetta fra le donne, le andavo dietro, e benedetto il frutto del tuo seno, mordendo le labbra, trattenendo di tirare su con il naso e i moti del cuore in gola, santa Maria madre di Dio prega per noi peccatori, non potevo tradirmi e tradirla, adesso e nell'ora della nostra morte amen.

Il tempo di dire la prima decina e mi ero calmato. Rimandale a casa, Maria Vergine, ti offro un cero non appena c'ho i soldi, se non abbiamo candele casomai le prendo a San Giovanni o a San Giorgio, ma tu fammi la grazia, riportamele l'anno venturo. Promesse da poveri cristi, cosa avevo da darle, io, di valore. Niente più moccoli, lo prometto, lo giuro, e, ancora tutto pieno di orgoglio, mi ero accorto di aver disimparato a parlare la lingua materna. Era uno schiaffo, un dolore, e capire ogni parola lo peggiorava. Diventava una pena, un castigo. Per la linguaccia che mi era venuta, per i pensieri empi che premevano più forte dei colpi di tosse. Era tardi per il perdono, ero perduto.

Eccomi, invece, non mi è successo niente di male. Poteva andare in maniera diversa se non fossi stato incapace di muovermi, tenuto giù come dalla mano di Dio, fantolino com'ero, su quell'inginocchiatoio. Sarei scattato dopo il Salve Regina, pronto a correrle dietro.

Forse era il monsignore, forse un altro don a fermarla, e io, sulle spine, ne seguivo i passi da uomo, la voce che le rintronava le orecchie. Parlava della Salute eretta per voto solenne del doge e a opera degli artisti migliori, dell'isola di

Candia posseduta dalla Serenissima, della Vergine salvata dai turchi perché non tornasse la peste a Venezia. E infatti, per sua intercessione divina, non è più ritornata. Di quel discorso da prete tutto pieno di nomi e di numeri io avevo colto neanche metà e la mamma, pensavo, solo la peste. Peste o Pest lo capisce e capisce Venezia, pensavo, così pensa magari, così la spaventi, ma lasciala andare, invece quello doveva dirle ogni bene della festa della Madonna, il 21 di novembre. Grazie. Buona sera. Padre.

Le ricordi, vero, le fiere dove agli uccelli in gabbia si tira di tutto ridendo a sentirli ripetere quattro parole? Ma non hai idea di cosa dicono gli zingari quando vanno su e giù per i nostri paesi. Portiamoci un corvo, e pazienza se per quella manciata di monetine ci lascia le penne, e il pappagallo, che deve durare una vita, lo teniamo per le piazze migliori. Ancora mi mortificavo di averla sentita gracchiare quelle quattro parole in italiano, che il prete, a tradimento, aveva tirato dritto per la sagrestia, offeso, a giudicare dal rimbombo. E questo mi piaceva tantissimo, già mi sentivo un poco graziato, e chissà quando sarei finito abbastanza vicino all'altare, insomma a quel punto volevo vederla, questa miracolosa Madonna. Non potevo crederci, a quanto era malfatta. Scuro persino l'oro e l'argento, scuro e prepotente il bambino seduto sopra come un piccolo Cristo, scura la faccia lunga da vecchia con gli occhi rugosi. Però si era affidata a lei, nostra mamma, che non si sarebbe mai presa in casa nessuno con quella pelle da zingari, era già buona fin troppo ad allevare noi figli della gente girovaga, e quindi doveva esserlo ancora di più quella madre santissima. Vuoi farti riconoscere, vorresti davvero parlarle, mi diceva il suo sguardo addolorato da secoli e, capendo tutto quello che era impossibile, ora e per sempre, mi ero precipitato fuori dalla chiesa. Giù, in fondo ai gradini, andava e veniva la scia di una sigaretta, bruciava rossa nel nulla di quella sera umida di nebbia. C'eri anche tu, con quel vestito da bambina in piazza San Marco, però avevo riconosciuto prima il signore. Bene, si va, aveva detto spegnendola, e io, senza nemmeno dovermi nascondere, vi avevo seguiti.

Da allora so dove abiti. Conosco la tua camera, ti vedo la mattina quando apri la finestra e la richiudi la sera. Stai lì, guardi fuori e non cerchi più la terraferma, non ti impressiona più che oltre alla Punta della Dogana c'è solo acqua e barche di ogni misura e ancora acqua. Lo sai, a volte dimentichi di accostare le imposte quando ti vesti. Ma non fa niente, stai in un vicolo cieco, quattro casette e una stanza solo per te, in cima, dove la vista è migliore. Da piccola, dovendo indossare un regalo della signora, un abitino da ricca, tenevi la testa alta per non mostrare la vergogna delle ginocchia poco coperte. Sei molto cambiata, canticchi nuove arie quando ti svegli di buon umore, controlli il tempo, vuoi fare cose belle. Anch'io controllo come si presenta la giornata ai tuoi occhi celesti. Lo sai, quando sei sola, diventano liquidi o melmosi e, ogni tanto, di ghiaccio. Con quanta avidità tiri dentro l'aria che da bambina ti dava la nausea, con quanta impazienza conti i colpi di spazzola e ti rifai le trecce. Precisa, rapida, a volte impietosa, ma appena ti lavi la faccia si è purificato anche il tuo sguardo. Rinfili sotto il cuscino la camicia da notte, rincalzi le coperte e sei pronta. Vuoi uscire, vuoi sempre uscire. Ma poi metti su la faccia della bambola Lenci e scendi puntuale come un soldatino di piombo. Conosco i tuoi orari. Prima la colazione, poi la passeggiata. O perlomeno la spesa che si fa tutti i giorni. Un bacetto e sei oltre la soglia, dai il braccio al signore, lui alto, barbuto, imponente; tu, cresciuta in bellezza e in altezza, standogli attaccata come una cagnetta al pastore, un'anima devota al padre eterno. È un uomo importante anche in questa città senza automobili, venerato da molti. Non così tanto da poter decidere sempre chi vuole incontrare il tal giorno alla tal ora, ma a sufficienza per stabilire le regole dei tempi normali. Conosco i vostri orari – quelli buoni, quelli cattivi, quelli morti – e anch'io mi regolo di conseguenza. Il pomeriggio, quando la signora riattacca il violino, lui esce e va nel suo studio e tu sparisci di sopra per tutto il tempo in cui è vietato fare rumore. Per me è il momento ideale. Posso girare dal salotto alla cucina prima di andarmene come sono venuto. Piano pianissimo senza toccare nient'altro della borsetta appesa all'attaccapanni all'ingresso. Se non si trovava lì, il portamonete, continuavo a cercarlo con calma. Da voi è strapieno di libri e di carte, bisogna fare molta attenzione, anche se la signora non si muove dal secondo piano e suonando non sente. Ma vai a sapere quando si interrompe, chi può dirlo con una violinista così brava che certo non merita uno al piano di sotto a contare quanto può prenderle senza che se ne accorga. Mi dispiace, vi credevo più ricchi. Però mi spiacerebbe ancora di più se quel violino non vi portasse qualche ora di tregua, se non fossero solo quelle corde a toccare le tue – invece è così, non negarlo. D'altronde suonare divinamente, e lo dicono tutti, è un dono del cielo: ti arriva comunque, ti entra dentro senza permesso e, abbracciandoti di un amore più grande di quello mai nato tra voi due, ti lascia in pace. Allora, ascoltando la musica che riempie la casa e la calle, anch'io, nel mio angolo cieco, mi quieto.

Per tutti questi anni ho aspettato, dicendomi che ero

uno stupido a rubare due spiccioli di quanto mi avevi rubato. Piuttosto lasciala in pace, mi dicevo. Oppure falle i dispetti. Tagliarti il tuo bel cappottino, rovesciare un po' di acqua su uno spartito ingiallito del maestro Vivaldi, macchiare la testona di marmo scolpita più rozza dei vecchi cristi di legno e invece preziosa perché del padrone di casa, sarebbero stati scherzi da nulla. O l'uno o l'altro. E mi prudevano pure le mani perché sarebbe stato così facile addossare la colpa a te, villanella dura di zucca e mal aggraziata. Ma non ci riuscivo. Non riuscivo a volerti male. E nemmeno riuscivo a lasciarti fino a quando riprendevi il treno per dove io e te siamo nati. Anche se non me l'hai più riportata, la nostra mamma, dopo l'autunno in cui avevo preso a seguirla dai piedi della Salute.

È stata un'impresa, a cinque anni, quando sapevo solamente chiedere la carità e nient'altro. Ma aspettandola, mentre tornava a recitare il rosario, oppure alle Zattere, mentre portandoti a spasso ti teneva stretta per la paura le scivolassi giù nel Canale, facevo talmente pietà da ottenere un soldino appena allungavo la mano agli altri passanti. Sennò diventavo molesto, tirando i soprabiti, insistendo con i « per favore vi prego », però, te lo giuro, non mi salivano apposta le lacrime agli occhi. La Madonna deve aver ascoltato anche le mie preghiere in quel mese d'autunno. E poi basta.

L'anno dopo, vedendoti arrivare da sola e avendo imparato a infilarmi nelle case per bene, non potevo certo pretendere nulla. Ma dovevo pur racimolare qualcosa entro la fine della giornata, altrimenti erano botte. Sai, me le sono anche buscate, per una, due settimane, e se lungo la strada da casa vostra qualche moneta riuscivo a scucirla, mi davano appena gli avanzi. Eppure non sono stati la fame e i dolori a indurmi nel peccato e nel vizio. Eri tu che, un poco alla volta, ti abituavi. Cominciavi a saltare su e giù per i ponti, sguazzavi nel tuo salvagente scordandoti che non era sporca solo l'acqua del Lido ma anche tu, dalle spalle scoperte alle gambotte nude fino alle cosce. Se rispondevi da mane a sera nel tuo pessimo italiano meritavi un gelato, ricevevi una caramella se dicevi la filastrocca inglese, due, quando, odiandola, non ti impappinavi ogni momento. Non volentieri, però diventavi ogni giorno più simile a un bel pappagallo. E allora, vedendo che l'odio lo mettevi da parte per elemosinare plausi e carezze e goderti la vita da ricchi di questa città favolosa, ho iniziato a odiarti. I centesimi nelle mie tasche, dovendo osservare sino a che punto fossi disposta a tradire, mi spettavano proprio. A quella giustificazione, però, non ero riuscito a credere a lungo. Mi ero sbagliato, lo ammetto. Persino adesso che sei tanto cambiata e neppure ti accorgi di quanto ti piace Venezia, la gusti ancora come le caramelle, lo riconosco. Ti pare tutta acqua e zucchero, ma non ti entra nel cuore.

Siamo nati dove la valle è stretta e non c'è posto per chi arriva da fuori. E così ogni sera pregando continui a contare i giorni per tornare lassù, dove i monti vicini ti dicono sempre dove sei e a chi appartieni. Io non so come dirtelo bene: non sei mai stata come chi tra quelle montagne ci nasce e ci muore, e lo hai sempre saputo, mentre adesso sai pure che tra poco risali per un abbraccio, un addio, non un arrivederci. Poi partirai per il collegio dove ti hanno iscritta a Firenze e, da signorina educata, prenderai il tuo posto nel mondo. Manderai cartoline, scriverai qualche lettera, terrai care le fotografie di nostra mamma e di tutti quelli che, di volta in volta, le stavano accanto. Le guarderai struggendoti per il tuo paradiso perduto e ignorando che lo è stato per te solamente. Eppure anche tu, che non hai mai girato con il carro a cavallo, che non sei mai stata chiamata in modo ingiurioso dai contadini, anche se un pezzetto di quelle terre lo avevamo pure noi, secoli fa, tu che sei piovuta da fuori più dei tuoi fratellastri di cattivo sangue, tu nostra sorella per un tempo contato, condividi la sorte di chi non ha il permesso di coltivare le radici cresciute dove sei nata. Un buco profondo di ben undici anni di vita puoi solo riempirlo con quello che capita e dimenticarlo. Dimenticare è come seppellire, ma senza l'estrema unzione, la messa funebre, la crocetta al camposanto. Bisogna farlo però con molta attenzione ché il demonio si acquatta dove non batte il sole. Sparire è un attimo, un destino segnato, ciascuno per la sua strada, ma per l'amor del Signore e del signore che ormai seguiresti ovunque, non vorrei ti succedesse di esagerare. E allora voglio ricominciare dall'inizio, anche se non ho idea di dove riuscirò a riandare scavando.

Sei nata che era tempo di falciare l'erba e lasciarla seccare, fare l'orto, curare gli alberi, raccogliere i frutti di bosco, pascolare le pecore fino a tardi, badare alle mucche all'alpeggio, compito del padrone mentre le faccende giù a casa erano compito nostro. Il giorno non lo saprei e nemmeno il mese. Solo tu possiedi le carte dove è scritto tutto preciso, solo a te arrivavano i regali di compleanno, un po' prima o un po' dopo, può darsi, non ci ho fatto caso. Noi spesso non sappiamo bene neanche quando siamo venuti al mondo, bastava il battesimo. E quando i parenti di sangue, portandoci in giro, tribolavano già abbastanza per darci quello di cui avevamo stretto bisogno, sfuggiva di mente pure l'onomastico e amen. Perciò ogni volta che nostra mamma affidava uno di noi al protettore e patrono lo sentivamo guardar giù per entrarci nel cuore, e un caldo che non usciva dalla stufa alta al soffitto di quella stanza tutta di legno, e una voglia di scappare via che bruciava. Non ci crederai, ma bruciavano persino gli auguri. Perciò non ci riguardavano quelli mandati assieme ai tuoi pacchi e pacchetti, a meno che non c'era dentro qualcosa di buono e ce ne davi in assaggio la giusta porzione, come ti hanno insegnato. Oppure certi balocchi e gingilli che non sparivano nel tuo cassone, ma dietro la stalla o dentro il fienile o in ogni altro posto dove ti veniva di abbandonarli. Noi no, a noi piacevano anche le cose inutili, semmai ci spiaceva non poterle dare a chi, dopo essere finalmente salito a riprenderci, avrebbe ricavato quei soldi che sarebbero stati merito nostro. Capisci? Come può uno nato mendicante paragonarsi a una che è nata pressoché principessa. E non dire macché, sono venuta su contadina, sono la figlia di un poeta che voleva farmi crescere sana e beata imparando il lavoro più onesto del mondo. Sarà. Se guardi con occhi diversi dai tuoi favolosi, l'unica differenza è che non ti ha consegnata in gran segreto e vestita di stracci. Del tuo arrivo parlava per anni l'intero paese. Ah, chi se la scorda, l'estate del 1925. Un'automobile nessuno l'aveva mai vista sulle nostre strade e stradine, un'automobile era un altro continente finito da noi, dopo secoli, dopo l'elefante che però non si era fermato davanti a uno dei masi più distanti dalla chiesa e dal municipio. Non era una Daimler dei bei tempi andati, non un'Isotta Fraschini e neppure una Fiat, assicurava chi aveva da fare nel capoluogo e capitava anche a Merano, ogni tanto, a partire dal signor borgomastro. Lo si chiamava così anche dopo che era stato abolito, una bestialità, quasi avessero vietato di chiamare il parroco padre rimpiazzandolo con uno mandato da Roma. Insomma i contadini ricchi, rispettati da sempre, erano i primi a essere ascoltati. Era una Ford, ripetevano, no, un modello di una casa meno diffusa e, non andando d'accordo su questo, era prevalsa la voce che non fossero poi così esperti, ma, ad ogni modo, nessuno metteva in dubbio la provenienza, l'America. E l'America la ammiravano tutti. Dunque eri arrivata fendendo la polvere su quel veicolo scuro e potente, e cos'era un fagottino con i suoi primi vagiti rispetto al rombo di un motore che aveva solcato l'oceano. L'elefante, una volta sbarcato dove lo aveva preso in consegna il nostro arciduca Massimiliano, era salito con un piede molto più lento sulle nostre montagne per valicare le Alpi, il Danubio, e infine raggiungere Vienna. Era accaduto quando ancora tutte intere, ancora al centro del mondo cristiano, le nostre terre valevano infinitamente più di quelle, sparpagliate qua e là oltremare, del re del Portogallo. Tant'è vero che il suo elefante portato dall'India lo aveva donato al futuro imperatore della casa di Asburgo. E allora, mentre traversava la nostra antica contea, il popolo era sceso con le bandiere e con le armi lustrate a vedere Soleiman, il colosso domato, augurando la stessa sorte al sultano dei turchi e maledicendo la calca nelle strade di Trento e di Innsbruck. Lì era entrato nel giorno dei Re Magi, venuti anche loro da Oriente per offrire al bambino Gesù nella greppia l'oro l'incenso e la mirra. Ogni anno era come se quei doni li avessero portati a noi che abbiamo le greppie, le stalle, l'asino e il bue e non la vogliamo, la befana fascista, noi seguiamo la stella cometa innalzando le sue punte dorate verso le stelle che appaiono presto nelle sere limpide e fredde. E i canti natalizi escono da ogni bocca, piccola o grande, in una nuvola di vapore bianco. E tu, appena dietro ai bambini vestiti da Caspar

Melchior Balthasar, che ti allungavi per scrivere C+M+B benedicendo le case, restavi sempre negli occhi di chi, come me, camminava in coda al corteo. Allora puoi immaginarti il corteo trionfale di quei tempi, giunto proprio per l'ultima festa della Natività tra le nostre montagne coperte di neve. Era un evento talmente straordinario che prometteva non solo l'inizio di un buon anno ma di un tempo migliore. E se niente di tutto questo si è mai avverato, se l'impero dei turchi alla fine è caduto col nostro, il ricordo di quel glorioso passaggio si è conservato tanto più caro. Però la fortuna maggiore, lo sai, era toccata alla città dei nostri dintorni dove non c'erano stati spettacoli mirabolanti ma giusto le scampanate a riempire la valle e, soprattutto, c'era una bella, grande locanda. L'elefante era stanco. Dopo tanta salita e baldoria ci sono volute due settimane per rimetterlo in forza. Anche questo lo sai perché ci sei stata, nella locanda di un tempo, ma adesso ti spiego com'è trovarsi lì senza un'automobile, senza una casa con C+M+B segnato sopra la porta. Te la chiudono subito in faccia. Non conviene neanche bussare. È molto meglio osservarla da fuori aspettando qualcuno a cui rifilare qualcosa prima che l'oste o gli ospiti stessi chiamino i carabinieri. Va detto, poi, che i pettinini e gli specchietti, le tabacchiere e le macchinette per rollare, la nostra mercanzia più richiesta, insomma, è tutta cianfrusaglia per quelli che frequentano un albergo così, e allora, se non fa troppo freddo, meglio ancora portarsi dietro un bambino. Ecco perché ti parlo con cognizione di causa: un giorno va bene, un giorno va male, comunque c'è un'infinità di tempo per guardare l'elefante rappresentato sul muro. Lo hai visto anche tu, e quegli occhi storti di frustate e fatica, quella proboscide abbassata in segno di resa, ti hanno mossa a compassione, scommetto. Il nobile in groppa che sferza dall'alto e il servo con il copricapo dei mori che fustiga sul didietro – povero bestione, avrai pensato, ma non troppo a lungo. Beata te, non hai idea di come ci si ripara dal prenderle e neanche cosa significa darle quando un animale meno mostruoso si impianta. Piuttosto già ti montava paura del pranzo alla locanda dovendoti concentrare su come ci si siede a tavola dritti e composti. E visto che era una squisita tortura, scommetto che il dipinto nel chiostro del Duomo, mezzo elefante, mezzo cavallo, ti ha fatto sorridere, invece. Non eri preparata, però, alla cosa che i preti e le guide facendola lunga propinano a chiunque visiti la cattedrale: un pittore aveva lavorato di fantasia, l'altro dal vero, perciò l'elefante dipinto ai tempi delle Crociate era un annuncio profetico di quel Soleiman che avrebbe sostato nella locanda, secoli dopo. Ne avevi abbastanza, scommetto. Di sicuro non ti sei mai chiesta come da lì lo avessero guidato oltre quel passo dove il vento non trova ostacoli e la neve bisogna sia fresca sennò diventa subito ghiaccio. Su quelle zampe abituate a piegare la giungla, con quella stazza che non lascia scampo se scivolando precipita addosso a chi lo incalza o gli prepara la strada. Capisci, allora, perché è la parte della storia che impressiona di più chi vive viaggiando e non rischierebbe di perdere un cavallo congelando al suo fianco, sul Brennero? Perché non sono i fuochi d'artificio ma i sacchi di sale e di segatura, buttati a quintali. E il nostro sovrano che poteva permettersi ogni lusso, addirittura di ignorare l'inverno: quando eravamo gli ultimi dei suoi sudditi e ancora non venivamo fermati a quel valico se non dal maltempo. Se lo ricordano persino i nostri fratelli più grandi, mentre adesso qualcuno passa il confine di notte, a piedi, sperando di non essere arrestato e rispedito in Italia.

Vedi, è tutto questo a renderci tanto vicina questa storia vecchia ma vera, così vera che ti incantava assai meno delle antiche leggende. Nostra mamma la raccontava apposta per te, anche se lo stupore con cui aveva sempre guardato l'elefante sul muro della locanda se ne era andato l'ultima volta che si era trovata a fissarlo negli occhi. Non ha accettato l'invito di accompagnarvi e quindi la storia le usciva come quelle del suo pio calendario mentre tu, ancora fresca del ricordo del pranzo con i signori, avresti preferito seppellirla anziché trovarci una morale, cucita a tua misura, per giunta. Ti piaceva molto di più ascoltare che c'era una volta una contadina che aveva due capre e quelle non sono come le pecore, quelle si arrampicano dove gli pare. Salivano e salivano, e lei dietro a gridare disperata perché non aveva nessun altro animale da latte né marito né figli. E intanto pioveva e pioveva e il fiume usciva dagli argini sommergendo tutta la valle. E quando tutti erano morti annegati, solo allora la povera donna avrebbe potuto tornare giù dalla cima dei monti, ma era ormai troppo vecchia e sfinita e atterrita da quel finimondo. Allora, morendo, anche lei si è fatta di pietra mentre durante il tempo infinito in sua compagnia le caprette erano diventate pressoché umane. Erano ancora pelose e golose dell'erba che rispuntava tenera dopo il diluvio, ma una indossava le gonne della vecchia, l'altra calzava i suoi mutandoni, e belando, un po' tristi e un po' allegre, come avevano imparato da quella mamma cristiana, capra capra, cominciavano a ripopolare la valle. Quanto ti piaceva dire, sapete, il nostro paese si chiama così perché c'era una volta una contadina che aveva due capre... Invece quando il postino consegnava una certa lettera timbrata a Rapallo, quando la sera eravamo raccolti attorno alla stufa, la mamma ti sedeva vicino per raccontare di nuovo che dal porto di Genova, dove lo aveva spedito il re del Portogallo, l'elefante era salito lungo lo stesso percorso dei signori che sarebbero presto tornati a trovarti. Sull'automobile americana non ci impiegavano mesi, bastava partire di prima mattina e solitamente si arrivava per cena, ma era pur sempre un viaggio di dieci, dodici ore, uno strapazzo. Senza contare quanto sarà costato, e le soste, e gli imprevisti, e pure un guasto poteva succedere. Senza pensare agli incidenti su quelle strade italiane piene di curve e di buche e di gentaglia che corre disperata perché se ne sente padrona. Prega con me che li protegga la Vergine Santa, implorava la mamma. Prega, Maria, non è da tutti avere dei genitori disposti a non risparmiare né rischi né fatica né soldi per vedere come sei cresciuta nell'ultimo anno. Guarda tua sorella Margherita, dov'è finita la sciagurata di sua madre, ormai non gliene importa più niente, il mio posto è qui, dice, e non mi sposo neanche uno del paese quando sarà il momento. Guarda gli altri che vanno e vengono come fa comodo a quei vagabondi. E se la tua mammina si innervosisce porta pazienza. Considera quant'è delicata e abituata alla temperatura della Riviera o alle camere d'albergo con la corrente elettrica e l'acqua calda da aprire a comando. A casa nostra dorme con lo scaldino infilato nel letto, il gallo comincia a cantare prima dell'alba e, poco dopo, entra la luce dalle mie tende, però ricavando sotto il solaio la stanza per gli ospiti non si riusciva a oscurarla meglio, si dispiaceva la mamma. Poi viene l'ora di mungere e ci alziamo tutti, in silenzio, solo che il legno scricchiola persino senza le scarpe e la porta pesante cigola ogni volta che qualcuno la apre. Una signora ha bisogno di riposo, sennò si sveglia con la luna storta. E stai sicura che non si sarebbe adattata alla nostra mansarda se non arrivasse da un paese dove la gente umile è tenuta in grande considerazione, perché sono le mani di chi lavora sodo a fare grande l'America mentre chi vive di rendita la corrompe, come il signore ci ha ripetuto tante volte. Eppure, diceva la mamma lavando e lustrando neanche fossimo a Pasqua, ogni cosa che abbiamo qui è sicuramente misera e vecchia in confronto all'America, dove tutto è moderno, pulito, enorme. Tu, aiutandola, promettevi che saresti stata bravissima, ma seguendo le mani ruvide e grosse capivi quanto avessero soggezione di quelle piccole e bianche. Allora, vedendola così sminuita, ti allenavi a chiamare la signora mammina mammina mammina, per non aggravare la sua tribolazione. E ancora lo dici rivendicando che la mammina resterà sempre piccola, per te, come la pancia dove per nove mesi si era portata l'erede del grande poeta e infine ne sei uscita tu, piccolissima – una bambina, una delusione.

Chissà se solo la figlia di un poeta può avere la fantasia di usare un diminutivo dolcissimo al posto delle male parole con cui sputiamo l'amaro su chi ci ha portati in grembo, noi comuni bastardi? D'altronde, la volgarità è bandita dalla scuola italiana e dall'Italia del Duce che tanto ammirate, e nel tuo dialetto scotta proprio la lingua dire qualcosa come « bagassa ». Ecco, diventi rossa. E non ti va, anzi ti fa pensare, ma questo con quale faccia mischia le sue sconcezze alla poesia e a ogni altra cosa bella nobile e sacra? Va bene, non capisco, non capisco neanche se sei più arrabbiata o scandalizzata, però ci è successa la stessa cosa, ascolta. Perché se tu frequenti Venezia con le orecchie sin troppo aperte per quel visino da angioletta, anch'io sono rimasto colpito di sasso da una parola. Non hai idea di come suona « babbo » da queste parti. Quando la usano i toscani, i fiorentini prima di tutto, i veneziani gli ridono dietro. Sai, questi ci parlano come ai bambini o ai bifolchi atteggiandosi a custodi del genio italiano e della lingua di Dante: ma lo sanno anche i gondolieri e le donne a scegliere il pesce a Rialto che, quando la Serenissima dominava sui mari, a Firenze si bisticciavano l'osso delle loro mire fameliche e il loro grande poeta sono pure riusciti a cacciarlo. Però tu devi parlare la lingua di Dante e allora chiami sempre così il poeta tuo padre. Sei venuta fuori del suo stampo, gli dai grandi soddisfazioni. Lui ti declama tutti quei versi mentre camminate sulle nuvole, anzi come sull'acqua dove ogni riflesso rimanda quanto vi somigliate e ogni vetrina specchiante ve lo rincara. Davvero pare fatta per voi, la fantastica città di Venezia. Potete fantasticare quanto vi pare, siete belli, siete alla mano, non vi lasciate spennare, va detto, ma andate comunque a cambiare i dollari e quelli rendono le stravaganze simpatiche. Babbo, pronunciato alla tua maniera di montanara tedesca, babbo, infilato nei discorsi americani della signora quasi fosse una gemma di antico valore, babbo, adoperato da lui stesso, ogni tanto, come monito a starlo a sentire o come un premio, una carezza. Quel ridicolo nome toscano spazza via i disaccordi in famiglia, è incredibile. Così tu non ti sei mai resa conto e tantomeno il poeta che dimostri di aver ereditato il suo talento quando saluti innocente «bye-bye mammina» quando esci con il babbo e lui si bea di ogni pensiero bevuto dalle sue labbra. Dovevo accorgermi io, roba da matti. Non sono quello che pensi, uno che non sa né leggere né scrivere, ma dopo tutto il tempo a seguirvi lo avrei notato anche se fossi rimasto quasi analfabeta. Vedi, lassù al paese, i nostri fratelli per qualche stagione si sfogavano anche loro di insulti, i soliti per dare addosso ai girovaghi, salvo non sapere come rimangiarseli, appena la buona donna di madre mandava una cartolina anziché venirseli a prendere dopo il disgelo. Perché occorrono anni di delusioni per farsi un callo sul cuore e metterci sopra una croce. Eppure avevano chiaro persino da piccoli che quella casa tiepida non sarebbe mai stata casa loro e quindi chiamare mamma la nostra era quasi come chiamarla signora – solo più generoso, più caldo, più buono. Nemmeno questo andava giù a parecchi, era, chessò, umiliante, fasullo, il prezzo di un tradimento del sangue, anche se era una rara fortuna un padrone con la destra offesa e poca voglia di menare con l'altra, e una padrona che ci puniva quasi soltanto con tutti quei « mi pento e mi dolgo con tutto il cuore dei miei peccati, perché peccando ho meritato i tuoi castighi ». Una madre non puoi sceglierla, mi dispiace, non è quella a cui vuoi tutto il bene dell'anima, neanche se, dal momento in cui ti ha presa in braccio, te ne vuole altrettanto. Non è forse lei che ti ha inculcato di dire sempre mammina? Non ti ripeteva sempre la storia dell'elefante? Secondo te, perché ha tanto insistito? Perché dal primo giorno in cui ti ha dato il suo latte le è toccato ripetersi che un giorno saresti andata via, lontano, nel mondo, ma era giusto, era per il tuo bene. Per quanto male le facesse allora, per quanto le farà male, tra poco, quando prenderai la postale lasciando solo i vestiti i libri e i balocchi di quando eri piccola nel cassone della tua stanza. « Troverai tutto com'è quando ti fanno tornare in visita » dirà lei dopo aver chiuso la porta. Penserà « se » ma prometterà « quando » e poi ti darà le sue provviste e raccomandazioni e infine un abbraccio che ricambierai stringendola un po' ma senza un accenno di lacrime. Di questo, sai, ti sono già grato. Ma pensa, va a finire che mi commuovo, sarà meglio mi passi veloce.

Lo sai che appena giunto alla corte di Vienna, Soleiman ha tirato le cuoia spessissime, qualcuno dice di nostalgia, altri di indigestione, poveretto. Io credo di più alla seconda, chissà come lo rimpinzavano, nella sua gabbia dorata. Quello allungava la proboscide dalle sbarre e risucchiava di tutto, capisci. Cioccolatini, torte di panna, arrosto e patate. Non sarebbe una brutta morte davvero, però dopo quel viaggio... Lo sai o no? Non voglio irritarti cambiando discorso. O un tantino sì, lo ammetto. Perché ho una cosa da dirti, serissima. Verso quell'elefante tu hai un debito enorme. Proprio così: tu devi tutto a quell'elefante. Non ci fosse stato lui, prima in carne e poi sul muro con gli occhi storti, non sarebbe diventata celebre la locanda e, senza la fama mai venuta a mancare, la locanda non si sarebbe trasformata nel miglior albergo di quelle vallate. Forse solo a Merano ne hanno di uguali, però in quelli, grandissimi, si incrociano ospiti di ogni parte del mondo, facce note, poteva darsi, e non andavano bene. Invece gli artisti non scendono quasi mai all'albergo dell'elefante, ci vanno gli uomini d'affari, gli sposini e altra gente disposta a pagarla profumatamente, la pace della montagna. Con quei prezzi, è chiaro, l'oste non può fare a meno di attrarre anche gli italiani o, molto meglio, gli americani, però continua a riempire la casa grazie a chi parla il tedesco. Insomma non so per quali vie la signora abbia trovato quel posto perfetto. Tranquillo, dotato di tutti i conforti, il servizio in camera, il personale in grado di farsi capire nelle lingue che mastica, educato, discreto. Ha raccolto un consiglio o, vedendo un'inserzione, è rimasta colpita da quell'elefante solo soletto in mezzo alle Alpi? In ogni caso, si era accertata che in città esistesse un buon ospedale, poi aveva telefonato al primario chiedendo se fosse gradito un acconto. Ci mancherebbe, madame, si riguardi e faccia buon viaggio. Prima però aveva prelevato un poco alla volta i suoi risparmi, visto che, per rimpolparli a sorpresa, i suoi genitori le controllavano il conto in banca non potendo controllarla altrimenti, dall'America. In cambio dei soldi le chiedevano una moralità pulita e squadrata, come i grandi terreni e i piccoli grattacieli trafficati dal padre, e non c'era mai stato un rischio più alto che le tagliassero quel mantenimento, mai un momento peggiore per farlo accadere. Così aveva messo da parte quanto avrebbe speso a Parigi per cene e profumi, sarte e modiste, a Vienna i costi dell'Hotel Sacher e di un liutaio famosissimo, senza essere andata né in uno né dall'altro. Finito di suonare nei teatri del Nord, era salita sul treno e, dopo il Brennero, era stata raccolta in stazione molto stanca e troppo elegante, una mantella veneziana a coprire metà del prezioso violino e tutta la pancia. Aveva una pancina dura, tesa come le corde del suo strumento, però, mangiando come un fringuello per non sfigurare sotto le luci del palco, ancora quasi invisibile. Era arrivata da solista, da sola. E da sola è rimasta in albergo finché non sono cominciati i primi dolori forti, quelli che, come sai, fanno scalciare pure le vacche. Quando va liscia, quando non si stendono, mute, e neanche forzate reagiscono, e parte la corsa a chiamare il veterinario perché sacrifichi il vitello, semmai, cercando di salvare la mucca da latte. Con l'aiuto del dottore non era stato difficile, il parto, però lungo, come capita pure alle femmine dai fianchi larghi quando sgravano la prima volta. La mammina era esausta. Non si fosse portata in grembo proprio te, che sei stata un angelo vero a crescere nascondendoti, lo sarebbe stata molto di più, se vuoi il mio parere. Un bambino, già che si era sistemato in quello spazio risicato, non avrebbe voluto uscire di lì, possibilmente, e spingi spingi, taglia taglia, si sarebbe dovuto tirarlo fuori dai piedi o con il forcipe, insomma con le brutte e cattive. Di solito i maschi sono più grossi, e se rimangono piccoli, piccolini com'eri tu, vengono al mondo ancora più deboli. Chissà se gliel'aveva spiegato il primario? Salvo che la signora, scordandosi presto quella fatica bestiale, poi aggiustava tutto a suo modo. Invece tu lo ricordi, vero, il tuo agnellino tutto tremante? Prima lo hai avvolto in un panno di lana, poi gli hai sorretto la testa per farlo succhiare e, dopo un po' che sei andata a dormire, quello ha smesso. Vuoi renderti conto che poteva finire così, il figlio del grande poeta, o non metterci nulla a nascere sgorbio o cretino? E scusa, non sono capace di dirtelo con parole più delicate, scusa se quelle fette di salame sugli occhi voglio strappartele via perché sono comode e buone, capisci, più delle credenze delle contadine lassù, quelle credenze che tuo padre raccoglieva come la frutta cascaticcia per metterle in versi, a volte, e invece servono a tenersi aggrappati all'albero delle loro famiglie, e con Dante e Omero non c'entrano nulla. Potevi andartene anche tu, nella notte, angelo mio. Se tua madre non fosse stata portata dall'hotel alla clinica in quattro e quattr'otto, se il medico e la levatrice più esperta non fossero rimasti con lei tranne per qualche minuto, se dietro la porta accanto, un bugigattolo cieco, un'altra non avesse continuato a urlare qualcuno mi aiuti, implorando Gesù e Maria con il filo di voce rimasto finché la seconda levatrice non era andata di là dicendo « è nato ma non ha fatto un bah e il cuore rallenta », ecco, se non avesse perso il suo primo bambino ma non il suo latte, la nostra amatissima mamma, magari saresti stata tu a non farcela. D'accordo, non subito, però dopo qualche giorno a sfiorire nella tua carrozzina, tra le lenzuola finissime.

Allora ringrazia, piuttosto. Non con le preghierine che ti ha insegnato la mamma, ma ringrazia lei stessa, lei che ti ha voluta subito credendo che così voleva il Signore, e il suo buon marito che non voleva farla soffrire di più, e la mammina che, volendoti o no, era comunque andata nel posto giusto, e i nonni in America che non hanno voluto conoscerti però ti hanno pagato la nascita, e ringrazia pure il dottore, la levatrice, l'oste e l'elefante.

Sei troppo orgogliosa per metterti a piangere, adesso, lo conosco, quel broncio tirato. Solo un vero bastardo, è questo che pensi, può rendere merito a un elefante morto da secoli e non dire una parola buona sul babbo, quasi non fosse stato lui a guidare fino alla casa dove hai respirato l'odore dell'erba e del letame e dei gerani sui davanzali, e poi il fumo della polenta sul fuoco, e tutto quello che, da quell'istante, si è fatto corpo del tuo corpo. Sì, è stato lui a portarvi con la sua automobile, non si discute, ma è arrivato quando eri già nata. Chissà se lo hanno trattenuto per altre questioni, a Rapallo, o solo avvisato un po' tardi? Lo sanno i tuoi genitori, e anch'io ho le mie idee, però me le tengo. L'importante è che il tempo per aspettarlo non c'era. Quando si è precipitato dritto spedito davanti alla clinica, il primario si era già mosso con la mammina e la mamma, gli accordi fatti, il figlio seppellito in fretta, il padrone salito sulla postale per il paese, perché era più urgente, oramai, accogliere te, dono della misericordia, fiore tenero, frutto acerbo cascato dal cielo. Mancava soltanto di passare a ritirare il violino e gli altri bagagli. Nell'attesa che li caricassero, nel mentre l'oste augurava un felice rientro alla signora salutando rispettosamente anche il signore, dalla tua copertina si era levato un pigolio, un lamento. Non cresceva e non smetteva, e proprio allora lo sguardo sofferente dell'elefante aveva incrociato quello di nostra mamma. Guardandolo pregava di partire al più presto, per quanto le facesse una paura del diavolo quel mezzo troppo veloce, troppo assordante, e stare dietro, da sola con te, che non ti calmavi neanche cullata. Perché una volta per strada, nascosta dalle cappelliere sul sedile vicino, avrebbe potuto darti il suo seno duro da farle male, perché non si sognava che saresti crollata in un sonno profondo per svegliarti piagnucolando appena si era spento il motore infernale. Così si era ricreduta sull'automobile rifiutandosi invece di rivedere il dipinto sul muro dell'antica locanda.

La storia dell'elefante te l'ha raccontata lo stesso. E ora l'ho fatto anch'io, assieme a tutto il resto di cui dovevo parlarti. Te l'ho raccontato come meglio potevo, te lo consegno sperando ne rimanga una briciola, un'ombra, quando sarai a Firenze. Non ti piace per niente, lo so, quel che ti ho raccontato, ma ti prego di credermi, anche se io, non c'è dubbio, ti piaccio ancora meno. Con quest'aria poco raccomandabile, magari persino sinistra, con questa voce che muta, con queste uscite senza freni sulla lingua. È facile, per te, attaccarti al malanimo, schifarlo come quello che da un pitocco ti aspetti. Va bene, c'è stato, c'è ancora, però non è tutto, mi credi? No, non ho nessunissima idea di come pretenderlo solo perché devi ascoltarmi per forza. Sono venuto fuori dal nulla. Ti ho seguita per anni, senza sapere esattamente il perché, sino a questo momento. Come mi sono permesso? E come mi permetto di sbarrarteli, adesso, gli ultimi passi in questa calle cortissima, questo vicolo cieco come il cantuccio dove mi sono infilato?

Proprio quando vorresti scongiurare altri fulmini e tuoni bussando al più presto alla porta, mentre, ogni volta che sbirci di là, nelle fauci di quel batacchio, mi guardi furiosa ma anche implorante, spaventata. Su, trovati qualche scusa, una bugia ogni morte di papa saprai dirla, no, come tutti? Che il tal dei tali incontrato sul ponte agli Incurabili ti ha attaccato un bottone, che manda tanti cari saluti sperando di rivederli a teatro dove verranno il podestà, il ministro e un bel po' di gerarchi romani, oppure vorrebbe invitarli in barca per pranzare insieme a Torcello dove hanno quel bianco frizzante che va giù come l'acqua, o riavere l'onore di venire a una serata per ascoltare le poesie nuove, o che ne so io? Non è colpa mia se stamattina sei uscita da sola, sbattendo la porta. Mandandole dietro quei no no e no, mandandola pure al diavolo, in dialetto strettissimo, però questo non migliora la tua situazione. Sei davvero un'ingenua se credi che lei, proprio lei, non una cercaparole come voi due, non abbia colto il tono, la musica. Avresti potuto mettergliela nelle parole più dolci, tanto per essere incomprensibile e farti comprendere uguale. Hai esagerato, stavolta. Questo è poco ma sicuro anche per chi ha afferrato giusto qualche straccio di quelli volati in tempesta nel Rio della Fornace se non ancora più lontano: i no e i nooou americani, quell'augurio così brutto in bocca ai nostri montanari bigotti, le poche frasi che le hai tirato addosso nella tua legnosa lingua di Dante. Ah certo, ci fosse stato il tuo babbo non si sarebbe scatenato quel finimondo. O, perlomeno, la maretta si sarebbe calmata senza diventare acqua alta. Vedi, esiste qualcosa su cui siamo d'accordo e, quindi, potresti anche darmi un po' ascolto.

Lasciala aspettare, falla stare veramente in pensiero. Di solito, uno spavento non troppo grande ammorbidisce chi non alza le mani e quelle mani, dico bene, sono talmente preziose. Poi cosa vuoi gli racconti nel caso si faccia vivo, da Rapallo? E una volta rientrato, varcando la soglia con dei regalini per entrambe, e grandi feste, e baci e abbracci, credi che lei avrà voglia di spifferare per filo e per segno cos'è accaduto? Quella gli dirà di certi momenti difficili, alla peggio di un litigio molto spiacevole, non che eravate lì lì per menarvi, e ancora meno che sei scappata di casa, sparita per ore. No, non può raggiungerlo, adesso, puoi stare tranquilla. Semmai le verrà da avvisare la polizia, ma è presto, lo evitiamo, prometto. In ogni caso preparati: al primo battere sui denti di quel leoncino d'ottone lei ti aprirà, pallida come chi ha la febbre, e ti farà una scenata tremenda. Finisce, comunque. Finisce che corre di sopra, a chiudersi con il violino. A quel punto hai tutto il tempo per inventarti la balla più adatta, basta che lei se la beva neanche a metà e poi la dia da bere tutta intera al tuo babbo. Che sarà mai per una mente fantasiosa come la tua? Ma prima, appena entrata, non dire nulla, devi soltanto ripetere scusa, sorry soou sorry. Capito? Ti fidi un po', finalmente? Allora stammi a sentire, così magari la smetti di prendermi per un contafavole di quelli da ricoverare a San Servolo, tra i matti pericolosi.

Stamattina mancava un soffio e vi sareste imbattute l'una nell'altra. Cioè, vi siete incrociate, addirittura due volte, ma non vi siete viste, ciascuna presa dai suoi pensieri nerissimi, le lacrime agli occhi, lo sguardo basso. Prima alle Zattere, dove è venuta a cercarti, te l'avrei detto che era la destinazione sbagliata, potendo. Camminavi sul pelo dell'acqua, a momenti ti andava a bagno una stringa. La calpestavi da un pezzo e, quando te ne sei accorta, ti è venuto un tale singhiozzo che per allacciarti la scarpa hai cercato riparo alla fermata del vaporetto. Bene. Lo vedi che io balle non ne racconto. Comunque la matta sei tu, non ci si avvicina così ai canali, mai e poi mai a quello della Giudecca. Sennò buttati subito, la prossima volta. Era uno scherzo, santa Madonna, ti è proprio rimasta una testa da montanara, pur con tutte le raffinatezze che ci infilano dentro. Allora pensa al nostro torrente, quante anime si è trascinato sotto, bestie, ubriachi, bambini, nostra mamma si faceva la croce, state attenti attentissimi, dovevamo giurarlo. E adesso giurami che, per quanto sia ferma al confronto, ti tieni distante da quest'acqua infida e scura, specie se le tue gambe vanno da sole, come quando, traversato Dorsoduro, sei andata verso Punta della Dogana, ma prima, simile a una che vaga nel sonno, hai preso i gradini della Salute. E menomale che sei salita lassù perché in basso, sul Canal Grande, c'era, molto agitata, ma con il visino tutto truccato sotto il cappello migliore, la tua signora madre. Ho scongiurato e pregato non si voltasse indietro finché non arrivava il vaporetto a portartela via e, saltandoci sopra, ti ho lasciata dov'eri.

Ecco, ogni tanto, quando non potevo stare alle costole tue e del babbo, dopo ti spiego il perché, ho seguito mammina. Perché anche lei certe mattine esce di fretta, anzi non aspetta altro che sapervi lontani da casa. Prende il vaporetto, va dal maestro che le procura gli spartiti del maestro Vivaldi e, dato che quello già fatica a non parlare veneziano, gli dice basta, non ne posso più, non so più cosa fare con questa bambina. Le grandi confidenze però le riserva a quell'amica italiana che sta sempre a leggere i giornali in piazza San Marco. Una volta le ho sentito dire, Mary mi odia. E quell'altra, ma no, passerà, sono cose che succedono tra madre e figlia, vedrai che il tempo aggiusta ogni cosa. E lei scuoteva la testa, ostinata, con quel broncio convinto da americana. Anche stamattina è andata a cercare questa signora, si è seduta al suo tavolino, dalla parte dell'ombra, e ha cominciato a sfogarsi, solo che io, dopo poco, ne avevo abbastanza. Mia figlia mi vuole morta. Mia figlia ama soltanto il suo babbo. Un genio, un gigante, un padre magnifico, e però anche quella donna da cui ha avuto il latte e poi che cos'altro del loro cibo pesante, disgustoso. Mi è bastata la faccia di una che a momenti sbocca, di una che vorrebbe vomitare anche l'anima, o il demonio, per correre via e prendere il primo vaporetto. E correre ancora, a perdifiato, per la paura di non ritrovarti più, a Punta della Dogana, dove la laguna è aperta e profonda. Invece stavi lì, le gambe penzoloni sull'acqua, la schiena rivolta a Venezia, diritta, cancellando la casa, la calle, forse la città intera guardando lontano. Il vento ti scompigliava qualche ciocca dietro le orecchie, le trecce le avevi infilate su una matita, come per non farle cadere nell'inchiostro dei compiti o nello sporco di certi lavori contadini, e allora ho capito che sognavi, fantasticavi, però con una meta precisa. Come il salmone che il babbo ti ha insegnato a gustare raccontandone il viaggio d'Ulisse, saresti voluta risalire fino al nostro torrente, in direzione contraria. Non è così, Mary Mary *quite contrary*? Non è che questi versi, entrati persino nella mia zucca, sono quelli più veri, per te, sotto sotto, anche se ti eri impuntata a ridirli il meno possibile? Ah, li ricordo quei goffi silenzi e gli altri mezzucci quando lei ti obbligava a scandire rima per rima perché dovevi imparare l'inglese e perché Mary era più adatto alla sua bocca americana, ma soprattutto nel mondo, dove contava la fama paterna e non che le fosse toccato battezzarti Maria. Così ti sei arresa, alla fine, puteleta com'eri, senza un aiuto paterno a difendere il nome con cui sei nata e cresciuta, il nome di Nostra Signora come si usa pure a Venezia e in tutta l'Italia a voi tanto cara da volerci abitare. Cosa gli sarebbe costato farlo presente? Sarebbe stata l'osservazione più semplice, la più sensata, e non ci avrebbe messo niente, oltretutto, a ripescare un'altra poesiola che, proposta da lui, avrebbe tolto di mezzo quella Mary Mary. Ma no, il tuo babbo rideva delle tue erre raspanti e riottose come di una vera delizia. Un grande poeta, pensavo e tu lo credi tuttora, guarda troppo dall'alto per cogliere che non è per divertire facendo la *quite contrary* che una bambina, la sua bambina, diventa rosso fuoco e poi non proprio bianco sudario ma con la fronte e le mani sudate. Invece ci vedeva benino, tuo padre. Vedeva ciò che gli andava e, dopo una risata calorosa, un piccolo applauso, un incoraggiamento tonante, si lavava le mani del tuo quotidiano supplizio. Indovina perché. Perché non aveva pazienza con le filastrocche, perché non erano certo il suo pane? Fosse stato soltanto questo. No, perché tu, adorata fiòla, eri il suo dono più grande per lei, era lei che ti aveva voluta a ogni costo e quindi dettava lei come dovevi chiamarti. E neanche sul metodo per inculcartelo aveva niente da dire, il babbo, perché non eri stata il regalo aspettato ma ormai che eri sua, consegnata, le spettava almeno correggerti e modificarti come le pareva. Poi lui ti prendeva sotto le sue grandi ali, liberandola del suo compito ingrato, rendendo ancora più salda la loro intesa e unione.

Solo adesso ti degni di rivolgermi la parola? Solo per domandarmi se sono venuto apposta per metterti contro di lui, spargendo veleno mentre dovrei sciacquarmi la bocca cariata prima di parlare di un uomo straordinario. Le mie cattive intenzioni, mi assicuri, sono sprecate completamente perché ti è chiarissimo da quali motivi bassi e disonesti vengono fuori. Perché lui i bambini mandati a elemosinare o, peggio, a rubare, non può vederli in mezzo alla strada. Perché neppure gli piaceva saperti stretta in casa assieme a noialtri, tant'è che qualche volta aveva pensato di pagare di più per levare di torno la nostra semenza girovaga. Mammina era a favore ma alla fine lui non se l'era sentita di agire contro i propri principi, visto che noi sgobbavamo eccome, filavamo dritto, stavamo persino piegati sui banchi di scuola. Te l'ha detto lui, non è vero? Magari al caffè o sdraiato sotto il tendone, al Lido? No, guarda, ci rido su quanto voglio, anche se ho i denti brutti, la pelle segnata, e nell'ombra di quest'angolo cieco il mio ghigno non pare certo meno sgradevole. E soprattutto sghignazzo perché non è come pensi, davvero, te lo spiego quando viene il momento, porta ancora un po' di pazienza.

Per ora chiedo scusa al tuo babbo. Non lo dico per beffarmi di te, anzi compio lo sforzo di non fargli torto perché sennò non mi prendi sul serio. Ho bisogno che tu mi creda, poco tempo per riuscirci, non posso sprecarlo. Dicevamo del babbo: come poteva la sua mente elevata scovare la radice del tuo disperato rifiuto di una poesia semplice e sciocca, se non gli hai mai detto niente? D'altronde capisco che non avevi il coraggio di farne parola, appena sbarcata a Venezia come un pesce fuor d'acqua, con nostra mamma ancora più spersa di te, e soltanto lui a farti da àncora e guida. Ma neanche prima, quando veniva a trovarti, gli hai raccontato cosa succedeva tornando da scuola, quando gli altri ti gridavano dietro Maria rutsch! Maria rutscht, occhio, attenzione, Maria slisega, ogni volta che sul nostro sentiero c'era pantano o una discesa ripida o un lastrone di ghiaccio. Nessuno ti voleva male, al paese, faceva ridere e basta quel tuo cognome straniero pronunciato identico a una parola familiare. Non è colpa nostra se ci perdevi l'equilibrio rischiando di scivolare davvero, persino con gli scarponcini chiodati. Semplicemente non capivamo perché ti dannavi a contentare tutti quanti, insomma ci stava sì sulle balle che eri la prima della classe, sempre e dovunque. Nell'odiata scuola italiana, con la tua uniforme di figlia della lupa, e pure in quell'altra, dove andavi a studiare il tedesco nel tuo solito Dirndl. Scrivevi che lo insegnava una brava maestra, quasi fosse la stessa cosa del maestro di violino dove ti mandavano loro. E che imparando la ballata di Goethe non ti spaventava il Re degli Elfi quando si arraffa il bambino in punto di morte, anzi spiegavi ai compagni che la grande poesia non bisognava temerla. Però che imparavi a memoria anche l'inno vietato e gli imperatori d'Asburgo, e pure a dare del Katzlmacher a quello là, Mussolini mangiagatti e bandito, non ti è scappato neanche nel sonno.

Poveretta. A volte non avrei voluto essere nei tuoi panni, dico sul serio. Dopo cena, per esempio, quando mammina si puliva la bocca chiedendo il permesso di alzarsi e non usciva più dalla mansarda fino al mattino. E lui no, a lui piaceva moltissimo restare a tavola, mentre c'era chi sparecchiava, chi passava la scopa, chi sceglieva gli avanzi da dare alle bestie, e nostra mamma preparava il pentolone dell'acqua calda che solo lei poteva toccare. E quando tutto era lavato e asciugato, e in una sera qualsiasi lei si sarebbe messa a leggerci il suo almanacco o a raccontarci una storia e poi a chiacchierare finché le cascavano le palpebre sul lavoro di cucito o di maglia o di ricamo, quello era ancora là a parlare, bevendo la grappa, con il padrone di casa. Che non si desse le minime arie era una cosa sicuramente apprezzatissima, una cosa americana a cui sembrava tenere parecchio, più che all'automobile che stava nell'aia, lavata e ricoperta dalle nostre lenzuola. Però dovevano ogni volta finirla in politica? Uno a sostenere che andrà sempre meglio con il Duce a guidare l'Italia, l'altro a ribattere non la vedo così, mentre versava la grappa con la mano sinistra, e la destra stava là, sopra il tavolo, monca, morta, spezzata da un'arma italiana dell'ultima guerra. Dimmelo tu: è la poesia a rendere ciechi a quello che si ha sotto il naso, o il provenire da un continente troppo lontano per portarci la guerra? Per fortuna, dopo qualche altro rabbocco, si trovavano d'accordo che era colpa di chi lucrava sulla pelle della gente laboriosa, degli ebrei, soprattutto, ma a quel punto chi lo fermava più, il tuo babbo? Ascoltatemi bene, diceva, e nessuno osava muoversi anche se eravamo stanchi sfiniti. La mamma, arrendendosi, si sedeva a fianco di suo marito, tenendo una mano sotto il tavolo e gli occhi sull'ospite. Nostra mamma, non c'è bisogno di dirtelo, sapeva pregare anche soltanto con quegli occhi azzurri come il cielo estivo sulle nostre montagne, ma in quel caso non serviva a un bel niente. Finché il signore spiegava l'usura e il padrone annuiva che era lo sterco del demonio, il denaro, potevamo ancora stare tranquilli. Ma poi riattaccava con l'Italia esempio per il mondo intero, vedrà ci libereremo degli avvoltoi maledetti, vedrà che accadrà ovunque, grazie al fascismo. Allora lei allungava un pizzicotto nascosto, non dire niente, per carità, sennò quando si va a letto, e lui si grattava la barba con la mano offesa, buttava giù la grappa con l'altra, e stava zitto. Però qualche volta, tu dormivi nella tua cameretta, lo sentivamo alzare la voce contro la mamma. Tu non mi faresti ingoiare quei rospi, scoppiava, se non avessimo la bambina, e lei non sarebbe rimasta da noi per più di un anno se questa fattoria avessi potuto gestirla da uomo sano, da vero padrone. Noi non l'abbiamo portata a casa per i soldi, gridava lei, il respiro rotto, e lui grugniva, è vero, però magari dovevo andarci io, dagli strozzini, senza il loro denaro. Ecco, lo vedi, singhiozzava la mamma, è stata la Madonna a mandarcela, e lui diceva, hai ragione, ho fatto peccato, e di colpo tornava la pace.

Cosa ti prende, non piangere, ti prego, scusami tanto, e sicuro, ti vuole bene anche lui, guai a chi ti tocca, però in cambio potresti baciargli la mano invalida, non quella vera, giusto pensandolo per rendergli grazie.

Comunque ho quasi finito, e ora ti dico i fatti che riguardano me e tuo padre, così forse ti rassereni almeno su questo. Certo non apprezzavo che ti insegnasse a dare qualche spicciolo solo ai mendicanti incapaci di lavorare e mai e poi mai ai bambini. I bambini devono andare a scuola, tuonava, rivolgendoci la sua chioma da leone, il suo naso da uccello rapace. E noi gli ridevamo dietro, come di tutte le cose che fanno anche un po' di paura, per filare subito a molestare un altro passante. Chi si crede di essere, questo foresto col barbon da vecio e i cavei per aria, il leone di San Marco? Ci sembrava una battuta da sbellicarsi fino al giorno in cui sono apparse le ronde. Non sempre, non dappertutto, l'Italia nuova non riesce a infilarsi in ogni sotoportego veneziano, però bisognava tenersi pronti a scappare. I miei compagni dicevano che era colpa dello straniero, non ci voleva poi tanto a vederlo a fianco dei pezzi grossi del Fascio. Invece io, mona che ero, e lo ero volendo continuare a inseguirvi, sostenevo che gli piaceva semplicemente fare la voce grossa, strepitare e ruggire, dopotutto era un poeta, americano, per giunta, e dunque inoffensivo. E così l'anno scorso non sono stato abbastanza attento e veloce. Mi hanno beccato, mi hanno scortato, che sembravo Pinocchio, sino alla polizia in campo Santa Margherita, dove gli sbirri mi hanno chiuso in uno sgabbiotto finché non sono venuti a prendermi dall'orfanotrofio. Lì dentro pensavo fosse finita, preferisco non descriverti il posto. Botte e brodaglie, disciplina e dispetti. La notte non riuscivo a prendere sonno, la notte portava gli scherzi peggiori. Allora mi passavano per la mente i vostri discorsi sentiti negli anni per strada, e non sai quanto rimpiangevo quegli anni e quelle strade, persino le più umide e puzzolenti dove mi era toccato accucciarmi. Fino a quando, nel cuore di una notte, esausto per quello in basso che russava e l'altro che scatarrava da sopra, e quello della branda accanto che grugniva per gli atti impuri sotto il cuscino, proprio quel buio disperato ha fatto affiorare in un lampo e da chissà dove «per me si va nella città dolente, per me si va nell'eterno dolore, per me si va tra la perduta gente, lasciate ogni speranza voi ch'entrate!» Per me, la speranza si è accesa così, a quel filo di luce dovevo attaccarmi. Se non volevo finire tra gli arsenalotti o, peggio, a Marghera, dovevo stare chino sui libri sino a diventare l'alunno più bravo. Dapprincipio stringevo i denti per non vederci doppio, ma dopo lo sforzo iniziale mi accorgevo di studiare con molta meno fatica degli altri. Presto tutti hanno cominciato a trattarmi meglio, persino i compagni, dato che li ho sempre aiutati e fatti copiare, quando si distraeva la suora meno cattiva. Alla fine ci ho preso gusto, chiedo i libri da leggere, uso un vecchio quaderno per segnarmi sui bordi i nuovi vocaboli. Le elementari le ho concluse con la pagella migliore e allora mi hanno proposto di andare in seminario. La mia fede non basta per prendere i voti, vorrei fare il maestro, non spaccarmi la schiena e rimetterci pure un arto. Magari, se un giorno ci riesco lo devo soltanto a quelle lezioni a cielo aperto, l'unica cosa preziosa che, te lo giuro, ho rubato al tuo babbo.

Come mai vuoi sapere se ho letto il De Amicis? Certo che sì, che domanda! Piaceva anche a te, anni fa, ma poi il babbo ti ha convinta che è roba vecchia, fasulla. D'accordo, ci sono letture più esaltanti, ma il libro *Cuore* che cosa c'entra, o vuoi farmi un esame per stabilire se è vero quello che ti ho raccontato? Va bene, alzo le mani se questo lo pensi davvero, se ti sei messa in testa che stanno in piedi solo le parti brutte di questa storia. Le altre no: quelle, copiandole male, me le sarei inventate di sana pianta. E perché? Per abbindolarti, per nascondere l'odio che covo, perché senza la smania di seguire te e il tuo babbo sarei rimasto libero di condurre la mia esistenza da disgraziato. Per vendicarmi, addirittura, chissà, anzi, piuttosto probabile. Però io non ti spavento, se provo soltanto a sfiorarti ti metti a strillare così forte che stavolta, altro che seminario, finisco dritto al riformatorio. Grazie davvero, e io che pensavo ti saresti commossa. Potevamo chiuderla in bellezza, peccato. Così mi tocca trattenerti ancora un pochino, senza toccare la punta delle dita dei piedi, promesso. Ho un'altra storia da offrirti, poi starà a te decidere se a questa ci credi, o a nessuna.

La prima volta a Venezia ti spaventavi per niente, ma quella paura la confessavi solo a nostra mamma. La imploravi di stare lontano dall'acqua quando usciva da sola a pregare, che nel Canal Grande potevano nascondersi mostri dai cento tentacoli, Leviatani pronti a ghermirla. Le confidavi che ti sembravano vivi i faccioni sputa-acqua, e i leoni, e le aquile, e tutte le altre antichissime bestie di pietra, le ripetevi che vi seguiva qualcuno, un'ombra, in mezzo a quella folla a passeggio sulle Zattere. Nostra mamma si faceva animo per tranquillizzarti, sono quei libri strani che le hanno dato da leggere, raccontava a se stessa. Ma credendo da sempre agli zingari che rubano i bambini, alle donne che danno il malocchio, al prete che, quando muore, può portarsi in cielo altri dieci cristiani, era la prima a sentire che questa città era un pericolo: con quell'aria che puzzava di vizio, i pali storti e spaccati per attaccarci le gondole, e quanto dovevano essere marci quelli invisibili, quanto corrotte nei secoli le fondamenta dei grandi palazzi. Insomma pregava pure che non ci fosse da credere a quella tua testolina fantasiosa. Finché una notte eri corsa da lei, a piedi nudi, al buio, gli occhi sbarrati, aggrappandoti al corrimano. Tremavi, faticavi a parlare, ti battevano i denti. Quello là, avevi sussurrato, l'uomo nero, l'ombra alle costole, è entrato nella mia camera, mi ha svegliata facendo sbattere l'anta dell'armadio e poi è fuggito dalla finestra. Non è niente, solo un gatto randagio o un colpo di vento, niente, un brutto sogno, niente, niente, ti aveva ripetuto nostra mamma toccandoti la fronte per capire se ti era salita la febbre, ma era soltanto fredda e sudata. Poi, accendendo le luci più piccole per non disturbare il sonno sottile della signora, ti aveva seguita di sopra. Prima aveva controllato la finestra serrando con tutta la sua forza le imposte e la maniglia dei vetri, dopo aveva guardato nell'armadio e sotto il letto, dopo ancora era toccato a materasso, lenzuola, coperta, cuscino e tappeto, sollevati, sbattuti, risistemati per bene. Quando ti eri rimessa lì sotto, ti aveva tenuto la mano finché non ti eri riaddormentata. Era rimasta ancora un poco a sentirti respirare e mormorare nel sonno, poi si era alzata sospirando e aveva chiuso la porta. Per sicurezza aveva pensato di chiuderti dentro e tenersi la chiave sotto il cuscino, tanto si svegliava alle prime luci del giorno, sempre che fosse riuscita a chiudere occhio. Ma la chiave non c'era. Allora era andata a prendere un'immaginetta di Nostra Signora, l'aveva piegata stretta stretta, fino a farla diventare piccola come la tua unghia di allora, a cinque anni. Per infilarla e schiacciarla dentro il più possibile, aveva sacrificato un paio di forcine per capelli. I signori non dovevano assolutamente vedere nel buco nero della toppa il bianco della carta, altrimenti l'avrebbero rimossa deridendo le vostre superstizioni contadine. Però a te l'aveva detto appena, svegliandoti, l'avevi chiamata, e da quella mattina almeno le tue notti erano tornate serene. Ti ritorna qualcosa? Sennò trova un momento per guardare dentro la toppa, nostra mamma ha fatto un lavoro che dura. No, no, no, scuoti la testa e piagnucoli pure, perché io come faccio a saperlo, io cosa voglio da te, io chi diavolo sono?

Ti è tornata la paura, l'hai voluto tu, angioletta cocciuta, e adesso ti devo una risposta. Scusa se la prendo alla larga, sai anch'io devo prendere fiato, forse coraggio.

Stamattina sei andata alla Salute, sei entrata, sei andata sino in fondo, sei rimasta in piedi davanti alla Madonna scura con il bambino scuro e hai sussurrato, GegrüßestseistDuMariavollderGnadederHerristmitdirDubistgebenedeitunterdenFrauenundgebenedeitdieFruchtdeinesLeibesJesus. Un solo Ave Maria, così hai pregato, accecata dall'oscurità e dai bagliori delle luminarie, fuori la giornata era splendida, ma era presto perché il sole cominciasse a scaldarla. Poi ti sei passata sugli occhi la manica del golfino e sei scappata via dall'altare, non con un passo di corsa, no, come sonnambula, ancora. Non avevi nessuna moneta per offrire un cero, lo hai acceso lo stesso, chiedendo perdono sulla soglia, promettendo di portarle prima di partire, giurandolo in nome della donna che ti ha dato tutto il suo bene, la madre che avresti rivisto tra due giorni, solo per doverla lasciare. Chissà se in quei pochi minuti hai trovato un'ombra di conforto, ma non hai pianto mai.

Io sono tuo fratello, Maria, il figlio di nostra mamma, adagiato in una cassa inchiodata con le assi ricavate da quelle per portare la nostra frutta al mercato, sepolto senza battesimo, perché mio padre doveva preparare casa nostra al tuo arrivo. E mentre tu dormivi e ti svegliavi nel mio lettino, io tornavo terra e polvere, la mia terra si dissolveva nella nostra terra, sprofondava lentamente. Ma una parte della mia polvere riusciva a sollevarsi dal camposanto, precipitare nel nostro torrente, scendere giù con il torrente sino al fiume più grande, e dal fiume all'Isarco e poi all'Adige e infine quaggiù, nel mare Adriatico, nella laguna di Venezia.

Non sempre un'anima senza battesimo è costretta a farsi girovaga, come i nostri fratelli per qualche stagione. A me è toccato perché ti sei presa tutto quello che era mio, il mio posto al mondo, il mio suolo e il mio tetto, il seno di mia madre. Può darsi che qualcuno sia colpevole se sono morto nascendo, ma non sei tu, dopotutto. La mia disgrazia è stata la tua grazia, semplicemente. Persino il tuo nome non l'avresti avuto se mia madre non avesse gridato Maria aiutami mentre io straziandola non uscivo dal suo grembo. Tua madre non aveva mai pensato a come battezzare una figlia, e tu non prendertela se nella città di Dante ti chiameranno Mary meringa. Dimenticherai moltissime cose dopo aver fatto gli ultimi passi fino alla porta della vostra casetta, mi scorderai non appena lei ti strillerà contro che sei una figlia ingrata, una bambina impossibile, però è giusto, è solo bene. Perché adesso mi fido che non basteranno gli agi, i viaggi, la poesia, le compagnie belle, lo splendore di Venezia o della Riviera a comprarsi il tuo cuore un pezzetto per volta finché di una contadina povera rimarrà giusto un palpito notturno, ogni tanto, e poi nemmeno più quello. Adesso lo so e sono tranquillo.

Però devo dirti un'ultima cosa, prima che quella che non ci ha separati sinora possa farlo, finalmente. Del resto, giurarsi fedeltà finché morte non ci separi è una cosa completamente contro natura, aveva sostenuto una volta il tuo babbo. Un costume inventato per la necessità di avere quei figli legittimi che dovevano lavorare in famiglia e poi, come eredi, conservare il patrimonio, piccolo o grande. Mio padre, ammutolito fino a quel momento, gli aveva risposto che da noi andava tutto al primogenito e non c'erano storie, mentre in una valle più lontana bisognava dividere ogni cosa fino all'ultimo coperchio, e da questa pessima usanza, si diceva, erano venuti fuori i nostri girovaghi con il carro, gente che, figliando spesso senza sposarsi, si era guastata il sangue. Al tuo babbo luccicavano gli occhi curiosi, si era persino annotato qualcosa sul suo taccuino. Però nel mondo futuro, aveva detto, ci saranno altre libertà e nuove regole: da noi in America ci si può già dividere e risposarsi e nessun figlio rimane senza niente, come bastardo. Rientrata provvidenzialmente nostra mamma, mio padre si era sbrigato a infilare una pietra sotto la porta, visto che doveva portare dentro altre ceste di frutta. Era dopo pranzo e, per una volta, tua madre non si era alzata, pallida e stanca. Anzi aveva le gote rosse mentre guardava tuo padre addolcita, come una morosa prima di fidanzarsi. Ecco, tua madre aveva sognato questo: l'erede, il divorzio, il nome del padre trasmesso al figlio. A quella tavola ora imbandita delle nostre prugne più belle, si era convinta di nuovo che fosse ancora possibile, anche se le era nata una bambina. Perché il tuo babbo ti adorava e non avrebbe mai rinunciato a lei, che lo adorava come nessun'altra donna.

Vedi, è meglio che adesso, da fratello di latte, ti anticipi quello che, prima o poi, verrai a scoprire da altri. Tuo padre ha un figlio che porta il suo cognome, e anche una moglie e una casa più grande di quella dove va a trovare tua madre, quando stanno a Rapallo. E da quando sei al mondo non ha mosso un dito perché smettessi di essere una bastarda, tale quale ai piccoli vagabondi con cui hai trascorso gli inverni. Lo so che ti ho ferita un'altra volta, e peggio di prima, però te lo dimentichi tra pochissimo. Ho solo la piccola speranza che ti rimanga una scia di queste parole quando devi affrontare mammina. È una donna illusa e delusa, e ti sarebbe più facile sopportarla, questa madre, che non è mai stata buona, ma è quella che avrai per sempre, se solo trovassi un poco della misericordia che ti ha salvata, nutrita, protetta. Protetta da me, in tutti questi anni. Non ho altro da dirti. Peccato, non posso neanche chiederti di salutare nostra mamma quando la rivedrai, lassù, dove anch'io tornerò presto, senza dover più girovagare.

IL TEMPO DEGLI IMPREVISTI

per Federica

Prima che arrivi il disastro si è troppo indaffarati per vederlo arrivare. Il tempo vola o si ripete, che fa lo stesso. Il tempo procede secondo le stagioni, in quella brutta torna la bora, e chissà quanti giorni durerà, quali danni lascerà stavolta. Le previsioni arrivano, precise al minuto, dall'Ufficio Presagi di Roma, ma nell'inevitabile errore ricordano l'opera di indovini intenti a scrutare un cielo lontano. Cosa dicono i vecchi? La gente di mare? La capitaneria di porto? Insomma, del « bollettino presagi » non si fida neanche chi ha modo di ascoltarlo alla radio e allora, restando incerto il tempo, si guarda quello che ha già combinato leggendo *Il Piccolo* del mattino in ogni caffè buffet e osteria che ne metta a disposizione una copia. È un rito di teste chine e di battute agli altri avventori, uguale da quando esistono i giornali, anche se in passato ce n'erano di più, diversi per lingua e orientamento. Come la routine di ripulire il pezzo di strada sotto casa e i pochi balconi costruiti per boria di architetti e committenti che poi non ci mettono sopra niente di peso né di valore. Per cui le squadre del comune e delle grandi ditte private se la prendono con comodo: resuscitando la polemica che la massaia o la portinaia o la donna s'ciava o furlana hanno già fatto il loro mentre gli operai stanno al terzo caffè corretto con la scusa del freddo can nelle ossa e delle raffiche che si sentivano ancora, eccome, su a San

Giacomo. Per cui sono tutti più contenti quando le previsioni sbagliano. Quando entra un vento indebolito, il borino, che non impedisce di avviarsi verso i propri impegni. I più fortunati hanno l'automobile o chiamano un taxi, gli altri si ammassano alla fermata della tranvia, i cappelli e i berretti calati bene in testa. I più prudenti o ottimisti con l'ombrello, pensando che questo borino si calmi e porti pioggia. Se invece, stufo del suo diminutivo, si desse un'impennata, quell'accessorio al braccio di un signore o di una signora diventerebbe un impiccio se non un'arma impropria. Un ombrello strappato di colpo dalle mani fa dei voli imprevedibili. L'unica speranza è che finisca nel mare grosso e poi sputato fuori dalle parti di Barcola o di Muggia, distrutto, e non cali proprio in testa di chi esce dal portone su uno dei colli con la vista panoramica, dove l'aria tira forte ma si respira illesi dal tanfo di pesce e di certe nauseabonde merci chimiche, scaricate dopo che lo sbuffo dell'attracco si è deposto sulla Stazione marittima, e sui moli e sui magazzini.

Del resto, persino gli impiegati del Lloyd, per non dire di qualunque discendente della stirpe fondatrice dell'Unione Austriaca di Navigazione Austro Americana e dei Fratelli Cosulich, registrata in Trieste nel 1903, sanno che lo stesso problema ce l'ha pure il porto anseatico di Amburgo. È forse meno rispettata e rispettabile, Amburgo, solo perché gli uomini di un certo rango rinunciano all'ombrello alzando il bavero del trench e infilando nella tasca il cappello pieghevole da pescatore? Però lassù devono piegarsi alla costanza delle burrasche, mentre a Trieste è quasi punto d'orgoglio che il decoro se lo porti via il vento. E nessuno fa una piega quando i signori appendono gli impermeabili per rifrangersi negli specchi che sdoppiano gli stucchi e i velluti e le cornici dorate, specchi preziosi ma anche comodi per darsi una lisciata prima di raggiungere il tavolino, rossi in faccia, le labbra viola nascoste nei pochi volti che portano ancora la barba. Amburgo, però, se la passa meglio. Parlando dei problemi tra cui la bora non vale neanche nominarla, i signori se lo dicono ritrovandosi nei caffè tra piazza Unità e piazza della Borsa. La Germania ha perso la guerra, ma non il porto franco. E adesso ci fa la guerra commerciale, non grazie alla proverbiale efficienza, ma alla concorrenza sporca. Amburgo calcola gli sconti in base alla distanza dal suo mare nordico, potendo son buoni tutti a basar i prezzi, maèdeti cruchi. Questo, però, lo diciamo perché siamo tra di noi, come a casa nostra, anzi serviti meglio che nel nostro salotto. Circonfusi dal profumo delle miscele importate da generazioni, degustate in tazzina o nel bicchiere, comunque nero o capo, la bianca schiumetta adagiata piano sulla bevanda aromatica. La gente, sicuro, darebbe altro oro alla patria pur di non rinunciare a un caffè che fa impallidire la brodazza bruna di cui si riempiono lo stomaco i tedeschi. E cosa volete, con questo tempo da lupi, tra amici, sarà pure consentito lasciarsi andare un biz alle lamentele tinte di rimpianti. Senza, peraltro, tirare in ballo le trincee così vicine da vedere il fuoco, intrappolati nell'ufficio tremante per le cannonate, e chi poteva dirlo se sarebbero arrivate quaggiù dal Carso? E neanche la parabola di coloro che, abbandonati gli averi e gli interessi per raggiungere la famiglia sotto il Piave, tornati a casa mettendo fuori il tricolore, si erano trovati a fare i conti con l'Italia dissanguata e l'Austria-Ungheria rimescolata e sciolta.

Nell'adattarsi alle circostanze avverse, nell'arrangiarsi volenti o nolenti, sono stati questi uomini d'affari e commis delle assicurazioni a pagare il prezzo di un valore ideale. Del resto, lo avevano imparato prima delle radici quadrate, della configurazione dei monti calcarei e dei nomi della flora mediterranea che nel golfo cresceva ricca e protetta, che c'era un'impresa più grande di tutte quelle alloggiate nella piazza, l'unica per cui impegnarsi senza risparmio. Dunque erano stati loro a rinnovare l'obolo per gli eroi e i martiri, prima donando in segreto per chi segretamente partiva a combattere con l'Italia, poi mandati a stringere la mano a ministri e generali e membri della casa reale sabauda quando, in visita alla città redenta, portavano promesse di eterna rimembranza e nient'altro. Come se non bastasse che fossero ancora loro a dover scucire i soldi dopo la guerra, c'era pure stato bisogno di inviare telegrammi a Roma e attaccarsi al telefono con il governatore militare per avere qualche rinforzo in più contro gli scioperi che peggioravano di giorno in giorno i bilanci da far piangere. Quegli scioperati ce l'avevano con i siori e le loro palanche, e pure adesso che possono tenersele perché ci pensa il regime a rifar da capo la città, a farla moderna e italianissima buttando giù la parte vecchia dove, guarda caso, viveva la povera gente. Però a sibilarlo come topi in qualche bettola superstite sono rimasti pochi e ininfluenti. Alla maggioranza, invece, il nuovo che è stato costruito trasmette fiducia nel futuro perché è roba solida: bronzo, ferro, marmi, cemento e mattone. Una rinascita dal sacrificio di coloro cui sono state intitolate le vie e le piazze più importanti, eretti monumenti e lapidi, piantati gli alberi per ogni caduto sepolto lungo il Colle di San Giusto. Ma che non sarebbe attecchita se alcuni uomini non avessero risparmiato le loro vite per dare poi battaglia quotidiana: contro l'inflazione e la depressione dopo il crollo di Wall Street e della Credit-Anstalt di Vienna, e i dazi i balzelli i cavilli, e la politica sia estera che nazionale. Mettendo a punto le mosse tattiche davanti alle tazzine di caffè bollenti, ma con il rischio che ci abbia sputazzato di nascosto un cameriere un tempo socialista oppure slavo di cognome sino a poc'anzi, e la certezza che corra subito a spifferare quello che ha sentito.

Perché qui si sbabaza tutti quanti: dagli armatori ai portuali, dal direttore delle RAS all'ultimo usciere preso in prova. Come se, tolto alle vecchie babe insieme al diritto alla lagna, spettegolare fosse un privilegio universale, adattato ai gusti schietti e pungenti della città, dove però nessuno scorda che i mattoni, il cemento, il ferro e il bronzo non si possono mangiare con una grattatina di cren sopra.

E allora va detto che i brandelli dei discorsi catturati dai camerieri in un giorno di bora sul finire del 1936 hanno sparso un po' di agitazione tra il personale, anche se in quel caffè della piazza ogni cosa appare come sempre. È familiare la patina di usura delle sedie e dei curvi attaccapanni, che continuano a proteggere l'incolumità dei quotidiani infilati negli appositi bastoni: a partire dal *Piccolo*, appeso in molte copie. E tutti, dal *Corriere* al *Sole* di Milano, per non parlare della stampa in lingua tedesca, riportano notizie tanto ottimistiche che andrebbero sorbite con una punta di scetticismo, lì stese a fianco del panciuto dosazucchero di cui ciascuno si serve come vuole. Ma l'anno che volge al termine è stato finalmente un anno buono, il migliore da decenni. Alle parole sono seguiti i fatti. L'impero proclamato a maggio, a luglio ritirate le sanzioni. Si cominciava a vedere che, pur con le innominabili porcherie raccontate non certo dai giornali ma da qualche figlio presentatosi al Molo Audace con la sua camicia nera e tornato cofe, malato anche nella testa, la vittoria in Abissinia avrebbe dato i suoi frutti. Non era forse di pura qualità arabica il caffè etiope? E non c'erano ormai rotte marittime a sufficienza per farlo giungere nei nostri magazzini e da lì imporlo prima sul mercato interno e poi nei caffè di Klagenfurt e di Lubiana, e di Budapest e Bucarest, e pure di Cracovia e Leopoli? Non sarebbe stata una rivalsa per i nostri muli spediti a combattere e a morire, lassù in Galizia? E infine: poteva Lui accontentarsi di quattro terre africane, col posto al sole, e va ben, ma senza dominio sul *Mare Nostrum*? Vedrete, arriva presto l'ora di riprenderci Spalato e Ragusa, e addio per sempre vittoria mutilata, porti del Nord che ci mangiano in testa. Se i fascisti più accesi lo profetizzavano ripetitivi come gli ubriachi, nel merito della questione nessuno aveva da ridire. Sennò che razza di impero era mai quello appena conquistato? O era una barzelletta dove l'italiano è lo zimbello degli inglesi dei francesi e persino dei tedeschi, o era solo l'inizio dell'impresa. Lui non se ne usciva a casaccio gonfiando il petto e la retorica sul balcone di piazza Venezia, dopo aver saputo agire da duce e, come sempre, da gran drito. La fiducia nella seconda qualità era rimasta unanime sino a subire uno schiaffo così forte che quasi pareva colpa della bora novembrina.

Bisogna dire, a onore dei camerieri del Caffè Garibaldi, spesso chiamato ancora Caffè Municipio, che in quei primi giorni di novembre era impossibile non udire le voci quando si alzavano dai tavoli riservati. E aggiungere, a onore dei clienti, che hanno provato a trattenerle compiendo uno sforzo inverso ai titoli strombazzati sul grande patto d'amicizia proclamato dal Duce a Milano, sperando che sfuggisse il nesso tra il loro nervosismo e questo Asse Roma-Berlino – Trieste tagliata fuori! – per cui conveniva lamentarsi nel modo più acceso dell'avvio moscio degli affari natalizi. Le cose, poi, si sono acquietate, vuoi perché a dicembre c'è stata una ripresa, vuoi perché l'imminenza delle feste imponeva pensieri lieti o almeno non gravosi. Chi, in città, non festeggiava e non amava il Natale, con la sola abbondanza degli addobbi a distinguere le buone famiglie, quasi tutte imparentate, non importa di quale credo e origine fossero stati i progenitori, ebrei o greci o slavi ortodossi? Chi non avrebbe voluto parlare solo di inviti e di vacanze, paventando nient'altro che il dramma dell'arrosto asciutto, i complimenti del genero leccapiedi alla suocera in pendant con il lampadario, una botticella bianca di capelli che vuole fare concorrenza all'albero slusente di candele nel salotto. E tutti a ridere di quel viz, come negli anni passati. Invece no. Mussolini, chi se lo aspettava?, ha deciso di mandare un corpo di volontari in Spagna e non più soltanto l'aviazione, come Hitler. Commentano laconici i signori al caffè, la Spagna non è mai stata affare triestino, all'unico che parla del compito di insegnare ai rossi l'eroismo del milite italiano, risponde un bel silenzio, la replica perfetta se non desse tempo per pensare. Ah sì? Immolare altri uomini per uno che ha il coraggio di annunciarlo il ventitré dicembre? Uno che sembra farsi menare per il naso dai baffetti a spazzolino? E giusto per fregiarsi imperatore dei negri e dei cabibi, per farla Lui, e non quell'altro, la sua bella figura a Madrid, che chissà quando cadrà e a quale prezzo. Di questo passo viene il dubbio che non dirà un bah se il nanetto austriaco si annette l'Austria e noi cornuti ci ritroviamo i crucchi al confine. Impossibile, infamia: mai e poi mai verrà tradito il sangue dell'Isonzo. I cornuti sarete voi che, di punto in bianco, date del traditore al nostro Duce.

Il litigio monta sino all'indecenza. Passa un cameriere, è ormai in fondo agli altri tavoli quando, intravista la livrea dai bottoni d'oro abbaglianti, qualcuno si raggela. Qui stiamo offrendo scandalo e magari anche pane per i denti di chi certe parole volate in privatissimo è capace di rivenderle. Cambiare argomento, subito. Colui che se lo dice comincia ad agitarsi discretamente sulla sedia. Siamo alla mattina della Vigilia, i migliori pettegolezzi sono logori. A chi diverte ancora che il gioielliere Janesich ha sbagliato le consegne non perché si è preso un fattorino analfabeta ma perché il bubez era senza occhiali, a chi non è venuta a noia la diceria del pony chiesto a Gesù bambino che, scommettiamo, i figli viziati faranno pascolare nel parco della villa? Dove la pesco io, d'emblée, una storia che li faccia stare zitti? Aggrava la difficoltà del signore che la cerchia sia radunata intorno a due, tre tavolini e che questo aumenti il tono delle accuse lanciate avanti e indietro. Gli costerà molta fatica trovare ascolto, già solo per via della sedia aggiunta di recente, più arretrata, più immersa nel brusio, ma è uomo d'intelligenza duttile, brillante quando occorre, sennò non sarebbe seduto proprio lì. Così gli viene in mente un fatto di cui non è sicuro, neanche si ricorda a quando risale precisamente, ricorda solo che quel giorno si era messo a piovere all'improvviso. Per cui, ricevuto l'ordine muliebre al telefono, non sia mai che la piccola di casa si prenda un altro mal di gola, era passato ad aspettarla davanti alla scuola femminile. Nell'attesa, riparato dall'automobile – senza autista, ma questo non lo dice – aveva notato un ragazzo fermo sotto il cornicione delle Carducci. Biondo e lungo, magro da tempi di guerra, insensibile ai calzoni e ai piedi fradici, nonostante le scarpe robuste, di fattura buona. Come un soldatino, anzi, un innamorato senza speranze. Mai visto prima, non dei nostri. Da dove è saltato fuori? Pare stia spesso lì, ha detto la mia signora, e mica per una muleta, no, per il professore di italiano e storia. Chi? Il filosofo, il milanese, quello che si è sposato la bellezza di Berlino? Sostiene mia moglie che sarebbe il cognato, cioè il fratello della berlinese, scappato qui perché ormai non può finire gli studi in Germania. Tra poco diventiamo il *refugium peccatorum* degli aspiranti filosofi tedeschi, ci mancava solo questa, butta lì qualcuno che ha fatto Legge o la scuola superiore per il commercio, e si ridazza finalmente. Forse anche perché molti, formati su Kant, Fichte e Hegel, sanno citare l'imperativo categorico e alcuni, qualche sera, tirano fuori Nietzsche in versione originale. Non valgono invece nessun commento certe leggi vigenti in Germania, assurde anche agli occhi dei massimi fascisti, tra i quali c'è chi rimarca, non polemico, che per studiare qui la nostra lingua bisogna impararla bene, al giorno d'oggi. Però se uno ha succhiato il tedesco con il latte materno è comunque in vantaggio su noi poveretti che lo temevamo più del latino e dei verbi irregolari greci. Oddio, se è vero, certi *Fräulein* e *Herr Professor* conviene rispedirli nel dimenticatoio dove erano sepolti. A quel punto si piomba nei ricordi del liceo o del *Gymnasium*, quel tempo di goliardie e batticuore che la gioventù odierna non sa neanche più immaginare. Grazie a quell'indulgere nei vecchi aneddoti, a quella nostalgia rimasta come il fondo zuccheroso attaccato alle tazzine, ogni polemica residua si stempera nell'aria ben riscaldata del Caffè Garibaldi. E del ragazzo apparso davanti alle Carducci non resta nemmeno un'ombra di curiosità quando bisogna salutarsi rinnovando gli auguri di buone feste e scappare via veloci.

Infatti c'è voluto il cameriere con il conto per accorgersi che era tardi. Se non tornano puntuali neanche la Vigilia, chi le sente le signore? Rientrate dalle ultime spese, si sono alleggerite anche della tensione di quei giorni, e proprio perché non hanno rinunciato all'appuntamento a due passi dai banchi del mercato sul Ponte Rosso. Un'oretta alla Stella Polare, non era giornata per tante chiacchiere, specie per chi non abbonda di personale in casa a occuparsi dei preparativi. Qualche commento salato accanto ai menù e alle ricette, e poi a discutere se era giusto aver richiamato la donna vecchia perché la nuova, la furlana, non basta con tutto quello che c'è da fare. Tale Duška, per dire, che la conosco da quando sono nata, che ha fatto da balia anche ai miei fratelli, magari ha un nipote s'ciavo testa calda o addirittura amico dei bombaroli, però neanche posso coparme io se siamo in venti, se a Santo Stefano vengono il vicedirettore con la moglie. No cara, hai fatto bene, anch'io ho detto, è Natale, se non ora quando mettiamo la politica alla porta.

Adesso, dietro a quelle porte, sono come generali. Implacabili se il figlio grande si presenta nel pomeriggio con l'alito di vino, se la figlia strepita scottandosi con il ferro per i capelli o, peggio, si mette a piangere perché rivede il moroso solo l'ultimo dell'anno. Oggi non c'è pazienza neppure per il mal di cuore di chi hanno messo al mondo, neanche una briciola per le questioni private degli estranei.

Di quel mulo appostato davanti alla scuola, della sua figura smagrita e spersa, avevano parlato qualche settimana addietro, quando le chiacchiere alla Stella Polare erano più lunghe. E anche allora lo sbabazar era venuto dopo, prima c'era da mettere insieme delle informazioni solide. Nome: Albert. Anni: poco più di venti. Di famiglia buona però ridotta in brutte condizioni, come si era appreso ai suoi tempi, quando la sorella si era piazzata in casa del milanese che era un ottimo partito, pur con lo stipendio del vecchio liceo italiano ora parificato a istituto magistrale.

Accertato chi fosse il giovane conciato da far paura, appurato non recasse pericolo e neanche turbamento a nessuna delle figlie mandate alle Carducci, potevano arricchire quella materia di supposizioni e trame fresche come della panna montata con cui va servita una Sacher. I pettegolezzi quindi non somigliano a un venticello libero di spargersi ovunque, ma rispondono piuttosto a una legge simile a quella fisica che descrive il passaggio di una materia dallo stato solido al liquido, e dal liquido al gassoso, fino alla completa dispersione nello spazio, solo che qui conta il tempo da riempire.

Nella prima fase, una delle signore era passata dalla via Madonna del Mare trovando il ragazzo nei pressi della scuola, come sua figlia gliel'aveva descritto. A dire il vero, non poi tanto spaventapasseri, le mulete sono impressionabili, ma non come eravamo noi, ingenue, no, queste di oggi, andando pazze per il cinema, vedono ovunque misteri e malviventi. Era dunque giusto controllare con i propri occhi, e questo l'aveva imbaldanzita.

« Giovanotto, gli ho chiesto, sa per caso quando riceve il professore? »

« Che sagoma, che coraggio che te ga! E il tedeschino? »

« Il martedì, signora, se non vado errato. Senza fare una piega, mi ha detto proprio 'vado errato', con quella erre moscia, come uno nato in Francia. »

« Non è possibile: la sorella si è presa un professore d'italiano e parla un italiano da prussiana. »

« Infatti sono andata in confusione. Magari è francese, mezzo francese, fratellastro? No, l'avremmo saputo quando lei è piombata da Parigi. Chissà chi è davvero, chissà se è venuto qui per motivi... capite bene? Mi sono un po' spaventata, vi confesso. »

« Ti credo: che situazione! »

A volte perdere la bussola aiuta a non doversi fingere tonta spiccicando *excusez-moi, je parle juste un petit peu, mais vous*, e già l'altro, educatamente, ti cava dall'impaccio. Io, madame, il francese l'ho imparato sin da bambino e poi al *Französisches Gymnasium* mentre l'italiano spero di perfezionarlo in tempo per laurearmi qui, alla vostra università aperta di recente. Per ora la nuova università alloggiava nella vecchia scuola del barone Revoltella, lo aveva informato, proseguendo sulla buonanima del barone che tante cose di enorme merito aveva lasciato alla città, compresa la Scuola superiore per il commercio, visto che gli austriaci impedivano di aprire un'università e bisognava andare a Graz, se non a Vienna, per avere una laurea che valesse. E lì si era fermata essendosi a poco a poco sistemata in testa che parlava, in effetti, con il fratello della prussiana. Siete al corrente, vero, che al momento la sola facoltà aperta è quella di economia?, gli aveva detto, perché, anche lasciando perdere quegli stivali che parevano aver fatto la guerra, l'aria di uno portato per i numeri, i calcoli, il denaro non ce l'aveva proprio. Certo, signora, è quello che ho studiato a Berlino e poi a Parigi e Londra, ma la ringrazio del suo gentile interesse.

Dalla Stella Polare, dove erano risultate golosissime, quelle notizie erano state ammannite ai mariti con la richiesta di verificarle e approfondirle, bastava buttarle lì quando andavano al Caffè Municipio. Ma questi, fumando in poltrona o prima di spegnere la luce sul comodino, ascoltavano distratti e semmai con il sollievo di non dovere più aprire bocca. E così, arrestandosi la storia agli elementi raccolti dalla tal signora e alle guarniture di fantasia che le altre potevano ancora aggiungere con calma, cominciavano a scemare sia il tempo da riempire che l'interesse. Dopo, anche se il ragazzo aspettava ciondolando su e giù dallo stretto marciapiede della via Madonna del Mare, la sua presenza era già quasi diventata d'aria.

Il resto lo fanno le vacanze. Lontano da casa, lontano dagli occhi, pur raggiungendo le solite mete con troppi bagagli, la mente e il cuore dovrebbero svuotarsi, è per questo che si parte. C'è chi preferisce il mite Adriatico e chi la montagna d'inverno, chi passeggia sul lungomare ora dedicato alla Regina Elena ammirando le ville color pastello di Abbazia e di Laurana e la scogliera al tramonto, e chi, godendosi la neve sotto la quale spariscono i crateri e i residuati bellici, segue i nipoti, gote rosse, che scendono sullo slittino mentre i genitori sugli sci battono le Alpi Giulie e Carniche. Non è costume cittadino allontanarsi troppo, lo spreco e l'ostentazione sono malvisti. E poi esistono mille motivi per cui è meglio poter rincasare in fretta. Se entrano i ladri, se capita qualcosa ai genitori anziani, se i doganieri bloccano una partita, se in vacanza qualcuno si ammala o si infortuna o avverte troppo presto le prime doglie, succede anche nei tempi più pacifici, da qualsiasi parte. E tuttavia l'attaccamento alla terra dentro i confini sembra più forte nella città dove i cognomi tramandano le origini più varie e, nei sogni, la labilità di questa vita agiata sfrega più spesso contro la biancheria dell'albergo. Al risveglio si scrive o si telefona per sapere se tutto è a posto. Se non arriva notizia di qualche problema, la giornata si distende, passa tranquilla finché, calato il sole sui monti o sul mare, si gioca a carte con gli amici e i parenti arrabbiandosi con chi vince sempre, ma anche questo è familiare, alla fine.

Così si esauriscono le vacanze natalizie. Rientrati in città, ripreso a trovarsi nella compagnia solita, arriva lo scambio di racconti. Al Caffè Garibaldi, come alla Stella Polare, la prima curiosità va alla coppia che è andata a Merano sola soletta, eccezionalmente. C'era da celebrare un anniversario, c'era pure lo sconto avuto grazie a quella Duška che ha un nipote ricezionista all'Hotel Bellevue, di conduzione e frequentazione italiana. E allora? Tutto molto elegante e curato, ma non più come una volta, e lo spettacolo delle Dolomiti, un po' meno maestoso, ce lo abbiamo anche in Friuli. Poi il signore lamenta il costo eccessivo, la signora la cucina mediocre, entrambi la fatica del viaggio. Hanno una cera ringiovanita, in realtà, e quella dovrà svanire nel tran tran perché possa saltare fuori ciò che è stato di loro gradimento. Intanto si scopre sul *Corriere* che a Milano è venuta a mancare Clara Pontecorvo, nostra mamma amatissima, e, sotto, una colonna imponente di annunci. Si allunga dai parenti del professore, numerosissimi, agli ex clienti e fornitori della paterna impresa commerciale, dalla comunità israelitica all'Associazione donne ebree d'Italia, gli amici della Scala si uniscono al lutto e non può mancare la banca di famiglia, di cui non è mai stato chiarito il grado di parentela, bastava che uno dei titolari si chiamasse come l'uomo spedito a insegnare italiano e storia in una scuola magistrale triestina.

A casa le ragazze confermano che il professore è rientrato alle Carducci con qualche giorno di ritardo, non vestito di nero, ma senza un filo della brillantezza grazie alla quale è amato da tutte. Senza dubbio, conviene mandare un biglietto di condoglianze. La mattina dopo in classe, le ragazze lo consegnano quasi fosse un oggetto che scotta, chi mormorando le parole di rito, chi salendo come in scena il gradino della lavagna per poi fermarsi e dire, la voce tremula, mi dispiace profondamente per la sua mamma. Il professore ringrazia, cita la ginestra solitaria, cita l'ombra dei cipressi, prima il pessimismo cosmico di Leopardi e poi il Foscolo non piegato dai lutti e dall'esilio ma anche lui morto di polmoni, però mia madre è sempre stata in salute, e si commuove. Strizza gli occhi, con forza, una volta sola, mentre le lievi scosse della mandibola non le controlla. Quel moto così palese in un uomo che porta il pizzetto – come il Poeta-Eroe, come Italo Balbo – lo rende ancora più caro alle alunne. Ma questo dolore trasmesso dall'alto della cattedra è anche un turbamento a cui non sono preparate: nessuna delle ragazze ne parla a tavola, è già tanto che, sollecitate, riferiscano che il professore voglia ringraziare per iscritto delle condoglianze. Bisogna rassegnarsi che dalle fiole si cava poco o niente. E così gli adulti prendono a discorrere tra loro, come fanno ogni giorno. Chissà cos'è stato a portarsi via la signora? Sul *Corriere* si diceva «all'improvviso», può valere per un incidente, un infarto, un intervento mal riuscito e altre imprevedibili disgrazie. Chiacchierando con i fratelli, fingendo di non ascoltare, mandando giù il pranzo con il disgusto per quella conversazione impicciona e morbosa, le ragazze si impongono di starne fuori, ma è quasi impossibile.

«Era piena di salute, poi si è presa qualcosa ai polmoni.»

«La polmonite: in casa o all'ospedale?»

«Scusa, sai, non gliel'abbiamo chiesto.»

«E tu che fai, la spiritosa con tua madre? Fila subito in camera.»

Per ripicca, i rimasugli nella calza della Befana vengono divorati sotto gli occhi immobili delle bambole sulla mensola e dell'orsetto sul cuscino che li ha vecchi e comprensivi, invece. Piangere abbracciandolo è ancora facile, ma ne esce un miscuglio torbido di autocommiserazione e sgomento, perché di polmonite può ammalarsi chiunque, come dicevano le espressioni degli adulti. Questi, ancora al caffè, capiscono che l'impertinenza della fiola è segno dell'attaccamento al professore, un docente degno di un ateneo, lo sappiamo, non di una scuoletta per femmine, peccato che ora ha le possibilità dell'erede e se ne torna a Milano quasi di certo.

Tale previsione vacilla dopo pochi giorni. Una delle frequentatrici della Stella Polare ha incontrato la moglie, non sarà passata neanche una mezz'ora. Erano quasi appiccicate al banco dove gli agrumi costano meno, condoglianze vivissime, e lei, una perdita *horribile*, proprio in questo momento.

Al caffè, la messaggera di notizie si interrompe, le viene offerto il bicchierino d'acqua, ancora lì, non toccato, sul vassoietto ovale di un caffelatte. Preso qualche sorso, dice, insomma, io stavo attenta che quei no i me dessi naranze marze, ma mi saltava all'occhio che, proprio in quel momento, la prussiana era uno splendore.

«Dai, quanta malizia: ha perso la suocera.»

«Le ho viste assieme, qui sul Ponte Rosso, no, giù al mercato del pesce, e mi parevano andare d'amore e d'accordo.»

«Non fatemi le bigotte ignoranti. Vorrei vedere voialtre, sposate con uno che deve avere un complesso d'Edipo grande come un palazzo: unico maschio, orfano di padre.»

«Si è invaghita del filosofo e si trova accanto un mammone: ah, benon...»

«Se non mi lasciate andare avanti!»

In realtà la povera tedesca, con il suo cappottino scuro, la chioma scura raccolta, al solito, come una donna all'antica, e anche un paio di occhiaie fresche, sembrava davvero provata ma questo metteva ancora più in risalto quella pelle così liscia, così luminosa...

« Vuoi dire? »

« Sicura al cento per cento. E non ti credere che non ho guardato! »

Dalla Stella Polare si sparge dunque la voce che la moglie del professore è in dolce attesa: con la suocera appena sepolta e la madre che sarebbe già venuta via da Berlino, se potesse. Nessun aiuto, solo pensieri. È di questo che si ragiona la sera, nell'intimità dove le frasi scambiate escono più lente e spoglie. Io mi rifiuterei di trasferirmi a Milano, se qui ho la mia casa, i miei giri, e adesso pure mio fratello. A proposito, dov'è finito il ragazzo? Secondo la figlia non viene più alle Carducci, lo confermano anche le amiche. Chissà non sia ripartito...

« Questo arriva per le feste, mangia e dorme e poi sparisce? Quando il cognato è in lutto e la sorella incinta? Bella gioventù, complimenti. »

« Magari ha trovato lavoro a Milano: tramite il cognato, i suoi contatti, la banca. Se io fossi in quelle condizioni, me baseria la scrivania che mi dà uno stipendio. »

« E al titolo ci rinuncia? Dopo tante peregrinazioni per poter studiare? »

La risposta giunge presto, stavolta dal Caffè Garibaldi. L'avvocato Luzzatto Fegiz non ci veniva da settimane, il figlio anche più di rado. Il primo va ancora in studio e il pomeriggio tardi risale a piedi, tempo permettendo, quasi in cima alla via Rossetti. Ammirevole per la sua età, si capisce preferisca la sua villa circondata da giardini alle chiacchiere nel solito trambusto. Il secondo chissà se ora bazzica il San Marco arrivandoci in un salto dalla sede provvisoria di Economia e Commercio, certo quella cattedra è stata veramente un dono del destino. Dove, sennò, sarebbe stato possibile e non malvisto che un capo di dipartimento colga ogni occasione per remare nel golfo nativo, tempo permettendo? Dove, mentre passa lungo le Rive, gli avrebbero fatto cenni di saluto le donne scese a comprare scampi e sardoni, riconoscendo il campione italiano di canottaggio del '25, ricordando i titoli e le foto con la coppa e, forse, se stesse quando erano delle mule impazzite?

Il giovane Luzzatto Fegiz, insomma, non è mai stato tipo da ore perse al caffè, ma avendo in serbo un'infinità di storie fa molto piacere rivederlo. Cosa ci racconti di bello? Vacanze, viaggi all'estero? Niente di speciale, tranne alcune gite di sci alpino che mi avrebbero rimesso in pace con il mondo non fosse arrivato subito il contrappasso degli esami.

L'uomo è così in forma nei suoi abiti inglesi portati con noncuranza che sembra ieri quando viveva per ogni tipo di sport e di avventure, ancora non ci si capacita come l'impegno accademico sia diventato anch'esso una passione. Eppure basta sentirlo mentre parla di certe bestie che, forse, potevano strappare il diploma della vecchia scuola, ma io non insegno contabilità, io questa razza incurabile di ignoranti non la promuovo. A innalzare lo sfogo sulle solite lagne è il mistero che la statistica lui la ami come le notti in tenda, le bevute al rifugio, il pescato arrostito sulla spiaggia. Ma poi va sulle spine della politica troppo invasiva dell'università e non si frena neanche quando suo padre lo guarda raddrizzandosi sulla sedia, muto. Gavemo capì che xe un ambiente così, ma adesso raccontaci qualcosa di bello. Lo ha detto uno dei Cosulich, non quello diventato parente grazie al miglior matrimonio che una figlia dell'avvocato Luzzatto potesse contrarre, no, uno dei veci, e questo dà un grande peso alla richiesta. Ora, non cedere del tutto diventa una questione di amor proprio. E quindi Pierpaolo Luzzatto Fegiz, chiamato Piero, non rievoca le piste vergini delle vacanze, non anticipa le uscite a pesca, ma resta attaccato come una patella a quell'università venuta a noia. Da una settimana, dice, ho uno studente da mettere sotto, mi pare uno sveglio. Unica buona notizia, unica volta che non vedo come levarmi un raccomandato dalle scatole: e mai vi sareste aspettati chi si è fatto avanti perorando le qualità del giovane parente! Il filosofo. Quello spedito alle magistrali, quello che non...? Il giovane Luzzatto Fegiz ignora le domande e continua a parlare del ragazzo: se pensa di riposare sulle borse di studio della Grande École e della London School of Economics, se crede che con le sue lingue straniere nella nostra Italietta... be' allora dovrà svegliarsi e sgobbare come la scuola prussiana gli ha insegnato.

Ecco dov'è finito il tedeschino scomparso dalle Carducci! I signori tornati dal caffè hanno la soddisfazione di riferirlo, molto presi dal descrivere il nostro Piero, sempre bello abbronzato e gran simpaticone, diventato, ma tu pensa, una carogna di docente. Forse c'è un mulo in casa che dovrà passare l'esame di statistica? O un sassolino di vecchie gelosie da levarsi già in pantofole? Le signore un certo stupore non lo nascondono. E se qualcuna celasse le ragioni per astrarsi da un racconto che ormai non aggiunge niente, sono anche le prime a calcolare cosa significa la novità appena udita. Un cognato cui tocca sudarsi la laurea, più un bambino in arrivo, più una moglie insonne nei mesi migliori della gravidanza: tirate le somme il professore porterà al diploma due o tre classi di alunne, questo significa. E questo accende quei visi opachi di un sorrisetto.

«Ci ho messo io un po' di viz perché, sai, il Fegiz era noioso ma tanto...»

«Guarda, ci va benissimo noioso...»

Dopo aver ascoltato come mai il Fegiz, tenendo in pegno il suo studente, contribuisca a tenersi l'ottimo professore di italiano, i signori, echeggiando qualche benon, chiudono il discorso e accendono la radio. Le signore vanno a dare gli ultimi ordini: la cena pronta tra mezz'ora, denti lavati anche se dopo si esce, sennò si fila in camera a preparare la cartella e poi a letto. Ripasseranno per far spegnere la torcia sotto le coperte, terranno per sé la curiosità su cos'era quel libro divorato di nascosto, e quanto sarebbero contente se la fiola proseguisse gli studi, ma anche un buon voto finale è già qualcosa, con i risparmi svalutati e nessun mulo serio che scarterebbe una brava maestra, perché un domani non si sa... Questi pensieri prematuri le accompagnano sino a tardi, nel buio dove ogni cosa è al suo posto, anche il lampione che manda appena un barlume attraverso le persiane, anche la scombinata famigliola del professore ormai così lontana da non lasciare traccia neanche nei sogni.

Passa l'inverno, inizia la primavera e la città è occupata con se stessa: con i suoi lutti, le sue nascite, i preparativi per le nozze che verranno celebrate perlopiù a maggio, con le riparazioni dopo il maltempo e le nuove tappezzerie pagate troppo, con gli esami andati bene o andati male: medici, universitari, per la patente di guida e quella nautica. Alla Stella Polare si parla della promozione attesa da uno dei consorti e invece assegnata a chi ha i santi in paradiso, una scorrettezza indescrivibile, uno schifo, ma così va il mondo. Meglio dedicarsi a un matrimonio rovinato, stando alle voci, o dai continui tradimenti o dalle scenate isteriche, a cosa può servire la psicoanalisi se quella coppia già nasceva storta, però c'erano i bambini a riempire la casa e adesso solo la vecchia che cammina con il bastone, urla se non lo trova, e comunque è sempre stata una marantiga insopportabile.

Al Caffè Garibaldi evitano di commentare il mancato salto di carriera, ma anche la delusione del caffè etiope, scarso in tutti i sensi, lamentando piuttosto i prezzi di quello importato dal Brasile. La gente comune si abitua a bere il *Vero Franck* fabbricato a Milano, a fine mese compra i peggiori intrugli, neanche uno dei tanti surrogati transita dal nostro porto, avanti così e andiamo in rovina. Bisogna essere ottimisti, questo non lo dice solo chi crede fermamente nell'Italia autarchica e nel suo Duce, basta guardarsi intorno, quanti tavoli liberi contate? Ecco, i caffè sono ancora pieni, a un nero non si rinuncia neanche toccasse sorseggiarlo come un cognac di quelli seri, non uno Stock invecchiato a Trieste, e gli altri annuiscono, in parte rincuorati. Sanno vedere la tazzina mezza piena, lo ritengono un dovere, come stringere la cinghia e pure i denti avendo la fortuna che si tratti principalmente di modi di dire, per adesso. Non sono in Spagna dove si combatte furiosamente, lo ribadisce *Il Piccolo* a colpi di articoli e colonne dedicate a chi si è distinto con onore, ma la voglia di leggere scarseggia, specie da quando mancano i titoli sull'avanzata, vittoria, conquista. Qualcuno, assumendo il tono che, poco fa, aveva la moglie parlando della coppia infelice, dice: a Guadalajara hanno fatto prigioniero il mulo dei tal dei tali, pensate il poveretto in quelle mani barbare, e in quanta pena i genitori. È cosa buona trovare conforto nelle altrui disgrazie, trovare pure quel tanto di compassione capace di sospendere i dissapori, le antipatie malcelate, le divergenze inesprimibili: è segno che si vive in tempi non rosei ma tranquilli, dopotutto.

Così si avvicina la Pasqua che, nel 1937, sono due festività a cavallo l'una dell'altra, mentre la terza celebrata in città, quella ortodossa, arriva dopo un mese. Alla Stella Polare c'è invidia dichiarata verso chi a Pasquetta se la caverà con una cesta da picnic aperta all'ombra di un albero in fiore e, ritirato il vecchio plaid, è libera come Gesù Cristo scomparso dal Sepolcro. Ma c'è pure il gusto della gara tra i gradi crescenti di difficoltà nel procacciarsi putizze e azzime e spezie greche, e persino nel calcolo di quante uova serviranno per i dolci e le pietanze e quante andranno colorate tutte intere: perché in base alla previsione approssimativa si farà scorta di quelle più convenienti e di quelle immacolate e perfette. Non sono forse simbolo perfetto, simbolo di rinascita, le uova in comune alla pasqua ebraica, cattolica e ortodossa? E questo dai tempi antichissimi, quando i nostri antenati dovevano propiziarsi il ritorno della primavera, sino all'istante in cui le signore al caffè si dibattono nei loro calcoli, simbolo di un'incertezza assai recente. Perché Pasqua non è Natale: c'è sempre qualcuno che, all'ultimo, decide di passarla con chi vuole. E perché superate le affiliazioni religiose, usciti di scena preti e rabbini, sono le donne a ritrovarsi il carico residuo della tradizione. Cosa che alla Stella Polare si traduce nel problema di come accontentare la nonna che il Venerdì Santo mangia di magro e i suoceri che quella sera fanno il primo *seder*, o viceversa. Per tutto l'anno le signore portano gli oneri di essere diventate colonne della famiglia concedendosi giusto gli sfoghi con le altre e magari un dolcetto per calmare i nervi. Ma il nervosismo esploderebbe, se ora condividessero mezzo pensiero su come erano prima: mule che spesso hanno studiato all'estero, vinto medagliette nei circoli sportivi o già da Piccole Italiane, curato i feriti o lavorato un po' anche dopo la guerra, mentre gli impegni anomali di quel periodo ne fanno le uniche a scontare i loro sposalizi così liberi e altrettanto ben accetti. Non se ne parla, appunto, ma sedute in compagnia, la borsetta in grembo, i guanti in tasca, ordinando il solito, trovano posto anche la fatica e i rimpianti non espressi: sotto il tavolo assieme alle impronte delle scarpe e alle briciole burrose.

Appena passate le feste, tutta la pressione svapora felicemente nel dare aria ai pettegolezzi. Come potrebbero le signore, di nuovo riunite alla Stella Polare e alla città intera, non parlare della rimpatriata dei Cosulich con tutti i parenti, compresi i Luzzatto eccetera: prima stipati nella chiesa marinara trattata come una cappella di famiglia, e poi a magnar agnelli girati dagli s'ciavi, benissimo se a Lussino non tirasse il vento delle isole e chi è tornato mettendosi a letto non si negasse per non far sentire il raffreddore. Dai Goldschmied stavolta non c'era baccano di bambini scorrazzanti per il parco alla ricerca delle uova di pasqua perché l'unica che abbia figli è rimasta a Torino celebrando la pasqua ebraica con i suoceri: gente piuttosto all'antica, i Fubini, dice la domestica del Fegiz prestata al collega di economia che non è il letterato della Goldschmied, bensì il Fubini ancora scapolo. Potremmo invitarlo al Circolo dei Canottieri o a un'altra serata informale, non certo a quelle di beneficenza in via del Monte, dove nessuno della comunità lo ha mai visto, ma cosa ti vai a pensare? È che una ci è andata e l'altra no, però non si scoraggia. Io penso solo che declinare la beneficenza è più difficile, e il resto delle signore, guardandola portarsi la tazzina alla bocca, piccata, non sono più sicure abbia torto. Perché a nessuna è sfuggito che in via del Monte i fratelli Stock della distilleria e del cementificio hanno offerto tutte le cene di Pesach ai correligionari, tra gente scappata dall'Est e cruchi, ormai una bella cifra, non lesinare sulle proprie idee è da signori, però si dice che non danno una lira ai nostri bisognosi, come si fa, da triestini? Vige la stessa opinione al Caffè Garibaldi, dove quel sionismo da capitalisti sarebbe giudicato anche peggio se, alla fine, non servisse a mandare i profughi in Palestina, indubbiamente un gran bene per la città e il Paese nel suo insieme. Ecco, un ragionamento lucido alla presenza di chi, al limite, si lascia scappare un cenno di assenso, come viene spontaneo essendo convinti che l'interesse di una grossa società sia identico all'interesse comune. Non è forse così? E ancora più di questi tempi in cui gli altri si chiedono quali tariffe abbiano ottenuto gli Stock, cioè quanto rendano all'economia cittadina quei loro ebrei da spedire lontano, via nave.

Riportati a casa, gli stessi misurati argomenti vengono accolti da un'animosità inaspettata. Le signore insistono sui poveri di ogni genere incontrati a Cavana o giù ai banchi del pesce, e se neanche il regime può assisterli tutti, allora perché gli industriali della distilleria non si occupano della piaga dell'alcolismo? Ma voi pensate all'Italia quando non costa troppo, voi, quando bevete il caffè con gli armatori e i direttori mandate giù qualsiasi stortura. Accusati in quel modo, o si alza la voce o si aspetta che il temporale finisca. In fondo basta dirsi che sono gli umori femminili e, intanto, lo sguardo, le labbra, il sigaro impugnato a bacchetta dicono tutto. Domani, alla Stella Polare, forse qualcuna delle signore prenderà in giro l'aria da cagon e la coda di paglia, ma adesso non cedere il campo pare impossibile. Allora parlottano del più e del meno finché non trovano l'occasione, o la scusa, per alzarsi dal divano e sparire. In realtà, sono già talmente altrove con la testa che una soltanto afferra che in quell'aria fritta c'è qualcosa come un nastrino a cui attaccarsi. Tornata a scuola dopo le vacanze, la figlia ha raccontato che il professore è diventato papà e tutte si sono profuse in auguri e felicitazioni. Una lieta novella, ma di quelle che si esauriscono ascoltate una volta e, infatti, non si è mandato nessun biglietto, anche perché mancava il nome della bimba o forse no – chi se lo ricorda. Sembra andato tutto bene, ma cosa vuoi ne capiscano gli uomini: quei bravi siori, compreso il consorte, che la prussiana se la sono spupazzata con gli occhi appena compariva nella piazza, figuriamoci quando si sedeva in un caffè, da sola.

«Ora che mi viene in mente: non hai per caso visto la moglie del filosofo, dal Ponte Rosso non è più passata, sai, probabilmente è solo debole...»

«No, adesso ci starò attento, ma sarà come dici tu, senz'altro.»

«Speriamo.»

E così in quella casa simile a molte altre case per bene, quella sera si va a letto con una piccola soddisfazione da una parte e dall'altra un po' di preoccupazione.

Circa una settimana dopo, il signore a cui la moglie ha chiesto della prussiana si lascia alle spalle il caffè dove conta di fermarsi sulla via del ritorno. Sembra quasi vuota, piazza Unità, talmente grande, aperta sul mare, attraversata dal vento. Verrà fuori una giornata tersa, ma adesso il cielo sbiadito è poco più chiaro della striscia appena increspata verso cui si dirige camminando vicino ai palazzi delle assicurazioni senza guardarsi intorno. Non è certo l'ora in cui si incontra una giovane madre e neanche lo sfiora il pensiero, anzi proprio le solite chiacchiere al Caffè Garibaldi gliel'hanno presto tolta di mente. D'altronde, una certa inerzia mentale nei momenti di svago si sposa con la sua condizione di uomo serio, puntuale, pieno di impegni. Sarebbe quindi stato in anticipo anche senza quel passo di marcia che lo ha preso per non sentire freddo, invece è già sulle Rive, ancora più esposto all'aria che tira, e non sa cosa fare tranne annodarsi meglio la sciarpa e controllare l'orologio, inutilmente. Il Circolo dei Canottieri sarebbe aperto, ma non va bene presentarsi venti minuti prima di un cliente che ne è membro onorario, e mentre se lo dice vede avvicinarsi una figura nota. Sono persino stati colleghi, salvo che l'altro si era dato alle polizze RAS come occasione retribuita per conoscere il mondo. Stamattina è di ottimo umore, Luzzatto Fegiz, appena risalito da un giro in canoa. E come non ammirare quell'imbarcazione primitiva eppure leggerissima e moderna! Poi basta lasciarlo proseguire negli elogi del kayak, come andrebbe chiamato, e mentre lo issa pancia in giù sul tetto dell'automobile intercalare le domande su come stanno in famiglia, e infine, passandogli stracci e legacci, chiedere se, attraverso il suo studente, abbia notizie della bambina. Quella sta come un papa, sostiene il Fegiz: la madre allatta come se nella vita non avesse fatto altro, il padre annota ogni grammo, lo zio aiuta a cambiare i pannolini. Capisce come sono fatti questi: confrontano gli usi ancestrali dell'Amazzonia e dell'Oceania per brevettare un modello pieghevole che nel baule occupa meno di una tenda, hanno un'ostinazione che noi nemmeno ci sogniamo.

«Chi?»

«I tedeschi.»

«In generale, intende, o anche la prussiana e suo fratello?»

Rammaricandosi di aver usato quel soprannome, il signore cerca una reazione nel volto del Fegiz, che però è concentrato sulla tenuta dei nodi e sul corso del ragionamento: io non la tedio con i dati sulla popolazione triestina che studio da anni, però in sintesi noi genìa di mercanti contadini e gente di mare siamo un buon ibrido creato dall'Austria-Ungheria, rafforzato dal battesimo, rinvigorito dalla fede nell'Italia, non è d'accordo?

«Sì, ma io ho fatto solo un anno nella filiale padovana, due a Capodistria...»

«Invece questi, che di sangue misto hanno poco o nulla, sono gli autentici uomini nuovi: intelligenti come maestri rabbinici e infaticabili come quei *Landser* prussiani da lei chiamati in causa, giustamente.»

Il signore sarebbe curioso di sapere come la tempra militaresca si annidi in una donna per niente mascolina, però ha visto entrare il cliente e quindi dice solo che il ragazzo, a quanto pare, è stato un buon acquisto...

«Formidabile!»

Magari non era una risposta, visto che il Fegiz non toglie gli occhi dalla sua imbarcazione stesa e legata come un pesce preistorico, un enorme stoccafisso, sulla Balilla nera dai grandi, occhiuti, fanali. Adesso deve correre a lezione, poi uno spuntino, e si riparte per una discesina dell'Isonzo. I saluti, a quel punto, sono sbrigativi. Dopo, al caffè, e infine a casa racconterà che il nostro campione ha rimesso in acqua la sua canoa e non se ne staccherà, d'ora in avanti, se non viene giù un finimondo. Ah sì, la famiglia del professore sta benone.

Le uscite mattutine del Luzzatto Fegiz vanno assieme al ritorno delle rondini, e che spettacolo dev'essere averle sopra la testa, precorse dalle grida che fendono il ritmo della pagaia, rapidissime e nere nel golfo imbevuto di riflessi viola e rosati. Però compaiono in ogni parte della città che non vedeva l'ora di rovesciarsi all'aria aperta. I caffè mettono all'esterno i tavolini, chi vi si accomoda è svagato dal sole in faccia e da tutto quanto afferra con la coda dell'occhio, gli abitudinari rimasti dentro sbirciano dalle finestre incorniciate di velluto chi è seduto fuori o sono comunque ridestati nell'istinto di non perdersi qualcuno o qualcosa. Perché c'è ancora luce uscendo dagli uffici, perché man mano che le giornate si allungano cresce il bisogno di non sprecarne nessuna non completamente rovinata dalla pioggia. Il tempo del tutto stabile non lo è mai, però il vento ha perduto il potere di spazzare via dalle strade gli abitanti intirizziti, adesso lo gusta a pieni polmoni anche chi lavora sempre all'aria aperta e, respirando uguale, gli impiegati gli studenti i commercianti le segretarie si percepiscono plasmati dallo stesso clima che rigenera e ritempra. Va tutto più veloce, i passi e quindi i battiti, i pensieri e quindi le parole. Le chiacchiere diventano più brevi ma più vivaci, i pettegolezzi più volatili, più leggere le brutte notizie e, a loro modo, anche quelle buone. Chissà se qualche adepto della psicoanalisi non abbia avuto il dubbio che sia in parte colpa del clima questo alternarsi di malinconia e attivismo euforico, che sia proprio la città a essere nata ciclotimica. Certo è che restano pochi i punti fermi, in quella fase movimentata. Grazie al tempo da riempire, lo spazio cittadino si allarga in un succedersi di scampagnate, merende in osmiza, gite in barca, raduni e giochi in pineta e, da lì a breve, in riva al mare, riapertura degli stabilimenti balneari, ultimi giorni di lezione. Si riduce a un puntino collocato alle Carducci il professore di italiano e storia, così seguito nel corso dell'anno scolastico. E poi in uno invisibile verso la fine di via San Nicolò, dove quelli come lui si riuniscono come gli altri nei loro caffè abituali. La libreria antiquaria di Umberto Saba, però, è una piccola bottega che tiene fuori solo la cassetta delle occasioni da due lire e dentro regnano la polvere negli scaffali, le pile accatastate e, soprattutto, il poeta di cui si raccontano da sempre cose pessime. Salvo che, nell'era nuova, la regola di entrarci giusto per cercare un libro si è volta a vantaggio dei frequentatori del retrobottega. E trovandosi via San Nicolò quasi a metà strada tra la Stella Polare e il Caffè Garibaldi, essendo inoltre una vietta di passaggio piena di negozi, capita di incrociare il professore e di rivolgergli un cenno di saluto. D'altronde che male dovrebbero pensare dei cittadini innocenti vedendo un uomo di lettere entrare o uscire da una libreria antiquaria? Insomma, si sa benissimo dove è questo puntino, vuoi quando sta nel luogo giusto, vuoi quando lo si presume in quello sbagliato. Il filosofo si è dunque guadagnato una fama sufficiente a conservarsi uno spazio puntiforme nella coscienza cittadina, la moglie e il cognato ne risultano invece evaporati. C'entra davvero il sole sempre più caldo, visto che porta a divertirsi in tanti modi e un po' meno facendosi gli affari degli altri. La tedesca ha partorito in piena primavera, per giunta nel faticoso periodo delle pasque. E quando si è proprio smesso di domandarsi dove sia rimasta, deve semplicemente aver preferito uscire a passeggio senza spingere la carrozzina fino in centro macinando quelle vie sali e scendi oltretutto mal lastricate. Il fratello dev'essere stato all'università, in biblioteca, magari qualche volta al San Marco, e poi a dare una mano con la nipote, come suggeriva il suo mentore. Però il tempo è veramente volato da quando è caduto quest'ultimo accenno. E l'accelerazione vissuta in città come frutto della stagione fa sì che abbia dell'incredibile vederli improvvisamente dappertutto. Sul Ponte Rosso a comprare le prime albicocche, prendere un mazzo di fiori misti ed entusiasmarsi per i fiori di zucca, mangiare un cestino di fragole senza sciacquarle alla fontanella e pulendosi le labbra con lo stesso fazzoletto tinto di rosso. E la bambina? Quella intanto dorme manovrata dallo zio che bilancia la spesa grossa allacciata al manubrio. Una scena simile si ripete tra i banchi del pesce, però molto più presto, dunque senza la carrozzina, come riferisce l'unica testimone diretta. La signora è scesa a scegliere personalmente il branzino o l'orata per un invito importante, così spiega alle altre, scuotendo la testa riparata da un cappello di paglia già prima di iniziare il riassunto: immaginatevi, a quell'ora, con quella luce ballerina sul mare, questi mi passano davanti tenendo uno la retina con un folpo piazzato sui peòci, sì e no due chili di cozze tutte barba e bitorzoli, l'altra una grossa scorpena da zuppa.

« E perché non se li sono fatti incartare, questi barbari? »

« Appunto. Pensavo di essere matta mi, nel momento. »

Ma poi viene fuori che, poco più in là sulle Rive, li ha visti anche il signore cui è toccato ritornare al Circolo dei Canottieri e, infine, un paio di quelli usciti a bere il primo caffè davanti al municipio. Giusto il dettaglio dei pesci, si capisce confidato solo alla Stella Polare, al Caffè Garibaldi non lo ha notato nessuno, anche perché è stato un attimo che quei due erano già avviati verso Cavana.

In piazza Unità però non transitano solo a passi veloci, vuoi per la spesa, vuoi per la piccola, a volte si fermano vicino alla fontana dei Quattro Continenti e sempre più volentieri ci fanno sosta, con o senza la carrozzina. Sarebbe quindi normale abituarsi alla loro riapparizione se non comparissero negli orari più diversi e in ogni caffè dei paraggi, non si capisce se per il mero gusto di cambiarli o per stabilire una preferenza, sta di fatto che così la sorpresa di trovarli qua o là non si esaurisce.

Ma cosa c'è da stupirsi tanto se, pur con questa smania insolita di non fermarsi mai nel medesimo locale, si comportano come tutti, godendosi la città nella bella stagione? Semplicemente anche loro – coloriti, snelli, agili, armoniosi – sono belli: ecco, cosa fa girare la testa. Lei si è un poco arrotondata e questa morbidezza materna la addolcisce. Ora incarna una bellezza perfettamente italiana, come eseguita da un maestro del Rinascimento, sebbene vestita con l'eleganza semplice di cui sono maestre le nostre sarte e sartine. Lui pare aver subito una metamorfosi, però in fondo chi si è preso la briga di guardarlo da vicino, se non mesi fa, quell'unica signora? Te lo ricordi bene, sicuro? Io vi ho detto che era un ragazzo a modo, mica mi sono chiesta se poteva fare l'attore. E dato che la risposta è definitiva, bisogna spiegarselo altrimenti come mai una specie di spaventapasseri – questa però l'hai detta! – si sia mutato non in un divo del cinema, bensì in una sorta di giovane dio greco.

Apollineo!, si illumina, con un tac dell'anello sul tavolo da esterni, una delle signore più mature, e subito un'altra le contesta che a voi è rimasto dentro il Rilke a Duino e il Goethe in Italia e però questi tedeschi venivano assetati della nostra antichità, mentre una terza, completando la confusione, tira fuori un romanzo sulla *finis Austriae*, scandaloso e infinito, di cui si è fatta spedire i primi due tomi.

« Adesso spiegaci cosa c'entrano gli austriaci se il mulo è di Berlino? »

« Lascia perdere, vuol darsi arie da colta e aggiornata su tutto. »

« Si vede che ti te vardi solo *Il Piccolo, Il Popolo* e *Mani di Fata...* »

« Ma come ti permetti! »

« Bon, se avete finito de sbarufar, vorrei capire che c'entra questo libro. »

La risposta non giunge dall'interpellata che si è accesa una sigaretta, con ostentazione, ma dalla signora andata dallo psicoanalista, anche lei di ampie letture. Che la sorella e il fratello, lei riccia castana, lui biondo dorato – e lì si ferma prendendo per incoraggiamento la cenere scrollata dall'amica verso il Canale – sembrano due morosini, ecco non l'ha pensato solo chi ha letto Musil, o no?

« Può darsi. E con questo? Uno studia economia e statistica, l'altra allatta, la bambina dorme più a lungo e vanno a spasso belli contenti. Risparmiateci le vostre morbosità, per piacere. »

Le signore continuano per un po' a dirsele in faccia, il che fa bene, a volte, e in quel frangente ha qualcosa di liberatorio. E quindi non muovono una piega quando i personaggi discussi entrano alla Stella Polare, carichi di borse e bambina, chiedendo dei bagni. Il tempo di bere un caffè in piedi e forse cambiare un pannolino e se ne sono già andati. Però quel « toilette » – che non si dovrebbe più usare, detto così, alla francese – non se lo scorda nessuna.

Al Caffè Garibaldi, dove gli apprezzamenti dedicati alla

tedesca si contengono rispetto a quando è arrivata, tutto scorre più sbrigativo e naturale. «Rifiorita» si potrà ben dire di una giovane madre? Essendo rifiorito pure il fratello, i signori ne traggono che non c'è posto migliore dove vivere in questa stagione, e poi che il Fegiz deve aver portato in barca il suo pupillo, oppure in Carso o, probabilmente, tutti e due. Significa che se lo è meritato, il ragazzo, significa che ha futuro, magari proprio da noi dove si ambienta facile chi è sportivo e intelligente, dove il *mens sana in corpore sano* lo coltiviamo da molto prima del fascismo, per non parlare dell'amor di patria. C'è sempre un fondo di lamento sotto l'orgoglio, un sentirsi poco considerati e ricambiati, Roma rimane più lontana di Vienna, il sentimento nazionale fa quel che può per colmare la distanza ma non risolve i problemi. Tanto vale cogliere le cose belle nell'attimo, la malizia negli occhi l'avranno altrove, non qui dove si è rianimata questa distesa di pietra unica in Italia e ci sono pure i tendoni a riparare dalle bizze del tempo o dall'indiscrezione degli sguardi. Stavolta la moglie del filosofo non passa dalla piazza, pazienza, restano comunque le nostre mule.

A casa, scambiato ciò che è condivisibile dei discorsi al caffè, si raggiunge una conclusione unanime: questa città a volte fa miracoli o è perlomeno un toccasana. Sarebbe solo un luogo comune se, eroso dal tempo e dall'abitudine, sommerso da ciò che si sopporta sempre meno, l'amore per la propria città non somigliasse a quello tra chi si è legato per la vita. C'è ancora luce sul golfo, ormai più grigia che rossa. È l'ora di chiudere le finestre, spegnere tutto e ritirarsi.

Adesso i signori e le signore rincasando senza aver visto i due berlinesi si portano dietro un filo di noia, o inquietudine, o delusione. Ma cosa c'è di meglio di un innamoramento che si ritira nel retro dei pensieri di chi grilli per la testa non ne ha più? Non crea nessun disturbo, è di consistenza ariosa, alleggerisce un poco, dura quel che dura. A giugno, mese perfetto, comincia a disperdersi, riassorbito in parte dall'accumulo di impegni sia piacevoli che pratici. Le Carducci vanno in gita, bisogna provvedere alla colazione al sacco, raccomandarsi di stare attente ai contanti, e pure biasimare l'espressione delle figlie. Speravano di andare a Venezia o almeno a Pola, dove è pieno di rovine romane ma anche di bei negozi, non in un posto così vicino perché sennò non vengono le squattrinate, la nobiltà d'intento l'hanno capita, ma sono ugualmente deluse dal professore di italiano e storia: tanto da non staccare la faccia buia dal latte zuccherato e farsi prendere in giro dai fratelli. Al contrario, i signori si chiedono se avendo scelto una meta così adeguata allo spirito dei tempi non si stia magari adeguando un pochino anche il filosofo? E, a prescindere, a conclusione della morale da tirare fuori a quest'ora: un uomo di tale cultura, tale senso educativo che si accolla le intere magistrali è proprio sprecato per voi musone ingrate.

«Perché ci porta a scarpinare nella polvere di quattro sassi veci?»

«O corri a prepararti o stai a casa.»

Che bellezza vederle uscire dalla porta, rusac in spalla, broncio destinato a scomparire appena per strada incontrano un'amica, non fosse altro perché si apre bocca anche per sbabazar con cattiveria. C'è da scommettere che, pur essendosi divertite, dopo si lamenteranno delle fiacche della calura e delle zanzare. Invece tornano tutte allegre e scottate dalla visita di Aquileia coronata nel pomeriggio da un bagno sulla spiaggia di Grado. Di questa parte del programma non hanno detto niente, infilando costume e asciugamano in una borsa nascosta sotto i panini. E adesso: bravissimo il professore a farle entrare negli scavi con la guida di un archeologo, e pure il ragazzo del carretto dei gelati che ci ha offerto dei coni come sconto per la nostra comitiva di belle triestine, ottimo il gelato e poi tutte a imitare Alberto togliendosi l'appiccicaticcio con un altro tuffo in mare.

« E chi sarebbe questo Alberto? Il moroso di qualcuna? »

« Ma no! Quello che aspetta il professore davanti a scuola. »

C'è un momento di silenzio prima che un signore lo nomini come il cognato, la figlia annuisce senza smettere di tagliare la coscia di pollo, la signora si riprende quel tanto che le basta per chiedere come mai non è impegnato all'università e non è più Albert, in tedesco.

« Siamo in Italia, no? »

Secondo le ragazze è tutto semplice: Alberto si è preso un giorno volendo vedere soprattutto i mosaici, fantastici devono ammettere, l'anno accademico è finito, senza contare che veniva già da un po' per accompagnare un tratto il nostro professore.

« E di cosa parlano, lo sapete anche questo? »

« Papà, ma ti sembra! Ci si saluta e ciascuno per la sua strada. »

E mentre il signore prova un certo sollievo, la signora raccoglie il coraggio di indagare: oggi, però, conoscendolo meglio il ragazzo, come vi è parso?

« Simpatico. Alla mano. Carino. »

È davvero solo la fame dopo la gita il motivo per cui la replica misura il tempo di infilarsi un altro boccone? Sarebbe una situazione delicata e parecchio imbarazzante non esistessero le regole che esigono di rispondere come si deve, cioè alzando gli occhi dal piatto e formando frasi compiute. Si apprende così che a risultare « carino » è un insieme di cose: i modi garbati, il senso del viz, la disponibilità a non starsene sulle sue, soprattutto quella, perché si vede che ha studiato e letto moltissimo, Alberto, però non è uno che si dà delle arie, anzi dopo un po' che ci parli e ci scherzi non fai neanche più caso a quella cicatrice bruttissima e a quel bizzino di accento svenevole da mangiarane.

Questo è il momento in cui i signori potrebbero accorgersi dell'incredulità scioccata delle signore tirando le loro conclusioni. Però anche loro sono rimasti un po' attoniti, dunque risucchiati nei propri pensieri, e questi pensieri combaciano con quelli femminili, ma per le consorti hanno l'impatto brutale di una rivelazione. Ed ecco cosa è stato appena rivelato a tutti loro, signori e signore. Sono vecchi: anche chi avrebbe voluto aspettare e se l'è trovata bell'e fatta, questa fiola che ora vuole solo una pesca e poi alzarsi, con permesso, ma senza il sospetto di aver fatto tremare la tavola, quasi fosse un giudice con il martello, non la ragazza messa al mondo da loro. Perché nella maniera con cui lo guarda, il mondo, e nel modo in cui ne parla, non c'è più traccia del mondo nel quale avevano l'età della figlia. Perché cogliendo un'inflessione francese loro avrebbero sognato la Torre Eiffel e immaginato un duello notando una grossa cicatrice e perché, alla fine, cosa hanno visto se non i giovani protagonisti di certi capolavori tedeschi, così decadenti e magnifici, così adorati in gioventù, in quel giovane tedesco? Però il tempo che li ha maturati è questo secolo, questa la terra per la quale sui venti o trent'anni si sono abbracciati cantando vittoria. E allora, a metà del 1937, il quindicesimo dell'era fascista, una ragazza nata intorno al primo fa sì che per una sera, una notte, si sentano ruderi dell'epoca tardo imperiale, come i mosaici di Aquileia scampati alla calata dei barbari. Ma il giorno dopo inizia l'opera dei recuperi e dei restauri. Non hanno patito i loro padri e loro stessi affinché il passato mostrasse il volto degli eroi scolpiti in bronzo a questo frutto di generazioni da sempre italiano, a questa muleta immemore della guerra? E però la rimanenza viva sa ancora riconoscerla come un'amanita muscaria e subito si allontana dalla granata coperta di muffe, dal proiettile rugginoso, da quella parte del bosco dove forse ci sono ancora le mine. E quando i funghi, le more, i fiori di campo nella cesta piena a metà avranno odore di pretesto bisognerà chiudere un occhio: in campo-rella andavamo anche noi, colmi delle idee più ariose, magari è proprio l'eccesso d'aria di questa città a renderla abitata da certi matti incurabili e da gente che, qualunque cosa abbia in testa, starà sempre attenta a dove mettere i piedi.

Così i signori e le signore prima cominciano a dire quanto sia un bene che nessuna fiola si sia invaghita del tedeschino e poi che averlo preso in simpatia è una sana premessa per quel che potrebbe accadere in futuro. Perché ormai ci sono pochi dubbi che il ragazzo abbia futuro.

Basta questo a scompigliare le carte messe assieme quando la sorella si era stabilita in città, precisamente nelle due stanze in subaffitto del professore. Nemmeno allora, va detto, al milanese e alla tedesca si sarebbe dedicato questo gran sbabazar se il primo non fosse stato fidanzato con una triestina. All'inizio, questa ci aveva pure creduto che il suo filosofo avesse soccorrevolmente accolto un'amica conosciuta a Berlino in biblioteca, poi fuggita per motivi razziali, e rimasta a Parigi senza un appoggio né un alloggio. Ma dal momento in cui aveva aperto gli occhi, la Stella Polare era sempre aggiornata da una delle signore legata a una zia della ragazza in subbuglio, il Caffè Garibaldi impegnato a dare una mano con gli elementi a scredito dell'amichetta: e i pettegolezzi correvano. Correvano essendo fatti così, come un giocattolino di latta a ricarica, ma correvano anche contro le previsioni, quasi cercassero di superarle o addirittura di scongiurarle. Davvero un uomo di così alto rigore morale avrebbe rotto l'impegno con una giovane donna alla quale nulla mancava, nemmeno un bell'intelletto, recando un dolore anche alla madre che già lo vedeva sposato con questa mula di buona famiglia ebraica, cioè in regola per celebrare il rito nella Gran Sinagoga? E per avere in cambio? Per questa scappata di casa diventata nel procedere della vicenda «questo musetto de tola coi tacchi da crocerossina», «questa Salomè battezzata protestante», «questa gatta morta comunista», «questa bella prussiana con la sua bella dote di niente». I signori erano infatti riusciti a ricostruire che «l'amica in difficoltà» lo fosse sul serio, in quanto imparentata con tal Katzenellenbogen finito su tutti i giornali per uno scandalo finanziario che si era ingoiato anche i risparmi del padre medico. E questo, certificando quanto servisse chiamare Berlino dalla sede centrale in piazza Unità, li riempiva di soddisfazione. Fin troppa, secondo le signore, stufe di sentir parlare della storiaccia. Quante volte dovevano unirsi allo sdegno verso il magnate scappato in Svizzera con la seconda moglie, la diva Tilla Durieux, e annuire compunte perché il bravo chirurgo si era ammazzato di lavoro, capisci, spirato e deceduto pur di non far scontare ai suoi cari l'errore fatale commesso per colpa di quel delinquente? Loro avevano capito che sarebbe stato fatale per la povera ragazza se certi discorsi fossero arrivati al professore, spiace le vostre informazioni non ci sono utili e, avendolo detto, non capivano cosa ci fosse da appassionarsi ancora agli affari di famiglia della prussiana.

Ah ben, si irritavano i signori, a voi non è chiara l'enormità della truffa, e non vi rendete conto che senza un Katzenellenbogen condannato a un paio di mesi nel '32 e altri soggetti uguali a come li disegnano, gli ebrei, la Germania non avrebbe eletto Hitler e il vostro problema rimaneva a Berlino.

«Non è detto, visto che lui l'ha conosciuta lassù e non se l'è più tolta di mente. Questi grandi idealisti, sai, sono ostinati.»

«Se lo sai tu.»

Erano ormai tutti annoiati dalla questione quando avevano saputo come era finita: sciolto il fidanzamento, l'unica scelta degna di una persona che meritava di meglio, una vita dove la fedeltà giurata sull'altare sgorgasse da un forte amore reciproco. Ti te parli come un prete solo che credi alla morale che predichi, avrebbe commentato la ragazza abbandonata. No, questo noiosone non valeva la pena di rimpiangerlo, le avevano fatto eco alla Stella Polare. Bisognava tirarsi su, guardarsi intorno e presto ne avrebbe trovati chissà quanti, e pure di più spiritosi. Riportate o no all'interessata, queste parole di conforto erano state le ultime spese a riguardo.

In un'altra parte d'Italia, una città neanche troppo lontana, una storia simile, per quanto conclusa con le nozze a Milano, avrebbe portato con sé degli strascichi. Ne avrebbe risentito la reputazione di un uomo, peggio se venuto da fuori e per giunta insegnante in una scuola femminile. Invece qui si era proseguito nel buongiorno, buonasera, professore, visto che conveniva tenerselo stretto e, in fondo, anche perché non era triestino. Di tutto l'agitarsi era rimasto solo il soprannome di prussiana, comodo e caustico quanto bastava, e l'abitudine di non salutarla, o raramente, e più spesso con un cenno a distanza. Nessuna delle signore le aveva mai offerto un caffè incontrandola al mercato, i signori sarebbero stati tentati, una carineria e nient'altro, però erano troppo attaccati alla compagnia al caffè e alla piazza. Uno soltanto se l'era ritrovata sul treno per Venezia e, dopo i convenevoli, le aveva consigliato di visitare il Redentore, capolavoro del Palladio, e magari la Salute alle Zattere, dove i veneziani usavano andare a passeggio.

«Grazie, ma ho lezione a Ca' Foscari.»

Che una tedesca studiasse Letteratura tedesca non faceva notizia: era ovvio che una laureata in qualcosa di umanistico piacesse anche al filosofo, e poi sarebbe stato morboso mettere naso tra moglie e marito.

Il fratello invece non ha impegni sentimentali, poco più di vent'anni, e un futuro davanti. Non c'è nulla che superi il peso e il valore di questa promessa assorbita da una città dove del passato sono strapieni il sottosuolo, le soffitte e le teste. Se la sorella era accusata di simpatie comuniste, non ne è colpevole Alberto. Non andava forse ancora al liceo, povero mulo, quando il capitalismo rapace del Katzenellenbogen gli ha ucciso il padre, ribellarsi a quell'età è segno di carattere, adesso si laurea in Economia e Commercio e poi ci pensa la vita. Queste e simili frasi cadono ora al Caffè Garibaldi, ora alla Stella Polare, fluttuando nell'aria del rito estivo abbreviato perché prima o dopo si va al mare.

Una mattina sono al Bagno Ausonia, un signore fa una nuotata, un altro chiacchiera con le signore sedute sulla terrazza più alta, il sole a quest'ora non scotta e nemmeno abbaglia, per cui viene un colpo, a momenti, quando dall'acqua fonda, resa ancora più scura dall'ombra dello stabilimento, emerge il ragazzo. Ha già imparato a saltare gli scalini viscidi bassi per tirarsi fuori di slancio, ora si aggiusta il costume, poi si deterge gli occhi chiari delicati in quella luce piena che scalda. Si è già accorto che rimanendo lì attaccato c'è abbastanza riparo per non esporsi alla brezza proprio grondanti, ma forse non sa ancora che quell'increspatura oltre le boe sono le onde crescenti con cui si annuncia il borino. Guarda il mare aperto: il ciuffo bagnato, le braccia in tensione, le mani avvolte alla scaletta, le dita lunghissime. È agile quando decide di salire, non si è portato l'accappatoio, niente, a piedi nudi cammina verso la spiaggetta, spedito, senza nessun segno di brividi. Si vede che è sportivo, che è tedesco. Si vede anche lo sbrego, non vederlo su quella pelle liscia appena dorata è impossibile. Non era figlio di un chirurgo, chi gliel'ha ricucito così male? Chissà come se lo è procurato, certo avrebbe fatto meglio a usare le docce se quella cicatrice ancora si arrossa, dovrebbe stare attento al sole, ma figuriamoci, i ragazzi.

I signori e le signore queste cose un po' le dicono e un po' le tengono per sé, a cominciare dall'idea che fosse venuto da solo, invece là in fondo ci sono anche la prussiana e una giovane che tiene in braccio la bambina con il suo cappellino bianco. Alberto prende un asciugamano dal grande telo dove la sorella si sta alzando per raccogliere le cose da mare, tempo di asciugarsi e rivestirsi e se ne vanno, a passo più deciso la bambinaia, ma è stato lui a risparmiarle lo sforzo di spingere la carrozzina su per la spiaggia di ciottoli, che bravo.

Veramente era già tardi per tenerci i bambini così piccoli, persino per noi triestini cui piace crescerli stoici e marinari, prima di arrivare a casa la ninina si farà sentire da tutti i palazzi, anche se abitano da queste parti, ecco, in piazza Carlo Alberto, un quarto d'ora abbondante, se le donne riprendessero la piccola e lo zio la carrozzina sarebbe più breve la risalita. Però i fratelli non si affrettano, anzi, lui si è acceso una sigaretta, lei si rifà la crocchia, ma quanto ci impiega e perché non se li taglia, anche se li ha più mossi lui, per una volta, frizionati alla bell'e meglio, sotto la camicia sembra più largo di spalle, non è il tipo preferito dalle ragazze di oggi, meno muscoli e più cervello, e no, caro mio, quella xe tripa purissima, a proposito, quante bracciate hai contato oggi?

«Centoventi: ti bastano?»

Il giorno dopo il vento si è alzato troppo per godersi l'intera domenica al mare. Qualcuno l'ha capito presto e organizza la gita in famiglia, qualcun altro si è fidato del bollettino presagi e se la piglia con la radio, forse esagerando, forse è solo pigrizia questo aggirarsi in vestaglia, però nessuno rinuncia a trascorrere almeno parte della giornata all'aperto. Barcola è bella anche soltanto per una passeggiata e qualche partita a briscola in pineta, resistendo grazie al metodo per non far volare le carte: si mandano avanti i bambini a raccogliere dei sassi vicino al castello di Miramare, così sono impegnati e pure contenti, si mettono in borsa dei grossi volumi non molto preziosi né troppo apprezzati, insomma non la *Divina Commedia* con le illustrazioni del Doré o *La montagna incantata*, e si crea un paravento. Rinfrescati a sufficienza è un piacere tornare in città per una seconda colazione, meritata e abbondante. Magari al Tommaseo o agli Specchi, tanto per cambiare o per mantenere separate le visite ai soliti locali, quasi fossero appuntamenti galanti banditi nei giorni di festa, ma dato che non lo sono, per sentire piuttosto un pizzico di tradimento – altro caffè, altri incontri.

Alla fine la spunta di nuovo la piazza, dunque il Caffè degli Specchi, dove, cercando posto sotto le tende, chi si vede subito, dietro la vetrata centrale? La Goldschmied con il marito, rientrati da Torino per l'estate. Quello accanto a lei dev'essere il cognato, quello seduto di spalle uno dei suoi fratelli così elegantoni da confonderli. Ma guarda come si somigliano anche i Fubini: stessi capelli riccissimi a cui il borino ha dato la scossa, tira un biz di aria fresca e la gente di fuori vuole star dentro, e guarda gli occhiali, si vede che sono entrambi professori, letteratura o economia, stesso effetto, salvo che il più giovane se li è scelti cercando di darsi un tono, da scapolo navigato, forse, però aggiungendo solo un tocco di tartaruga a quel viso da bambinone. Chissà se riesce a imporsi ai nostri studenti sembrando quasi uno di loro, quando un docente non gliele porge come la pensano, non si limitano allo scherzo goliardico, quelli di oggi. Invece la Goldschmied, come sta bene, si nota proprio che è di casa, ecco, ci ha notati anche lei, la gioia di ritrovarsi qui e d'accordo, ma in quale altra città ci farebbe quei gesti una che sin da piccola aveva l'autista e tutto quanto, non a Torino, te lo assicuro, bisogna entrare a salutarli, e intanto si libera quel tavolo nell'ultima fila, perfetto, non muovetevi da lì, bambini, torniamo presto.

Il salone appare quasi vuoto, visto che i triestini o sono in giro o, appunto, preferiscono consumare all'aperto, però questo rende ancora più spettacolare la sua vastità dilatata dagli specchi e dalla luce che cade sul parquet lustro di cera. Alla fine si fanno vedere anche i ragazzi, il piccolo perché gli scappa dal ritorno da Barcola, la grande a chiedere se non si potrebbe già ordinare due cioccolate, ricevendo i complimenti per come è ormai alta e graziosa, e pure la concessione della panna montata. Si sono già scambiati le solite sui figli e sui nonni che non vedevano l'ora di riportarli a Sistiana, dove la spiaggia è riparata e adatta ai bambini e dove andranno a raggiungerli dopo. Potremmo andarci anche noi, pensano i signori ricordandosi che per via del vento e della domenica ci sarà troppa folla se non si è da sempre clienti dei Bagni. La conversazione sarebbe agli sgoccioli se per pura creanza il Fubini letterato non si interessasse alle cose scolastiche di quel fiore di fanciulla, ignaro che nella borsa da mare ci sia questo mattone sgualcito, questa pena inflitta di madre in figlia dalla scuola italiana, il Manzoni. Però le Carducci la signora può nominarle, e subito si accendono gli occhi deboli dei Fubini, non è forse là che insegna il tal professore, una vera fortuna averlo, è stato uno degli ultimi allievi del Borgese a Milano. E tra i cenni vigorosi di conferma e di approvazione già un poco confusa, si intromette l'economista nominando pure il cognato berlinese, chiamandolo per cognome, con enfasi però senza l'h aspirata e mescolando alla cadenza sabauda un accento che, volendo sembrare tedesco, suona inglese, piuttosto.

I signori ora sarebbero davvero a disagio non fosse presente la mula per la quale il tedesco è pressoché ostrogoto, lingua morta. Alberto, esclama imperterrita, ma che testa brillante dev'essere, a noi, figuratevi, ha chiesto se non avendo risolto l'enigma di come italianizzarsi in qualcosa che non sappia di «uomo cornuto» piacesse di più Cervi Cervini o Cervetti!

La costernazione permette di udire non solo i passi dei camerieri, e le comande urlate al barista, e la porta che cigola e sbatte ogni volta che entrano o escono, ma in certi momenti anche il tintinnio delle posate, finché il Fubini bambinone sghignazza, timidamente.

«Vero, è proprio abile a giostrarsi le parole assieme ai numeri, il genietto. Per questo ha deciso di laurearsi con me.»

«Questa ci è nuova, però il professor Luzzatto Fegiz, stimato da tutti, ne dice un gran bene.»

«Siamo in ottimi rapporti. Solo che l'allievo comune preferisce l'economia, che insegno io, alla statistica. E dunque...»

Magari anche il signore ha commesso una gaffe pur di lanciarsi contro un nuovo silenzio, in ogni caso tutto quello che frulla per le menti scombussolate toccherà riordinarlo una volta seduti al proprio tavolo, fuori. Così, ringraziandoli della bella chiacchierata, e scusandosi perché non si possono lasciare troppo incustoditi gli effetti personali anche se sono soltanto gli zaini dei ragazzi, si prende la via dell'uscita.

Prima che le signore partano per le destinazioni di villeggiatura e la famiglia del professore si trasferisca nella villa ereditata a Forte dei Marmi dove il mare non è tanto diverso da quello di Grado o Lignano, troppo sabbioso per i nostri gusti, c'è ancora un po' di tempo per mettere assieme le capacità e le intelligenze della Stella Polare e del Caffè Garibaldi. Il Fubini tatòn – questo ormai il suo soprannome – si rivela così un pupillo del Senatore Luigi Einaudi, da questi spedito pure lui alla London School of Economics, nonché veramente uno dei colleghi stimati dal Fegiz, l'attestato che vale di più: anche se lui, un po' brusco perché pronto a partire in canoa, sostiene che non avrebbe potuto seguire la tesi del suo assistente, essendo un lavoro cominciato già a Parigi, del tutto alieno alla sua materia. Le signore allora intuiscono una certa rivalità tra i due mentori, ricavandone la conferma che il ragazzo – « genietto » per uno, d'un colpo « assistente » dell'altro – no, non è stato un inganno. E così sogghignano, per un istante, immaginandolo nel rito solenne della laurea dove eclisserà il suo relatore in statura e non solo, mentre sono già occupate dalle seccature vagamente malinconiche del chiudere casa.

Da sempre il rientro è più faticoso della partenza, ma proprio per questo nessuno si lascia scappare le giornate ancora godibili fino al tramonto. Capita quindi di ritrovare Alberto e di abituarsi man mano a vederlo come parte del paesaggio: ora è con il Fubini sugli scogli di Barcola, aspettando magari li raggiunga il Fegiz via mare, ora all'Ausonia con la sorella, ma nel pomeriggio viene anche da solo. Se ne sta lì, portandosi dietro un asciugamano ingiallito e un libro. Legge *L'éducation sentimentale* o un altro romanzo, sempre in francese, sempre di quelli considerati classici però noiosi dalle signore, per non dire delle figlie. Riemerge dalle letture quando ha caldo, si tuffa, si asciuga, va via. Saluta chi conosce, ride e scherza un po' con i compagni di studi, senza legare con nessuno. O meglio: accetta qualche invito, beve il Terrano in osmiza, si bagna i piedi nell'Isonzo, commenta che non se lo aspettava così limpido turchese e adamantino. È impressionante come domini ormai l'italiano, come non gli sfuggano le battute del nostro dialetto. Però neanche i nostri muli sanno bene che combinarci con questo giovane che più si adatta assimilando ogni cosa, e con curiosità sconfinata, persino con meraviglia, più appare indefinibile. Le ragazze lo ascoltano incantate, ma come quando erano bambine a teatro. Insomma non nasce nulla di ciò che le signore e, in fondo, anche i signori hanno auspicato, salvo poi farsene una ragione.

Con l'arrivo del freddo, il ragazzo scompare quasi del tutto, assorbito dall'università e dalla tesi che lo porta spesso a Parigi, dove si immerge di nuovo negli archivi e nelle biblioteche. Qualcuno dei compagni lo riconosce in stazione e lui allunga il pacchetto di sigarette per fumarsene una insieme prima di salire sul treno con la sua vecchia valigia.

« Ti do una mano? »

« Grazie, non mi pesa, sono solo vestiti e le mie preziose scartoffie. »

Anche il professore è spesso in viaggio, creando qualche assenza, le faccende ereditarie talvolta sono una grana infinita, spiegano i signori alle figlie, con un briciolo di invidia. Si vede di rado anche la moglie, ma adesso la famigliola ha una governante qualificata, non più la bambinaia giovane della quale nessuno si domanda che fine abbia fatto. Questa lombarda devono averla scelta durante uno dei soggiorni a Milano, e allora, quando non piove o non tira vento, la carrozzina passa dal Ponte Rosso, dalla piazza e dalle Rive, in tarda mattinata o nel primo pomeriggio, però chi vuoi ci faccia caso.

Il tempo è tornato quello di prima, prevedibile fin dove può esserlo una vita ordinata, noioso nella misura in cui lo sono gli impegni e i problemi di ogni giorno e pure la ripetitività dei momenti di svago. Impigrirsi resta un lusso della domenica e delle serate dove il sole scompare di pomeriggio, sennò ce n'è sempre una, non sempre spiacevole: arriva un nipote o quell'attesa promozione, un figlio supera un esame con lode, una figlia presenta il moroso e risulta un mulo per bene, si vince una causa o una partita, si conclude una trattativa difficile, si nota con un certo stupore che è già quasi Natale. A parte qualche pallina rotta appendendola all'albero o disfacendolo passate le feste, va come l'anno precedente, e delle schegge minuscole però colorate non ne resta in giro neanche una.

E poi, con la primavera del 1938, succede tutto d'un colpo. L'Austria, l'avversario più atteso dall'Italia campione ai Mondiali di calcio, dopo essersi piegata sempre di più alla Germania, vacilla e infine cade: invasa, annessa, ricongiunta alla grande nazione tedesca. I signori ne hanno discusso al Caffè Garibaldi però portando a passeggio gli sfoghi più schietti, su e giù dalla piazza alle Rive, le teste ravvicinate sotto l'ombrello di quel marzo non pazzerello bensì impazzito, e trascinando le apprensioni persino a casa: l'avevamo anche previsto ma ci si abitua, cara mia, ai discorsi che son solo propaganda, ci siamo detti, agli incidenti che si sommano, ai segni infausti che non sono le palline di vetro della tua amata nonna viennese, quelle sarebbe il caso di non toccarle più, ne compriamo di nuove, tedesche oramai, le cose sono andate come sono andate, non possiamo che adeguarci alla svelta.

«Però a te che sai anche scriverlo, il tedesco, non mancheranno le occasioni.»

«Adesso i ga l'Austria a far el bubez, noi non serviamo granché.»

«Servirà ben a qualcosa il patto tra i nostri paesi.»

Le signore, sorbendosi questi discorsi, cercano di tirare su i signori, ma seguono anche loro le notizie e hanno bisogno di parlarne alla Stella Polare. Una volta, con un'aria quasi sfrontata, qualcuna si è messa a suggerire che si potrebbe ridare l'Alto Adige ai crucchi, quelli si placano, Lui ci fa un figurone, e l'idea è parsa tanto più sensata quanto non sarebbe potuta uscire da una bocca maschile, men che meno sul *Piccolo*. Invece loro, maturate a quel senso pratico che bada alle priorità della vita, sono capaci di tenere il giornale sotto i vassoi, riappenderlo senza una macchia né una piega, e cambiare argomento. Salvo che il tempo instabile, perfettamente in regola con la stagione, rende difficile non percepire la differenza tra un annuvolamento che si scarica d'improvviso lasciandole sulla porta del caffè, e un tipo di precipitazione non di dominio del bollettino presagi. Se quest'ansia innominabile le signore non dovessero cacciarla in fondo a ogni altra preoccupazione, se non avessero troppi pensieri per la testa, si sarebbero forse accorte di un disastro annunciato prima che ci fosse poco da fare. Ma era coperto da una coltre di chiacchiere, oltretutto sparse a più riprese nella parte svagata delle loro riunioni. A cominciare da quella nuvolosa mattina di marzo, quando una di loro raccontava di questa sua mula così dotata da averla mandata al liceo e pure alla Berlitz, adesso vuole studiare il tedesco e, perché no, un biz di francese. Non ha neanche provato a chiedere al padre se si possa mandarla all'estero in collegio, no, soltanto qualche lezione per cavarsela dopo, avendo già in mente di imparare la lingua presso una famiglia del posto e pregandolo di cercarne una grazie ai suoi contatti e alle sue amicizie. Il padre, orgoglioso com'è di quella figlia che già gli sbriga la posta in inglese, era pronto a cedere su tutto ma io mi sono impuntata: questa qui, intelligente quanto vuoi ma con la testa per aria, bellina che nemmeno lo sanno quegli occhi da cerbiatto, io non la mando neanche dai tuoi compagni avvocati di Graz, mi go paura, solo se riesci a sistemarla in Svizzera, se ne riparla, magari.

Come premio di consolazione le hanno trovato un insegnante che venga a casa una volta la settimana, pensando di fare anche opera di bene, visto che Alberto ha ancora la mamma a Berlino e la sorella che studia, e il Fegiz chissà se lo paga: semmai quattro lire. Nessuna ci ha trovato niente di male, anzi la conversazione è terminata in un coro di hai fatto bene, benissimo, brava.

E nessuna è stata attenta alle cose né ai racconti, una ragazza studiosissima a cui si abbassano un po' i voti e però sembra allegra, e poi peggiorano ancora, e diventa pallida e non le va giù quasi niente, un'influenza che prende la pancia, dice alla madre, e la madre le crede, perché è sempre stata delicatina e ha pure il naso che cola. Ma poi la signora, che non è nata ieri, anzi è quella cresciuta a *Elegie duinesi* e *Sonetti a Orfeo*, capisce che o toccherà consultare i dottori oppure è l'amore, il primo, la mia ninina dev'essere cotta, meglio cotta che malata sul serio, ci siamo passate anche noi, le replica il coro delle altre signore, e ci siamo riavute. Sembra vada così, perché non se ne è più parlato alla Stella Polare.

Invece un giorno la signora deve far allargare il suo bel-l'anello con i diamantini di vari colori e allora si reca in via San Nicolò, dallo Janesich, dov'è cliente sin dall'acquisto delle fedi e, conoscendola da una vita, il gioielliere si permette la domanda come mai la sua mula non va più alla libreria Saba pur passandoci ogni giorno quando è piena di gente, sul tardi. No, signora, sua figlia non ci è più entrata, neanche si ferma a guardare la vetrina, a volte di sfuggita la nostra qui accanto e, sa, quello sguardo non mi piaceva, così ho notato che poi fila all'angolo della via San Spiridone e sta lì con il buio il freddo umido e il raffreddore. La signora cosa doveva dire se non grazie e di avvisarla quando sarebbe stato pronto l'anello.

«No, non ci credo!»

«*L'educazione sentimentale*, però in francese.»

E visto che tutte scoppiano a ridere, ride anche la madre pur avendo sentito un groppo in gola quando ha messo sotto torchio la figlia e quella, diventando di tutti i colori, ha negato e poi confessato e poi giurato che non l'avrebbe fatto mai più e comunque non è successo un bel nulla. Ascolta, le ha detto la madre, o te lo togli di mente oppure, ecco, gli chiedi di aiutarti a scegliere un libro in via San Nicolò, e mentre andate o tornate vedi di farti capire. No, neanche morta. Ultime lacrime, ultima soffiata nel fazzoletto, sospiri da parte della ragazza, sospiri e sorrisini anche da parte delle signore. Fine di tutto questo teatro.

E siamo in aprile o forse già a maggio, passate le pasque e la fioritura degli alberi da frutto, sul Ponte Rosso è pieno di fragole nespole e ciliegie, alla Stella Polare di matrimoni cresime e bar mitzvah, e si spera nella fortuna con questo tempo ancora variabile. Ma nelle belle giornate si starebbe benissimo fuori non ci fossero le notizie che si spargono di tavolo in tavolo come un polline irritante, non nel resto d'Italia che non saprebbe indicarli sulla mappa, questi Sudeti, mentre la nostra città vi ha sempre avuto a che fare, per commercio o per soggiorni alle terme o un trisavolo giunto da quelle lande tedesche, sì, ma austroungariche all'epoca. Però Karlsbad rimane Karlsbad anche tradotta in Karlovy Vary, cioè l'unica attrattiva dei territori contesi, e Praga continua a sembrare più vicina di quello che è, per cui, rispuntate le minacce assieme alle susine precoci, proclamata la mobilitazione cecoslovacca, tutti pensano la stessa cosa. E ne parlano: spaventati in privato, al caffè ricollocando la Cecoslovacchia al suo posto, più veloce dei colloqui tra ministri per uscire da questa follia, vale a dire precorrendo gli sforzi diplomatici nei quali l'Italia gioca un ruolo centrale, scrivono *Il Piccolo* e il *Corriere*, e sperano i signori e le signore.

Ma prima che arrivi la soluzione auspicata, anzi quando si immischiano pure la Polonia e l'Ungheria, l'insegnante di tedesco e francese annuncia che per laurearsi nella sezione estiva sarà costretto a intensificare le ricerche a Parigi, ecco, voleva comunicarlo in anticipo di dover rinunciare a un'allieva modello com'è la loro figlia. Lì per lì la signora va in confusione e la descrive alle altre: per questa tesi sul franco Poincaré svalutato, quest'argomento polveroso a parere del marito che ha chiesto ad Alberto su che cosa si laurea, la nostra unica mula perde le sue ore di sole. Salvo convincersi subito dopo che è un modo migliore di un altro perché questa storia finisca. Alla Stella Polare sono tutte d'accordo.

In un magnifico pomeriggio di giugno il futuro dottore in Economia riceve il modesto compenso dell'ultima lezione, ringrazia e saluta ma poi torna dalla sua allieva e la porta giù sotto casa. La madre li vede dalla finestra, intuisce qualcosa dai gesti e da come si fermano o camminano per la via luminosa e tranquilla, ma non coglie una parola, tanto meno un grido, un pianto. Poi sente il rumore della porta di casa, e allora si può sapere cosa vi siete detti, senza risposta perché la figlia è andata a chiudersi in camera, poco, circa dieci minuti tenendo di vista la pendola alta in salotto, e si presenta con quegli occhioni che la signora immagina oddio e le altre lo stesso. E allora?

Alberto ha capito che gli voglio bene e mi vuole bene anche lui, a suo modo, perciò mi doveva la verità intera, cioè che forse non subito dopo la laurea però prima o poi...

« Vous restez à Paris? »

« C'est ça. Non è qui il mio futuro. »

« Posso venire a trovarvi? Anche per il mio francese... »

Ha scosso la testa, lievemente e un poco ridendo, certo, le ha detto, solo che devi sapere un'altra cosa.

« Una ragazza? »

« Ci conosciamo da quando eravamo piccoli, vicini di casa a Berlino. »

« Magari vengo tra un anno, o quando ti sposi. »

È stato allora che gli è sfuggito quel gesto osservato dalla finestra, una carezza, no, appena un tocco sui capelli scuri ondulati cui basta un filo di vento per scombinarli, e pure una madre che da quell'istante è stata tratta in inganno. E quindi l'ha tranquillizzata, questa sua figlia unica sin troppo brava. Restano cose che ciascuna tiene per sé, promettimi che continuerai a studiare per la maturità, e pure il francese, se vieni devi saperlo bene, altrimenti *ils ne te comprendront pas*, e magari vorrai iscriverti anche tu, hai l'intelligenza per diventare dottoressa in tante materie, te lo assicuro, te lo consiglio. È meglio che tu sia preparata a cavartela da sola, di questi tempi.

La signora, sognando di notte quel tocco leggero, è traversata da un verso, *Ein jeder Engel ist schrecklich*, e le occorre della valeriana verso le quattro per mandarlo via, quell'angelo tremendo dei suoi anni migliori, incomparabili a quest'oggi dove è già molto che un giovane riservi a una mula invaghita una tale onestà da affidarle persino il nome della fidanzata, Lia, e che sia russa d'origine, figlia di esuli della Rivoluzione. È questo che infine racconta alla Stella Polare.

E mentre la crisi politica si acquieta anche grazie al nuovo governo francese, moderato e conservatore, i signori una domenica vanno a Sistiana proprio perché la ragazza deve studiare per gli esami. Passeggiando lungo la spiaggia non possono quindi dirsi sorpresi di incontrare i Goldschmied e il Fubini tatòn con Alberto, in confronto ancora più bello non lo sfregiasse la cicatrice e, data una certa confidenzialità, il signore domanda a cosa risale.

« Ah niente: scendevamo da un rifugio, in Provenza, ho messo giù storto il piede su un terreno franoso, cadendo mi si è infilata qualche scheggia e all'ospedaletto di Vaison-La-Romaine avevano la finezza di chi toglie i piombini e ricuce un fagiano. Risparmio i dettagli alle signore. »

Già impressionato, il Fubini lo è ancora di più nel vedere il suo laureando toccarsi la pelle segnata, non un bel ricordo, però mi aiuta a stare più attento. Che ragazzo brillante e di carattere, si dispiacciono un po' i signori tornando al loro ombrellone.

La notte anche il signore si sveglia, mi sono scottato il collo e le spalle, dice alla moglie che va a prendergli la Nivea e l'Aspirina e, aspettandola, gli sale un dubbio che forse avrebbe trattenuto in un altro momento, ma non ora, infastidito dal bruciore e dai brividi, seduto nel cono d'ombra del suo abat-jour. Sai, io non mi sento di distinguere una scheggia di pietra da una di artiglieria, tu cosa pensi della ferita di Alberto? La signora ne ha viste tante, e in profondità, quando era crocerossina, e allora il sospetto notturno resiste più a lungo dello strato lenitivo di crema, e tutto le frana. Altro che angelo, tremendo sì ma come mentitore incallito, sempre affabile, mai in imbarazzo, troppo perfetti i racconti, mai davvero aperto con i nostri ragazzi nemmeno dopo un paio di grappini, e però ogni sera alla libreria Saba dove si riuniscono quelli, probabile non esista neanche la fidanzata, solo una Lia, una russa, magari, dalla parte sbagliata. In quell'istante il marito ricorda di quando aspettava un cliente al Caffè degli Specchi, sarà passato un anno all'incirca, a un tavolino davanti Alberto leggeva *Il Piccolo*, la sorella sbocconcellava qualcosa, e poi sbiancano come questo lenzuolo, lei si alza di scatto e attraversa la piazza, lui ferma brusco il cameriere e paga. Era dopo l'assassinio dei fratelli Rosselli e il nostro giornale, indicando la mano di Stalin come mandante, dava pure notizia che a Barcellona gli sgherri comandati da Mosca avevano fatto sparire un giovane tedesco di origine russa, figlio di un capo socialista rifugiato a Parigi, il bersaglio della vendetta barbarica.

Adesso anche il signore crede sia un ricordo di guerra, la cicatrice, un marchio nella carne di un rosso lasciato dai nostri. A quel punto cosa si fa? Ragionandoci, niente. Quello lì non ci entra più in casa, e tra poco farà le valigie, ne abbiamo scampata una bella. E il professore? Hai ragione, ci sarebbe da avvisare certi amici però stiamo calmi, la scuola è finita, basta pensarci quando saremo tutti più riposati, a settembre.

«Non so, non mi pare corretto.»

«Corretto o meno, lo capisci che potrei andarci di mezzo io se ti scappa una parola di troppo alla Stella Polare, dove avete già sbabazato abbastanza, scommetto.»

La signora, cercando di ricordare cosa abbia raccontato alle altre, sente il respiro grave di rabbia per quell'infatuazione che pareva così innocua, mentre il signore già dorme sudando sotto l'effetto dell'Aspirina. E dato che anche lei è stanca del sole preso a Sistiana e delle preoccupazioni per la famiglia, a partire dalla sua povera mula, si assopisce ripetendosi che il tempo porta consiglio e, chissà, a volte pensa persino a sistemare le cose.

La città è già in vacanza, quando il Fubini, carico di borse e di valigie, accetta una mano dal suo studente che ne ha una sola, quella con cui viaggia sempre. Si sono trovati in buon anticipo al binario per salire sul vagone di coda, dove c'è posto per stipare i bagagli e sedersi uno di fronte all'altro. Non è la prima volta che vanno insieme fino a Torino, dove Alberto dovrà aspettare la coincidenza e poi i controlli di frontiera e poi altri cambi per arrivare a Parigi. Laureato da pochi giorni, è evidente non ci vada più per la tesi e neanche per la fidanzata, a cui non ha mai accennato al suo relatore, ma bastava osservarlo toccarsi gli occhiali quando il Fegiz si lanciava in avvertimenti sulle parigine, *oh là là attention*. Anche Fubini sa dell'intenzione di ristabilirsi a Parigi e comincia a parlarne a pochi minuti dalla partenza, la voce bassa ben udibile nello scompartimento vuoto per merito delle valigie e delle borse sui sedili di fianco. Trovare uno sbocco accademico sarà molto difficile però rimane ottima cosa approfondire gli studi in un altro Paese, l'economia bene o male non ha confini – e qui si ferma strofinando gli occhiali – ecco, la nostra materia quasi lo esige, con tutto il rispetto per la cultura umanistica e il fratello acclamato curatore del Foscolo, ma chi li conosce all'estero i nostri poeti, non che io me ne intenda davvero, avrei potuto fare Giurisprudenza, come mio padre, ma preferivo lasciare la strada vecchia, e via chiacchierando volano il tempo e la tratta dal Friuli al Veneto.

Da Mestre in avanti il treno si riempie, un giovane si accaparra uno strapuntino infilandoci una copia del *Popolo* e poi fuma in piedi nel corridoio, e intanto la conversazione prosegue sui binari collaudati della letteratura. Ora è Alberto a dilungarsi sulla scoperta di Leopardi, quell'infinito oltre la siepe, la musica del « Che fai tu, luna, in ciel? dimmi, che fai, silenziosa luna? Sorgi la sera, e vai, contemplando i deserti; indi ti posi » non è qualcosa di unico e, ve lo assicuro, intraducibile? I vecchi coniugi al finestrino, forse maestri in pensione, si incantano e poi si annoiano come gli altri passeggeri perché adesso gli eruditi compagni di viaggio discutono animatamente del monetarismo e così si arriva alla fermata di Brescia. Usciti poi dall'afa della Stazione Centrale, ripassano, nell'ordine, la Polfer che vuole vedere i documenti, il garzone delle prenotazioni alla carrozza ristorante, un nuovo controllore. Fubini sbuffa perché a Milano si accumula sempre ritardo e, sparito il bigliettaio, dice due parole sul viaggio in America del Luzzatto Fegiz, costretto a ogni incontro a difendere l'Italia, seccato dal non vedersi considerato come merita, proprio lui che ha abbandonato le avventure per la cattedra e la pura ricerca. Comunque quanti stimoli e nuovi contatti dalla trasferta americana!

Nel diventare amico del collega di statistica, Fubini ha spesso avvertito che non riuscirà mai a sentirsi a casa a Trieste, questa città di venti e di usi troppo diretti, però quell'estraneità gli ha cambiato lo sguardo sulla sua Torino, pur tornandoci appena possibile e ora, finalmente, per tutta l'estate. Ha già scritto a Einaudi sperando lo inviti nella sua tenuta vinicola, ma basta niente, da noi, per risultare postulanti senza maniere, e però se non glielo dico io, in un modo o nell'altro, che vorrei andare in America, la sua mente occupatissima non ci arriverà mai da sola.

Si sono svegliati all'alba per prendere questo treno, dopo le ore di viaggio stretti pigiati la stanchezza si allarga nel piattume di là del vetro, dove le corti prevalgono ormai sulle fabbriche. Rintronati dal rollio, le gambe intorpidite, la schiena rigida, Fubini guarda il suo studente come implorando la via di uscita dal suo dilemma con Einaudi.

« Si potrà aggirarle, le vostre etichette, nel momento opportuno. »

« Gli ho scritto 'sarebbe un enorme piacere rivederla', non posso fare più di così, mi creda. »

« A Berlino abbiamo un termine, chuzpe, più o meno faccia tosta, credo lo capisca anche il Fegiz, di sicuro l'ha avuta nei suoi anni d'oro. »

« Il Fegiz sa quanto ci ha messo a non considerarmi un sabaudo secchione, principalmente? Senza sminuire le sue doti, lei invece lo ha conquistato seguendolo per mari e monti. Sono fatti così, i triestini. »

« Può darsi. Il viz è che a lei sembrano tanto tedeschi – e la parola le darebbe ragione – a me più italiani di quanto vogliono essere. Ma dica piuttosto: dov'è questa tenuta inespugnabile? »

Poco oltre Magenta, Alberto orchestra velocissimo un piano per presentarsi a Dogliani dopo un pranzo nelle Langhe, bisogna andarci con una persona fidata e procurarsi un omaggio gradito all'Einaudi, meglio se deperibile, un pensiero dell'ultimo momento, questo deve sembrare, a quel punto non sarebbe veramente scortese non ricevere un allievo che pensa sempre al maestro?

Durante i viaggi precedenti, Fubini, sciogliendosi al ritmo delle rotaie che lo riportavano a casa, parlava a ruota libera anche lui, senza accorgersi di come la confidenza aumentava a ogni chilometro lasciato alle spalle. Adesso ha negli occhi un bagliore di entusiasmo che si spegne sotto le lenti, cosa posso farci se mi manca il carattere, la palestra per cavarsela ovunque, tutto? E non volendo abbassare lo sguardo quando ammette di non sentirsela proprio, lo alza d'istinto incontrando la valigia di Alberto. E più la guarda più si persuade che è un tantino meno vecchia di quella vecchia, dopo un po' ne è sicurissimo, e insieme atterrito e attratto da quel che deve nascondere in qualche fondo segreto. Allora si piega deciso su una delle sue borse per tirare fuori i panini, il San Daniele che non c'è a Parigi, le sue provviste le conservi per dopo, offrendone uno al suo laureato con i massimi voti.

Quel tre di luglio, finita la discussione nell'aula non tanto magna della vecchia scuola per il Commercio, si erano dati appuntamento a Barcola. Chi arrivava per primo doveva occupare uno scoglio, e poi subito un bagno andando un po' al largo per godersi un'ultima volta la vista sul castello a picco sul mare. Non era il modo migliore per festeggiare la laurea? Però nessuno aveva previsto che la nuotata, o la corrente, li spingesse quasi a Grignano dove si tocca, e allora Fubini, un po' galleggiando un po' camminando, se ne uscisse con il Gobetti frequentato dal fratello maggiore, e Giustizia e Libertà vanto dei torinesi per bene, e l'infamia di negare la lode meritatissima pur di colpire la nostra congrega, lei in particolare non c'entra meno del sottoscritto e del Fegiz che per loro sarà sempre un Luzzatto, penso le sia chiaro, non voglio consolarla. Abbagliato dal sole riflesso, incoraggiato dal vederci male senza gli occhiali, oscillava con le onde anche Fubini, oscillava tra la rabbia e lo sconforto lasciati scorrere liberamente, perché deve sapere che circola un manifesto firmato dai docenti notori e dagli antisemiti dell'ultima ora, e chissà quante dovremo ancora ingoiarne da questa gente senza meriti e scrupoli. Eppure non riusciva a credere che potesse succedere come in Germania, non da noi, non in Italia, e lei, Hirschmann, cosa ne pensa?

« Non escludo niente, ma direi che, alla peggio, andrà all'italiana. »

« Vede, nessuno prima di me è stato all'estero, siamo stanziali, piemontesi da sempre, il cognome risale a un paese del Monferrato, Fubine, o meglio a un avo venuto a Torino con le sue carabattole, secoli fa. Dev'essere andato in sinagoga a Casale, se la vedesse, un gioiello barocco: noi vivevamo in pace, non odiati. »

« In effetti, a me suona piuttosto incredibile... »

Aveva sospirato, Fubini, prima di avvicinarsi a rana al castello bianco come una torta nuziale e risalire allo scoglio dove il suo allievo era già arrivato.

Adesso, tra Novara e Vercelli, sembra di nuovo sereno, forse perché è raro che ricontrollino quando il ricambio dei passeggeri è ormai agli sgoccioli. O forse è solamente quel senso delle radici che lo spinge a indicare il Sesia, ma la gente di qui dice « la Sesia », e quell'airone cenerino sopra un verde fresco brillante, le nostre risaie, e poi, limpide nel sole pieno di luglio, le cime del Rosa – Gnifetti, Zumstein, Lyskamm, Dufour – non sono bellissime le nostre montagne, e lo sa che salendo di poco già si vede la Francia? Passano Santhià e Chivasso, e non dice più nulla, Fubini, si è addormentato, la testa ricciolina schiacciata di lato sul sedile di seconda classe. Vinta dal sonno, la faccia è proprio infantile e identico lo stupore quando lo scuote l'annuncio che il treno è in arrivo a Porta Susa. Non hanno premura di prepararsi a scendere al capolinea, poi si salutano con una stretta di mano – che sarebbe vietata – e un arrivederci che significa poco o degli auguri da non pronunciare, casomai. Il facchino carica i bagagli di Fubini mentre Hirschmann, vedendolo allontanarsi, si avvia verso il binario con la sua vecchia nuova valigia.

Nessuno dei signori e delle signore l'ha più rivisto, anche se è tornato ancora una volta nella nostra città, ma solo per andare in vacanza sulle Dolomiti con il cognato, la sorella, la bambina. La questione del professore invece si risolve la mattina dell'8 settembre e dal giorno dell'arresto non si placa lo scandalo. A partire dal *Piccolo*, la stampa lo riempie di infamie, e se certi toni e argomenti riguardanti la razza destano in alcuni poco favore e pure un certo disagio, è fuori dubbio che abbia avuto un ruolo di caratura elevata nel complottare contro il regime e contro l'Italia. E proprio perché i signori in fondo sapevano che era di certe idee, il Colorni, credendo però le coltivasse come i filosofi moralisti, cioè abbaiando alla luna alla libreria Saba, lo scalpore è grandissimo sia al Caffè Garibaldi che alla Stella Polare. Le signore non gli perdonano lo smacco inflitto alle figlie rimaste così male da sparlarne una peggio dell'altra, tranne quella con la cotta per Alberto che si aggira come un uccello di sventura, una pazza, un'isterica.

Intanto nella nostra città fremono i preparativi per la visita di Mussolini che poserà la prima pietra della nuova università e, soprattutto, terrà un comizio talmente atteso che si è dovuto togliere di mezzo la fontana dei Quattro Continenti. Spoglia del suo ornamento centrale, la nostra piazza appare di una grandezza quasi mostruosa, ma la rimozione si rivela lungimirante, dato che la giornata stupenda del 18 settembre richiama una folla addirittura superiore alle previsioni del *Piccolo*. E così, quando il Duce dichiara che per il «problema ebraico» occorre «una chiara, severa coscienza razziale che stabilisca non soltanto delle differenze, ma delle superiorità nettissime», molti dei nostri signori hanno il privilegio di udirlo comodamente seduti ai tavolini del Caffè Garibaldi. Ma visto che li attornia il popolo triestino, in piedi e in tripudio, non è dato cogliere quali si uniscono agli applausi e quali rimangono con le mani per aria, più attoniti che spaventati, non capendo ancora che quell'annuncio colpirà loro o qualcuno dei loro cari e un numero vago di amici, conoscenti, colleghi. Tale incertezza si diraderà con la riapertura dell'anno scolastico e poi avanti nel tempo vietando e allontanando, però non dai locali pubblici, dove i signori e le signore non smetteranno – sino a quando sarà possibile – di ritrovarsi ogni giorno per chiacchierare di tutto, o del nulla.

Ringraziamenti e note finali

Ringrazio Alina Marazzi per avermi fornito le fonti giudiziarie su Abigaille Zanetta, preziosissime, e avermi fatto conoscere Rosa Genoni. Ringrazio Valentina Fortichiari di avermi parlato dello zio Bruno Fortichiari, Gianni Biondillo per le consulenze urbanistiche su Milano che diventa moderna, Alessandro Zaccuri per le competenze sul primo cattolicesimo sociale e altre « cose cattoliche ». Un grazie speciale a Paola Cioni che resta iscritta in queste pagine avendomi inviato il suo profilo biografico di Angelica Balabanoff dopo una telefonata da San Pietroburgo.

Ringrazio Francesca Melandri che mi ha « delegata » a partecipare al convegno « Kafka a Merano » dell'ottobre 2020, l'occasione per conoscere Reiner Stach, il massimo biografo di Kafka, e per tornare a casa con l'omonimo volume, il nucleo di fonti da cui è nato *Una stagione di cura.* Un grazie particolare a Hannes Obermair per lo scambio di mail e per il volume *Il tempo sospeso* curato con Ulrike Kindl sul periodo tra le due guerre in Alto Adige. Ringrazio Annalisa Cosentino per le conversazioni su Milena Jesenská e per i volumi che mi ha fatto recapitare. E infine Enrico Ganni per l'edizione delle *Lettere a Milena* da lui curata che è rimasta a lungo vicina al mio computer.

Ringrazio Franco Buffoni per le chiacchiere su Ezra Pound, Olga Rudge e Mary de Rachewiltz e tutte le altre. Grazie a Michela Murgia che voleva insegnarmi il rosario, assai divertita che avessi cercato dei tutorial su YouTube.

Ringrazio Cristina Barbieri che mi ha ospitato a Trieste e Marina Mander per la sua consulenza sul triestino. Grazie a Marco

Bresciani per la conversazione in cui abbiamo confrontato Torino e Trieste e per avermi inviato il suo saggio su Trieste e Danzica dopo la Grande Guerra, e a Giulia Vassallo per il suo articolo «Il prof. Eugenio Colorni nelle carte dell'Archivio Centrale dello Stato».

Ringrazio Luigi Brioschi che mi è stato sul collo, ma con pazienza, e Rosaria Carpinelli per la sua calma fiduciosa.

Ringrazio Federica Manzon e Laura Bosio – questo libro non avrebbe potuto essere seguito da occhi e menti migliori – e la redazione Guanda.

Ringrazio tutti coloro che si sono sorbiti le letture-prova delle mie «paginette», i racconti quando ero fin troppo assorbita da queste storie, gli sfoghi nelle fasi di difficoltà, nominando giusto quelli a cui è toccato più spesso: Gabriella Fuschini, Fabio Santopietro, Camilla Miglio, Mariasole Ariot, Wlodek Goldkorn, Evelina Santangelo e Hamid Ziarati – grazie del vostro sostegno e confronto. Un ultimo grazie a Patricia Chendi che con una frase molto diretta e generosa lasciata cadere in un ristorante milanese mi ha dato una bella spinta a mettermi a scrivere.

Questi «componimenti di storia e di invenzione» si basano su fonti troppo ampie perché valga la pena di fornire a chi fosse curioso di sapere «cosa c'è di vero» una bibliografia estesa e formale. Ma visto che diverse invenzioni e impostazioni narrative prendono avvio da una traccia rinvenuta nei documenti a cui ho attinto, voglio invece condividere questi spunti, soprattutto quando si trovano all'interno di libri facili da reperire e, oltretutto, di agile lettura.

La base di *Le sorelle Zanetta* sono due brevi biografie ancora in commercio (Angelo Vecchi, *Abigaille Zanetta*, Unicopli; Angela Stevani Colantoni e Carlo Antonio Barberini, *Abigaille Zanetta maestra a Milano tra guerra e fascismo*, Pantarei), il prezioso libretto commemorativo di Bruno Fortichiari consultato alla Fondazione Feltrinelli, la biografia di Anna Kuliscioff di Maria Casalini (Editori Riuniti), le testimonianze trovate nei libri autobiografici di Teresa Noce. Zanetta aveva davvero rotto il suo legame con Sandro Giuliani appena quest'ultimo, assieme a Mussolini, si era convertito all'interventismo, e la battaglia legale in appello era stata merito di Turati e di sua sorella Erminia.

Per *Una stagione di cura* sono stati essenziali i due volumi citati sopra e la biografia in tre volumi di Reiner Stach disponibile solo in tedesco e in inglese, mentre nel suo *Questo è Kafka?* (Adelphi) si trova la foto che dimostra la presenza di Kafka nel mezzo della manifestazione degli irredentisti tirolesi. Devo la scoperta che fosse arrivato a Merano nel giorno dell'inaugurazione del monumento ad Andreas Hofer e, oltretutto, in concomitanza con la visita di Credaro, alla relazione per il convegno di Hannes Obermair riprodotta in *Kafka a Merano* (Raetia), mentre dal contributo di Rosanna Pruccoli ho tratto che la padrona della Ottoburg si chiamava Stefanie Roy e fosse nata a Trieste nel 1874. L'episodio della «Selbstwehr» apparsa sul banco del panettiere Holzgethan poiché depositata lì dal dottor Kohn, lo racconta lo stesso Kafka in una lettera all'amico Felix Weltsch, direttore della rivista praghese.

L'ultimo autunno a Venezia si ispira a *Discrezioni* (Lindau) di Mary de Rachewiltz, dove, narrando della sua infanzia in Val Pusteria, l'autrice fa cadere una parola che conferisce un'identità precisa agli altri bambini ospitati temporaneamente dai contadini Jakob e Johanna Marcher. «Karrner» o «Karrer» è infatti il nome in dialetto locale che designa la popolazione nomade originaria di quelle zone, «Jenische» quello con cui chiamano se stessi, a tutt'oggi. L'elefante Soleiman l'ho incontrato per la prima volta a Krems sul Danubio, scoprendo grazie a de Rachewiltz che, in attesa del parto, sua madre si fosse stabilita all'Hotel

Elephant di Bressanone. Il povero pachiderma morto dopo aver raggiunto la corte di Vienna è così celebre che José Saramago gli ha dedicato *Il viaggio dell'elefante* (Einaudi).

Il tempo degli imprevisti fa tesoro del libro-intervista *Passaggi di frontiera* (Donzelli) di Albert O. Hirschman, della biografia di Jeremy Adelman (*Worldly Philosopher: The Odyssey of Albert O. Hirschman*, Princeton University Press), del memoir di Ursula Hirschmann *Noi senzapatria* (il Mulino) e di *Ursula Hirschmann. Una donna per l'Europa* (Ultima Spiaggia edizione) di Silvana Boccanfuso e, infine, della biografia di Eugenio Colorni ricostruita da Sandro Gerbi in *Tempi di malafede* (Hoepli). Non meno importanti sono stati *Lettere da Zabodaski. Ricordi di un borghese mitteleuropeo 1900-1984* (Lint, riedito MGS press) di Pierpaolo Luzzatto Fegiz e *La via di fuga. Storia di Renzo Fubini* (Mondadori) di Federico Fubini. La memoria di Renzo Fubini e di buona parte dei Goldschmied rimasti vittime della Shoah è custodita dagli archivi del CDEC di Milano: guardando le foto di famiglia sulla spiaggia di Sistiana è saltata fuori anche la fotografia di un Primo Levi ragazzino durante una gita con un gruppetto di coetanei, tra cui una certa Anna Fubini, omonima della primogenita di Mario Fubini e Alma Goldschmied.

Indice

HELENA JANECZEK

LA RAGAZZA CON LA LEICA

Premio Strega 2018

Il 1° agosto 1937 una sfilata piena di bandiere rosse attraversa Parigi. È il corteo funebre per Gerda Taro, la prima fotografa caduta su un campo di battaglia. Proprio quel giorno avrebbe compiuto ventisette anni. Robert Capa, in prima fila, è distrutto: erano stati felici insieme, lui le aveva insegnato a usare la Leica e poi erano partiti tutti e due per la Guerra di Spagna. Nella folla seguono altri che sono legati a Gerda da molto prima che diventasse la ragazza di Capa. Per tutti Gerda rimarrà una presenza più forte e viva della celebrata eroina antifascista: Gerda li ha spesso delusi e feriti, ma la sua gioia di vivere, la sua sete di libertà sono scintille capaci di riaccendersi anche a distanza di decenni. È il suo battito a tenere insieme un romanzo caleidoscopico che allaccia epoche e luoghi lontani, restituendo vita alle istantanee di questi ragazzi degli anni Trenta alle prese con la crisi economica, l'ascesa del nazismo, l'ostilità verso i rifugiati che in Francia colpiva soprattutto chi era ebreo e di sinistra, come loro. Ma per chi l'ha amata, quella giovinezza resta il tempo in cui, finché Gerda è vissuta, tutto sembrava ancora possibile.

GUANDA

HELENA JANECZEK

LEZIONI DI TENEBRA

« Due cose non si possono guardare in faccia: il sole e la morte » ha scritto La Rochefoucauld nelle sue *Massime*. Si può essere ciechi per troppa luce o per troppo buio. Per questo occorre abituarsi gradualmente all'una come all'altro. Ed è proprio per gradi che queste *Lezioni di tenebra* ci portano al cuore nero della storia: Auschwitz. In un racconto nutrito di biografia, l'autrice esplora il rapporto con sua madre, l'unica di due famiglie numerose a essere sopravvissuta alla Shoah, insieme al padre: ebrei polacchi, vissuti in Germania, dove la figlia Helena è cresciuta sentendosi totalmente estranea al mondo tedesco e alla sua cultura. Non soltanto una memoria sulla Shoah, ma un resoconto appassionato e allo stesso tempo lucido che punta a misurare l'intensità del contraccolpo nella generazione successiva. E il contraccolpo sta nell'impossibilità di avere radici, nella confusione linguistica, nel bisogno disperato di appartenere e nella condanna crudele di sentirsi estranei, comunque e dovunque.

GUANDA

HELENA JANECZEK
LE RONDINI DI MONTECASSINO

Montecassino, 1944. Per quattro mesi gli alleati tentano di sfondare le linee tedesche. Su quel fronte terribile non sono impegnati solo americani e inglesi, ma anche truppe di altri continenti che il vortice della guerra mondiale ha risputato in Ciociaria: indiani, nepalesi, magrebini e persino un battaglione di maori della Nuova Zelanda. Ci sono i polacchi, un esercito di ex deportati del Gulag che combattono in terra straniera per la libertà da Stalin e da Hitler. Fanno parte di quella strana compagine anche un migliaio di ebrei, che imbracciano le armi per il puro diritto a esistere. E ci sono i civili, tra due fuochi. Chi erano quegli uomini che, pur dalla parte dei vincitori, vanno incontro a un destino di vinti? E quali segni ha lasciato l'immenso sconvolgimento della Seconda guerra mondiale? Helena Janeczek cerca di rispondere con un affresco di storie che, ricongiungendo il passato al presente, nascono sia dall'invenzione, sia dallo scavo nella memoria più personale.

GUANDA

Questo libro è stampato col sole

Azienda carbon-free

Certificato PEFC
Questo prodotto è realizzato con materia prima da foreste gestite in maniera sostenibile e da fonti controllate
PEFC
PEFC/18-31-226
www.pefc.it

Fotocomposizione Editype S.r.l.
Agrate Brianza (MB)

Finito di stampare
nel mese di aprile 2024
per conto della Ugo Guanda S.r.l.
da Grafica Veneta S.p.A. di Trebaseleghe (PD)
Printed in Italy